Lisa Jewell avait décidé d'écrire son premier roman à l'âge de cinquante ans. Mais à vingt-sept ans, n'étant plus satisfaite de son travail de secrétaire, elle a commencé à écrire. Paru en 1998, son premier roman a été un véritable succès de librairie. Depuis, Lisa Jewell est traduite dans le monde entier et s'est imposée comme une figure majeure du roman noir. Elle vit à Londres avec son mari et ses deux filles.

De la même autrice :

On se reverra
Comme toi
Tous tes secrets
Ils sont chez nous
Je serai ton ombre
Rentre avant la nuit
Tout près de moi

Lisa Jewell

Tout près de moi

Traduit de l'anglais (Grande-Bretagne)
par Adèle Rolland-Le Dem

Hauteville

Hauteville est un label des éditions Bragelonne

Titre original : *The Girls in the Garden*

Le présent ouvrage a fait l'objet d'une première publication en langue anglaise en 2015 sous le titre *The Girls* chez Century, une marque de Penguin Random House UK.

ISBN : 978-2-38122-408-4

Bragelonne – Hauteville
60-62, rue d'Hauteville – 75010 Paris

E-mail : info@editions-hauteville.fr
Site Internet : www.editions-hauteville.fr

À tous mes voisins des jardins C&C.

5 juillet, 21 heures

Pip s'approche de sa mère dans leur petite salle de bains. Elle ne sait pas trop quoi faire. C'est la première fois qu'elle la voit vomir.

— Oh, mon Dieu, Pip… Je suis désolée. *Tellement* désolée.

— C'est rien maman, assure-t-elle en tendant une main hésitante vers sa tête pour caresser un instant ses cheveux blonds et fins.

Sa mère se plie à nouveau en deux au-dessus de la cuvette. Elle frissonne quand c'est fini et se redresse, le visage levé vers le néon au plafond.

Pip lui tend un gobelet d'eau.

— Tiens, bois un peu.

Sa mère lui obéit.

— Ça va mieux ? C'est fini, tu penses ?

Clare frémit à nouveau.

— Oui, je crois que c'est bon.

D'une main tremblante, elle pose le gobelet au sol, à côté des toilettes, et déplie ses jambes, s'adossant à la baignoire.

— Pip, murmure-t-elle en prenant la main de sa fille, je suis vraiment désolée.

— Mais maman, c'est bon.

— Non, c'est inacceptable.

Elle articule avec difficulté. Sa peau est cireuse, son mascara a coulé.

— C'est grave. Je suis ta mère, je dois m'occuper de toi, et dans cet état je ne peux pas le faire. Ce n'est pas à toi de veiller sur moi, reprend-elle en secouant la tête. Tu n'aurais jamais dû avoir à vivre tout ce que tu as vécu ces derniers mois. Tu es une fille exceptionnelle. Je ne sais pas ce que je ferais sans toi. Sincèrement.

Sa mère la tire vers elle et la prend dans ses bras. Elle la serre un peu trop fort.

— Il faut que j'aille me coucher. Il faut que…

Clare se relève péniblement en s'accrochant à l'évier pour ne pas tomber.

— Que je dorme.

La porte de la cour n'est pas fermée. Les lumières sont allumées. Et Grace est encore dehors, dans le parc avec ses amis. Pip se retient de dire : « Et Grace ? Et moi ? » Non. Elle a douze ans. Elle peut gérer la situation.

Sa mère sort de la salle de bains en titubant et s'écroule sur son lit, à plat ventre. Pip tire la couette de sous le corps menu de sa mère et la recouvre.

— Merci ma chérie. Merci. Je t'aime très fort. Très, très fort.

Pip reste assise sur le bord du lit de sa mère jusqu'à ce qu'elle entende sa respiration devenir de plus en plus profonde. Il est 21 heures. Elle va dans le salon et se perche sur l'accoudoir du canapé de manière inconfortable. Derrière la porte de la cour, la fête de l'été bat encore son plein à Virginia Park, le parc privatif d'un hectare qui s'étend derrière leur appartement. Des rires et des cris aigus d'enfants surexcités qui devraient déjà être au lit retentissent. Elle ne sait pas quoi faire. Elle est seule et, bientôt, il fera complètement nuit. Elle appelle Grace mais, sans surprise, tombe directement sur son répondeur. Sa sœur est dehors depuis 14 heures cet après-midi et son portable est sans doute déchargé.

Elle entend des pas qui s'approchent de la porte du jardin. Son cœur s'emballe. Elle relève la tête et distingue une ombre imposante derrière la vitre. Pip plaque une main sur sa poitrine et se cache derrière le canapé.

— Y a quelqu'un ? Clare ? Pip ?

Elle pousse un soupir de soulagement. C'est Leo. Elle va ouvrir la porte et le découvre sur le palier, avec son chien fauve, Scout.

— Je venais prendre des nouvelles de ta mère, explique-t-il en jetant un coup d'œil par-dessus son épaule. Ça va ?

Pip acquiesce.

— Elle était malade, mais maintenant elle dort.

— Je vois, commente-t-il avec un sourire entendu.

Pip s'accroupit pour caresser le chien, mais surtout pour se donner une contenance car elle est gênée d'être là, seule, à discuter avec un adulte.

— Tu ressors ? La fête n'est pas terminée. Il y a encore plein d'enfants dehors.

— Je ne pense pas que ce soit une très bonne idée. Je ne veux pas laisser maman, au cas où elle se sentirait mal à nouveau.

Il hoche vivement la tête.

— Tu as raison. Si tu as besoin de quoi que ce soit, viens à la maison. On ne va pas se coucher tout de suite.

Puis il s'éloigne, le chien sur les talons, et disparaît dans l'ombre du crépuscule naissant.

À 21 h 50, il fait nuit, et Pip voudrait aller se coucher. Elle va voir sa mère, qui dort sur le dos, la bouche ouverte, les bras croisés au-dessus de sa tête, en ronflant.

Pip jette un coup d'œil au monde qui s'étend au-delà du portillon de leur cour. La fête est finie, mais le parc est encore plein de vie. De petits groupes sont assis dans l'herbe ou sur des chaises pliantes, leurs visages éclairés par des lampes-tempête, des lanternes ou par les braises rougeoyantes de barbecues jetables. Il faut qu'elle trouve sa sœur pour pouvoir fermer la porte à clé et aller se coucher. Mais elle a peur de marcher seule dans le parc la nuit, même s'il y a encore des gens dehors.

L'éclairage de la cour d'une maison voisine s'allume et elle voit un groupe de gens d'une vingtaine d'années traverser le parc vers la porte, tous tenant quelque chose dans les mains : des couvertures, des bouteilles de vin vides, des sacs-poubelle remplis après cette journée passée au soleil. Cette clarté brutale et les conversations enjouées de ses voisins et de leurs amis donnent un sursaut de courage à Pip, qui attrape les clés et referme la porte derrière elle.

Les ballons de la fête d'anniversaire qu'elles ont organisée pour Grace plus tôt dans la journée sont encore accrochés à la table de leur cour, flottant tristement dans la chaude brise du soir.

Des enfants se trouvent dans l'aire de jeux, mais ce sont de grands enfants. Elle s'approche d'eux, pleine d'espoir. Elle distingue des visages qu'elle reconnaît : deux des filles de Leo, Catkin et Fern, assises sur les balançoires ; Tyler et Dylan, côte à côte sur un banc. Mais Grace n'est pas là.

— Vous avez vu ma sœur ?

Ils échangent un regard et haussent les épaules. Dylan se redresse.

— Elle n'est pas chez vous ? lui demande-t-il.

Un frisson glacé parcourt l'échine de la jeune fille.

— Non. Ça fait super longtemps qu'on ne l'a pas vue.

— Elle nous a dit qu'elle rentrait il y a une heure, je pense, indique Catkin. Elle a dû changer d'avis. Tu es allée voir chez nous ? Peut-être qu'elle est avec nos parents ?

Pip reprend son inspection à travers les vestiges de la fête, observant les formes sombres des guirlandes qui pendent aux arbres, les rangées de sacs-poubelle pleins prêts à être collectés le lendemain matin, les piles de chaises, les tonnelles démontées et posées contre les troncs des arbres. Elle aperçoit de la lumière dans l'appartement des Howes, déserté après toute une journée de festivités et le dîner auquel elle est allée avec sa mère. Celui où elle a bu trop de vin avant qu'elles ne partent précipitamment pour rentrer à la maison en zigzaguant.

Elle pousse un cri de panique quand une silhouette apparaît soudainement à ses côtés. C'est Max, un garçon solitaire qui passe son temps à jouer au foot. Il n'a que neuf ans, trois de moins qu'elle. Elle n'en revient pas qu'il soit encore dehors à cette heure. Comme toujours, il est avec son ballon adoré, qu'il serre contre son ventre. Il la dévisage, les yeux écarquillés, l'air affolé. Elle a l'impression qu'il veut lui parler, mais il ne dit rien. Il se retourne et dévale la pente vers les maisons.

Pip le regarde courir avec le sentiment que quelque chose ne va pas.

— Grace, appelle-t-elle. Grace !

Elle distingue quelque chose au sommet de la colline, une forme inhabituelle qui sort de la haie qui entoure la roseraie. Elle s'approche.

— Grace ! crie-t-elle à nouveau.

Quand elle n'est plus qu'à quelques mètres, elle voit un pied. Le souffle coupé, elle avance.

La jambe est rattachée à un corps. Pip éclaire la silhouette avec son téléphone. C'est une fille à moitié dévêtue. Le short baissé sur les cuisses, un débardeur fleuri remonté au-dessus d'une petite poitrine dénudée. Les cheveux en bataille, le visage en sang.

Grace.

Pip tombe à genoux.

— Non, murmure-t-elle. Non, non, non…

Elle baisse le tee-shirt de sa sœur et remonte son short. Puis elle court à toute vitesse vers les lumières éblouissantes de l'appartement des Howes, vers les adultes, le cœur battant à tout rompre.

Avant

Chapitre premier

Cher papa,

On a déménagé dans le nouvel appartement ce week-end. C'est douillet, dans une rue calme avec des petites maisons. D'abord, tu entres dans un petit couloir et, sur la droite, il y a deux chambres. Je dois dormir avec Grace, mais ça ne me dérange pas trop. Tu sais que je n'aimais pas dormir toute seule dans ma chambre à la maison, de toute façon. Tu t'en souviens ? Je ne sais pas si tu te rappelles beaucoup de choses d'avant. Je ne sais pas si tu as perdu la mémoire ou si tu es la même personne, mais avec les problèmes en plus.
Bref, notre chambre est très jolie. On a mis nos lits en L, du coup nos pieds sont proches mais nos têtes sont le plus éloignées possible. Je peux voir Grace quand je suis dans mon lit.
C'est bizarre, parce que j'ai onze ans et je devrais avoir envie d'une chambre pour moi toute seule, mais ce n'est pas le cas. Tu te rappelles que je disais que je voulais qu'on vive dans une caravane ? Pour qu'on puisse tous être ensemble tout le temps ? Eh bien, c'est un peu comme ça maintenant, j'imagine. La chambre de maman est juste à côté. Elle est petite, mais elle a

une douche attenante, c'est bien pour elle. De l'autre côté du couloir, il y a la cuisine, une pièce carrée avec des meubles blancs aux poignées argentées et du carrelage blanc aussi. Maman dit que ça ressemble à un bloc opératoire. Elle a sûrement raison. En tout cas, rien à voir avec celle qu'on avait avant, ça c'est sûr. Tu te souviens de la cuisine dans la maison ? Tu te rappelles la mosaïque incroyable autour de l'évier avec les morceaux de fruits dessus ? Des raisins et tout ? Ça me manque un peu, maintenant.

Dans la cuisine, il y a une table haute, ce qui me plaît, et une fenêtre qui donne sur la cour derrière l'appartement. À côté, il y a un tout petit salon. Peint tout en blanc, et avec une sorte de parquet brillant qui n'est pas du bois. La dame qui vivait ici avant nous devait porter des talons très pointus, parce que le sol est couvert de tout petits trous, comme une biscotte. Dans le salon, il y a une porte pour aller dans la cour. C'est minuscule, mais on peut quand même mettre une petite table et des chaises. Et peut-être que c'est seulement parce que c'est l'hiver, mais ça sent un peu le moisi, là-dedans, et il y a de la mousse partout sur les murs.

Dans la cour, il y a un petit portillon en bois qui donne sur un immense jardin partagé, un vrai parc, en fait. On ne s'y attendait pas. Maman ne nous avait pas prévenues. Je pensais que c'était juste un petit appartement mignon, mais tout à coup j'avais l'impression d'être dans Narnia. Il y a des arbres immenses, des sentiers et une colline qui mène à des maisons blanches gigantesques qui ont des fenêtres aussi hautes qu'un géant, et à travers on voit des chandeliers et des tableaux colorés aux murs. Le soir, quand on lève la tête vers les manoirs éclairés, c'est magnifique. Dans le parc, il y a plein de petits chemins et des recoins cachés. Il y a un jardin secret entouré de vieux murs couverts de lierre, comme dans les livres. Il y a une roseraie avec des arches et des bancs au centre. Et aussi une aire de jeux. Rien d'incroyable, juste deux balançoires, un vieux tourniquet qui grince et un chien en bois un peu triste sur un ressort. Mais c'est quand même chouette. Maman dit que je ne peux pas te dire le nom du parc, ni où il se trouve. Je ne sais pas du tout pourquoi. Mais c'est à Londres. Pas dans le même quartier que là où on habitait, par contre.

Donc, je dirais que j'aime bien cet endroit. Ce qui n'est PAS le cas de Grace. Elle déteste tout. Partager la chambre avec moi, les petites pièces, le couloir étroit, et le fait qu'on manque d'espace pour ranger nos affaires. Et elle déteste notre nouveau collège. (J'ai le droit de te dire que c'est une école pour filles et qu'il y a deux chevreaux et un cochon vietnamien dans la cour. Mais je ne peux pas te dire le nom. Je suis désolée.) Bref, elle déteste cet endroit. Je ne sais pas pourquoi, parce que moi je l'adore. Et elle déteste le parc aussi. Elle dit que c'est chelou et flippant, qu'il y a sans doute plein de tueurs dedans. Moi, je ne pense pas. Je crois que c'est un jardin très intéressant. Et assez mystérieux.

Je dois y aller, maintenant. Maman dit qu'elle ne sait pas si tu peux recevoir des lettres ou si tu seras capable de les lire. Mais je t'ai toujours tout raconté, papa, je ne vais pas m'arrêter maintenant.

Je t'aime. Repose-toi bien!
Bisous,
Ta Pip(elette!)

— Regarde, lui intima Adele, debout devant la grande fenêtre de son salon, les bras croisés. Encore des nouveaux.

Elle observait une jeune femme au carré blond soyeux emmitouflée dans une parka avec une capuche bordée de fourrure. Le manteau était si grand qu'il semblait l'avoir avalée. Elle contournait le jardin secret, suivie par deux adolescentes (Adele n'arrivait pas vraiment à estimer leur âge, sans doute autour de douze ou treize ans). Arborant toutes les deux une cascade de boucles brunes, les filles portaient des parkas similaires à celle de la femme qui était probablement leur mère. Elles étaient grandes et fortes, en léger surpoids, ne put s'empêcher de penser Adele. Mais elle pouvait se tromper, avec ces gros manteaux.

Leo la rejoignit à la fenêtre.

— Ah oui, je les ai vues emménager il y a quelques jours.

— Où ?

— En face. Dans une petite maison au centre de Virginia Terrace.

Le parc s'étendait entre Virginia Terrace, une longue rue de petites maisons géorgiennes, et Virginia Crescent, un croissant majestueux de manoirs aux grands porches en stuc, et était bordé par deux grands bâtiments victoriens à chaque extrémité.

Cela faisait presque deux décennies qu'Adele habitait là. Elle s'était installée chez Leo quand elle avait vingt et un ans, abandonnant sa colocation surpeuplée de Stroud Green Road. Elle avait d'abord été subjuguée par la hauteur sous plafond et la splendeur surannée de l'appartement :

les miroirs vermoulus, les sofas élimés, le velours pourpre déchiré par les griffes de nombreux chats trépassés depuis longtemps, les lourds rideaux décorés de palmes et d'oiseaux de paradis défraîchis par le soleil qui tombaient jusqu'au sol, les murs couverts de livres et le piano à queue recouvert d'un tissu en chenille à frange. Rapidement, ils avaient refait la salle de bains baroque des années 1970 avec ses robinets dorés en forme d'oiseau et ses toilettes et son lavabo en porcelaine verte. Ils avaient décollé la luxueuse moquette bordeaux et retiré les rideaux, qui étaient si lourds qu'il fallait être deux pour les porter. La mère de Leo était morte douze ans plus tôt et, après deux ans, son père était parti vivre dans un pays d'Afrique centrale pour épouser une femme deux fois plus jeune que lui. Leo et elle avaient racheté les parts de ses deux frères et, pièce après pièce, ils avaient fait de l'appartement leur nid.

Adele avait l'impression de faire partie de cette communauté au même titre que son mari, même si lui avait grandi à Virginia Park. Elle avait vu des bébés devenir adultes et une centaine de familles s'installer et repartir. Elle avait accueilli des dizaines d'enfants chez elle au fil des ans. L'hiver, le parc devenait impénétrable. Les voisins n'étaient plus que des ombres qui passaient devant leurs fenêtres, les enfants grandissaient dans les appartements clos, les gens s'installaient, partaient, parfois mouraient. Ce n'était qu'à l'orée du printemps, quand les jours rallongeaient et que le soleil réchauffait le parc, que les secrets de l'hiver étaient révélés.

Elle observa un peu plus longtemps les deux adolescentes. De jolies jeunes filles, grandes, avec une belle carrure et des mâchoires prononcées, comme celles des princesses guerrières. Puis elle détailla à nouveau la mère au visage elfique altéré par une expression inquiète.

—Le père était là le jour du déménagement ?

—Je ne crois pas.

Elle hocha la tête.

Elle aurait voulu sortir, croiser leur chemin, se présenter, s'assurer qu'elles avaient conscience que ce parc avait bien plus à offrir que ce que l'on pouvait voir par une froide et humide journée de janvier comme celle-ci. Elle aurait voulu leur expliquer qu'il s'ouvrait comme un bourgeon au printemps et fleurissait tout l'été, avec ses portes ouvertes, ses enfants qui couraient pieds nus dans l'herbe chaude, le rougeoiement des petits barbecues jetables pour deux qu'on allumait dans les recoins, l'aire de jeux prise d'assaut par les jeunes parents et leurs bambins, le claquement sec des balles de ping-pong sur la table que sortait la famille française, les chats qui lézardaient au soleil et les ombres qui striaient la colline autour des saules pleureurs.

Enfin, tout cela n'était pas à l'ordre du jour. Le mois de janvier battait son plein, et dans environ une heure la nuit tomberait, les lumières s'allumeraient, les rideaux se tireraient, et tout le monde s'enfermerait chez soi. Le parc était sombre et décharné : des rangées d'arbres aux branches nues, des façades mornes, des sentiers de graviers parsemés des dernières feuilles mortes de l'automne, un air de désolation, le sifflement mélancolique du vent à travers les branches sans feuilles des saules, et les chats apathiques roulés en boule sur les murets.

—Je me demande où elles vont à l'école, murmura Adele.

Le collège pour filles près de la forêt, peut-être ? Ou cet établissement pour les enfants à haut potentiel sur la rue principale ? Elle essayait de deviner si elles avaient de l'argent ou non. Dans cette communauté, on ne pouvait préjuger de rien. La moitié des maisons appartenaient à une association d'aide au logement et les grands manoirs victoriens aux extrémités étaient des appartements aux loyers modérés pour les travailleurs sociaux. Il y avait même un centre de réinsertion sociale sur Virginia Terrace, où se succédaient des femmes qui venaient de sortir de prison avec leurs enfants. La cour était bétonnée, mais les mauvaises herbes y régnaient, et il y avait un chien à bascule en plastique que personne n'avait jamais utilisé.

Les gens de Virginia Park venaient d'horizons divers. Aucune strate démographique ne se distinguait. Le monde entier vivait ici. Des présentateurs télé, des chauffeurs de taxi, des artistes, des enseignants, des toxicos. C'était ce qui était si beau.

—Adele, tu vas leur faire peur si tu continues.

Elle sursauta.

—Les filles vont dire à leur mère: « T'as vu la femme bizarre qui nous fixe depuis tout à l'heure ? »

Elle se retourna et sourit à son mari.

—Elles ne peuvent pas me voir, pas avec cette lumière.

—Mais c'est encore pire ! « Maman, tu as vu la forme fantomatique à la fenêtre ? J'ai peur ! »

—D'accord, j'arrête.

Adele leur jeta un dernier regard avant de s'éloigner de la fenêtre.

Chapitre 2

Cher papa,

Comment vas-tu ? Quand est-ce qu'on pourra te voir ? Tu me manques tellement. Ça fait dix jours qu'on est arrivées. Mamie est venue déjeuner dimanche. Elle a fait beaucoup de grimaces. Je crois que l'appartement ne lui a pas beaucoup plu. Elle a dit à maman de ne pas nous laisser sortir dans le parc le soir, qu'il pouvait y avoir des psychopathes et des pédophiles cachés dans les buissons ! Elle a aussi raconté une histoire qu'elle avait entendue au sujet d'une jeune fille qui avait été retrouvée morte dans un parc comme le nôtre, il y a longtemps. Et elle a dit qu'en plus tout le monde pouvait voir ce qui se passait dans notre salon. Elle est vraiment bête, parfois !

Quand elle est partie, on est allées se promener dans le parc et on a joué sur les balançoires avec Grace. Il n'y avait personne. Hier par contre, après les cours, j'ai entendu des voix. Des voix jeunes. J'ai vu des enfants qui couraient ou qui faisaient du vélo, par la fenêtre. Alors, avec Grace, on est sorties. On est restées sous l'arbre devant chez nous pour que personne ne nous remarque et on les a observés. Ils avaient notre âge, je pense. Surtout des filles. Elles avaient l'air un peu bizarres. Elles portaient des vêtements étranges, avec des motifs. L'une avait les cheveux très très longs, jusqu'aux fesses, vraiment, une autre avait les côtés du crâne rasés, et une autre des dreadlocks. Il y en avait une autre, qui était beaucoup plus petite que les autres mais qui avait l'air d'être la cheffe de leur groupe. Elle était très jolie, avec des cheveux blonds brillants qu'elle avait dû lisser, à mon avis, parce qu'ils étaient étincelants. Elle portait des vêtements normaux, genre un jean. Et il y avait aussi un garçon, métis. Assez mignon.

Ils ne faisaient rien de spécial. La fille la plus petite avait des rollers et le garçon un vélo. Les trois autres filles discutaient, l'une d'elles est montée sur le porte-bagages du vélo du garçon et ils ont fait un petit tour. J'ai dit à Grace : « On va aux jeux ? Vers les balançoires ? » Mais la réalité c'est que je voulais juste me rapprocher d'eux pour mieux les observer. Elle a dit qu'elle allait rentrer. Qu'elle détestait le parc. Que les enfants n'avaient pas l'air sympas et qu'ils se la pétaient.

Moi, je n'étais pas d'accord. Je pense qu'ils sont juste très différents les uns des autres, c'est tout. Et probablement qu'ils pensent la même chose de nous. Des petites snobs qui se cachent sous un arbre pour les espionner !

On est rentrées parce que j'étais trop timide pour rester dehors toute seule. Aujourd'hui il pleut, le parc est vide. Est-ce qu'il pleut aussi là où tu es ? Est-ce que tu as un jardin ? Est-ce que tu as le droit de sortir de ton lit ? Je ne sais même pas si tu as un lit. J'aimerais savoir plus de choses. J'aimerais comprendre pourquoi

tu es là-bas, ce qu'ils te font et comment tu te sens. J'aimerais pouvoir te rendre visite. Est-ce que tu es seul ? Est-ce que tu as des souvenirs ? Ou est-ce que tu as tout oublié ? Je vais te faire un dessin de moi au cas où tu ne saurais plus à quoi je ressemble.
Et si tu ne te souviens pas non plus de Grace, globalement elle est comme moi, mais elle a des lèvres plus grosses et les cheveux un petit peu plus foncés. Et elle a un petit grain de beauté à côté de l'œil, qui ressemble à une larme.
Je t'aime, papa. J'espère que tu vas bientôt guérir.
Pip

— Très bien, les filles, annonça Adele en tendant les mains pour récupérer les cahiers de ses enfants. C'est l'heure du déjeuner.

— On mange quoi ? demanda Fern, roulée en boule sur le fauteuil bleu comme à son habitude, en massant ses tempes rasées.

— De la soupe.

— Quoi comme soupe ? s'enquit Willow en dépliant ses jambes avant de se lever.

— Des nouilles au poulet.

— Est-ce que je peux aller au supermarché pour m'acheter un sandwich ? demanda Catkin, l'air rêveur, les mains camouflées dans les manches de son pull.

— Non.

— S'il te plaît. Je peux l'acheter avec mon argent de poche, insista-t-elle avec un regard implorant.

— Je ne veux pas que tu sortes. Tu vas encore disparaître.

— Mais maman, où veux-tu que j'aille au beau milieu de la journée ?

— Je n'en sais rien, Catkin. Tu es un mystère insondable. En tout cas, tu n'iras pas au magasin. Et tu devrais économiser ton argent de poche pour des choses importantes plutôt que le dépenser pour acheter des sandwichs hors de prix.

— Mais c'est mon argent.

— Je sais bien. Et c'est important que tu apprennes à définir tes priorités budgétaires. Surtout quand il y a une très bonne soupe qui t'attend dans la cuisine, c'est de la folie de dépenser ton argent pour de mauvais sandwichs pleins d'additifs.

Catkin abandonna son attitude de chaton attendrissant et leva les yeux au ciel en laissant ses bras tomber d'énervement.

— Super. Allons bouffer ta putain de soupe.

Adele et les filles déjeunèrent dans la cuisine, autour de la grande table en bois qui était l'un des rares meubles qu'ils avaient gardés de l'appartement d'origine.

C'est à cette table que Leo et ses frères mangeaient quand ils étaient enfants. Le bois portait les traces et cicatrices qu'ils y avaient laissées il y avait plus de quarante ans, et leurs filles y ajoutaient aujourd'hui leurs propres marques.

Catkin était assise sur le banc, ses grandes jambes étendues devant elle, le dos courbé, si bien qu'elle devait se tordre pour atteindre son bol de soupe. Fern se tenait bien droite, comme d'habitude, et avalait son repas avec une cadence imperturbable, son langage corporel ne laissant rien transparaître, bien qu'elle fût attentive à tout ce qu'il se passait autour d'elle. Pendant ce temps, Willow déblatérait pendant que sa soupe refroidissait, une habitude qu'elle avait prise dès qu'elle avait appris à parler. Jusqu'à ses neuf ans, Adele lui avait donné à manger à la cuillère, enfournant l'ustensile entre ses lèvres dès qu'elle s'arrêtait de parler pour respirer, car c'était le seul moyen de lui faire avaler quoi que ce soit.

— Et en dessert ?

— « En dessert » ? Mais tu n'as même pas commencé ta soupe.

— Certes, mais savoir ce que je pourrai manger au dessert m'incitera à manger le plat.

— Je crois qu'il faudrait surtout que tu arrêtes de parler pendant trente secondes pour avancer un peu. Et de toute façon, il n'y a pas de dessert.

Willow inspira bruyamment en plaquant ses mains sur son cœur de façon théâtrale.

— Sérieusement ?

— Il y a du crumble, mais tu n'en manges pas, donc…

— Même pas de biscuit ?

— Ceux à l'avoine, que tu n'aimes pas.

— Je peux manger un biscuit à l'avoine, s'il n'y a rien d'autre.

— Il n'y a rien d'autre.

— Très bien.

Elle attrapa sa cuillère et commença à manger sa soupe à toute vitesse sous le regard épouvanté de Fern.

— Prends ton temps, Willow. Tu en mets partout.

— On fait quoi après le repas ? reprit la benjamine en essuyant des traces de soupe sur ses joues avec le dos de sa main.

Adele regarda l'heure, puis se tourna vers l'emploi du temps scotché à la couverture de son classeur.

— On a deux heures de maths cet après-midi, ça ne serait pas une mauvaise idée que vous vous dépensiez un peu avant. Vous pouvez aller au parc pendant une demi-heure.

— Mais c'est tout mouillé, objecta Catkin.

— Non, c'est humide. Si vous étiez à l'école, vous seriez dans la cour de récré.

— Oui, mais on ne va pas à l'école, en fait. Justement parce que tu n'aimes pas la façon dont l'Éducation nationale traite les élèves, comme s'ils étaient des moutons.

Adele soupira.

— Fais ce que tu veux, Catkin. Mais pas de télé. Et tout le monde revient ici à 13 h 15, s'il vous plaît. Avec vos cerveaux allumés.

Les filles sortirent de table, attrapant des biscuits à l'avoine et des pommes en quittant la cuisine. Adele empila les bols puis ramassa dans la paume de sa main les miettes du pain que les filles avaient mangé avant de les mettre à la poubelle.

Quand Catkin avait eu cinq ans, Adele avait commencé à faire cours à ses filles à la maison. Ils avaient décidé de la retirer de l'école en plein milieu de la moyenne section. Un jour, elle était sortie de la maternelle en larmes. On l'avait grondée parce qu'elle avait couru dans la cour pendant la récréation. Pendant un moment, ils avaient pensé à déménager à la campagne pour scolariser Catkin dans l'une de ces merveilleuses écoles en pleine nature, avec les bois, les champs, des cochons et des chèvres. Mais l'infernal père de Leo avait refusé de vendre sa moitié de l'appartement.

— C'est mon petit morceau de Londres ! Je ne pourrais plus jamais fermer l'œil de la nuit sans mon petit morceau de Londres !

Ils avaient visité des écoles Montessori, des écoles Steiner, des écoles privées à l'affiliation moins claire, mais tout coûtait beaucoup trop cher. Adele avait donc démissionné du centre culturel où elle était coordinatrice pédagogique, un travail qui ne leur rapportait presque rien de toute façon, avait pris un mois pour travailler le programme de l'Éducation nationale pour la maternelle, et était devenue la maîtresse de sa fille.

Rapidement, Fern avait eu l'âge d'aller à l'école, puis Willow, et ce qui avait commencé comme une solution temporaire était devenu un mode de vie. Ce choix ne faisait pas l'unanimité. La sœur d'Adele, Zoe, par exemple, pensait que c'était à la limite de la maltraitance.

— Elles ne sauront pas comment jouer avec les autres enfants, elles n'auront aucune idée de ce qui est à la mode, et tout le monde les prendra pour des folles !

— Toi, tu penses qu'elles sont folles ? lui avait rétorqué Adele.

— Bien sûr que non. Je les trouve adorables. Mais je suis une adulte, pas une autre enfant !

— Il y a le parc. Elles y apprendront à sociabiliser. C'est exactement comme une cour de récré.

— Mais non, pas du tout. Ça aussi, ça les distingue des autres enfants. Je ne pourrais pas vivre comme ça, avait-elle commenté plusieurs fois. Avec tout le monde qui peut voir chez vous. Sans pouvoir jamais sortir dans son propre jardin, seule, en maillot de bain. À devoir tout le temps parler aux gens.

Ce n'était pas pour tout le monde, concédait Adele. Parfois, elle avait envie de sortir avec une couverture et un livre et de pouvoir lire sans être dérangée. De temps en temps, elle aurait préféré que les enfants des voisins ne courent pas dans l'appartement qu'elle venait de mettre en ordre. Mais les avantages étaient bien plus nombreux que les inconvénients. Et pour les filles, c'était essentiel. La clé de voûte de leur existence. Sans le parc, elles seraient sans doute déséquilibrées, et leur choix aurait été risqué, comme le pensait sa sœur. Les petits voisins les reliaient au monde extérieur. Et, bien entendu, puisqu'elles écoutaient toutes les anecdotes de leurs amis, l'école leur semblait un endroit merveilleux. Elles les avaient toutes suppliés au moins une fois de les scolariser. Quand elle avait onze ans, Fern allait chercher Dylan tous les jours à 15 h 30 pour ressentir ses premiers moments d'indépendance, comme les autres enfants de son âge.

Oui. L'école à la maison. La vie en communauté. Tout ça, c'était très peu conventionnel. Presque controversé. Mais, pour Adele, c'était absolument naturel.

À 13 h 15, elle ouvrit la porte du jardin et appela les filles pour les leçons de l'après-midi. Elles coururent vers elle, sa portée, sa couvée, avec leurs cheveux en bataille, leurs vêtements dépareillés, leurs cerveaux bouillonnant de tout ce qu'elle leur avait appris, leurs estomacs repus du repas qu'elle avait préparé pour elles. Les bébés qu'elle n'avait jamais eu à confier au monde.

Pendant une demi-heure, elles firent des exercices de pleine conscience. L'activité était apparue dans les programmes cette année-là, ce qui avait ravi Adele. Cela faisait des années qu'elle travaillait cela avec ses filles, même si à l'époque elle appelait ça de la méditation, ce qui n'était pas tout à fait le terme exact.

Les filles prirent leurs positions habituelles, leurs longues jambes tendues devant elles, dans leurs leggings aux couleurs passées ou leurs jeans de friperie. L'air détendues, elles portaient des vieux pulls troués et des tee-shirts sans marque achetés dans les magasins de seconde main de Finchley Road, rien de chez Primark ou New Look, rien qui ne soit pas éthique. Les filles comprenaient. Elles avaient regardé des documentaires sur l'industrie de la mode et vu les informations concernant l'incendie dans cette usine à Bombay qui avait causé la mort de tant d'ouvriers. Elles savaient que la mode n'était pas plus importante que des vies humaines. Elles n'étaient pas vaniteuses. Elles n'étaient pas superficielles. Pas de portables. Pas de Facebook. Pas d'Instagram. Toutes ces choses les auraient vite transformées en jeunes filles narcissiques. Elles comprenaient. Elles se moquaient des selfies et de l'état d'esprit des enfants de leur âge, des filles de douze ans qui battaient de leurs cils maquillés devant leur portable, des enfants manipulés qui participaient aux concours télévisés. Ses filles étaient intelligentes. Elles avaient conscience de tout ça.

Elles n'étaient pas bizarres, pensa Adele en les regardant l'une après l'autre. Elles étaient fantastiques.

Chapitre 3

Pip leva la tête vers la fille qui se tenait devant elle, les yeux mi-clos à cause du soleil rasant. C'était la voisine blonde, celle qui semblait être la cheffe de la clique. Elle les avait observées de loin, puis avait enfourché son vélo et pédalé vers elles à toute vitesse.

— Salut.

— Salut, l'imita Pip.

— Vous venez d'arriver ici ? demanda la fille sur un ton monotone.

— Non, ça fait déjà un mois, précisa Grace.

— Ah, OK. Je vous avais jamais vues avant. Vous vous appelez comment ?

— Pip.

— Pip ?

Elle acquiesça.

— C'est ton vrai prénom ?

Pip cligna des yeux.

— Sérieux ? Tu t'appelles comme ça ?

Elle sentit le rouge lui monter aux joues. Sa sœur lui vint en aide :

— C'est son surnom. C'est le diminutif de Pipelette. On l'appelle comme ça depuis qu'elle est petite.

— Alors c'est quoi ton vrai prénom ? insista la fille blonde en la regardant comme si cette conversation avait déjà duré bien trop longtemps, même si c'était elle qui l'avait amorcée.

— Lola.

— C'est vachement mieux. Pourquoi est-ce que tu demandes pas aux gens de t'appeler comme ça, plutôt ?

Grace répondit à nouveau pour elle.

— Notre ancienne voisine avait un chien qui aboyait tout le temps et qui s'appelait Lola. Ça nous a gâché le prénom.

— Mais maintenant vous ne vivez plus là-bas. Tu peux reprendre Lola.

Pip haussa les épaules. Elle pensait encore à ce chien quand elle entendait ce prénom. À cette voisine, et à ce qui s'était passé là-bas. De toute façon, elle avait toujours été Pip. C'était *ça*, son prénom.

La fille descendit de son grand vélo noir à plusieurs plateaux. Ses cheveux fins étaient coincés derrière une oreille percée deux fois, et ses petites mains tenaient le guidon avec autorité. Elle portait un short en jean court dont les poches dépassaient, un pull gris qui était aussi large que long, des Converse blanches toutes propres, et avait les ongles coupés à ras.

— Et toi, tu t'appelles comment ? demanda Pip.

— Tyler.

— C'est pas un prénom de garçon ?

— Normalement, si.

Pip hocha la tête. Ça lui allait bien.

— Vous vivez où ?

— Dans cet appartement-là, répondit Grace en le lui désignant du doigt.

— Et vous allez où au collège ?

— À Mount Elizabeth.

— Vous êtes jumelles ? demanda-t-elle brusquement en détaillant leurs visages.

— Non.

— Vous vous ressemblez beaucoup quand même. Vous êtes sûres que vous n'êtes pas jumelles ?

— Sûres et certaines.

— Je connais quelqu'un qui va à Mount Elizabeth. Il paraît qu'on a le droit de fumer, là-bas. C'est vrai ?

— Non !

— Ou peut-être qu'elle a dit qu'on avait le droit de dire des gros mots. C'est ça ?

— Je ne pense pas.

Pip essaya de trouver quelque chose à dire, mais Tyler ne semblait plus intéressée, elle balayait le parc du regard. Quand elle repéra un garçon au loin, elle le fixa puis remonta sur son énorme vélo et se propulsa vers lui, les cheveux flottant au vent.

Pip les observa un moment. C'était ce garçon mignon aux yeux verts, grand, avec une coupe afro aux pointes dorées. Il suivait Tyler du regard. Pip le vit retirer sa cravate et la rouler machinalement avant de la glisser dans la poche de son uniforme. Tyler lui dit quelque chose et descendit de son vélo. Puis ils marchèrent lentement vers l'autre côté du parc, vers les quelques bancs qui se trouvaient là-bas, Tyler tenant son vélo, le garçon marchant à ses côtés, les mains dans les poches, en pleine conversation.

Pip et Grace échangèrent un regard, puis sa sœur haussa les épaules.

— C'était quoi ce délire ?

— Elle essayait peut-être d'être sympa ?

— Chelou, reprit Grace en secouant la tête.

— Elle est jolie.

— Trop maigre, commenta Grace avec mépris.
— Un peu, oui.

Pip baissa les yeux et regarda la fleur de trèfle rosée qui poussait entre ses pieds. Elle pinça la tige entre son pouce et son index et huma le parfum de miel. Une brise vivace s'engouffra dans le parc en arc de cercle, animant les branches des saules pleureurs, mordant la peau de Pip à travers la laine de son pull. Le dernier croissant du soleil couchant disparut derrière une cheminée, et la température se refroidit.

— Je rentre, annonça Grace.
— Moi aussi.

Elle se retourna rapidement pour lancer un dernier regard vers Tyler et le garçon. Ils s'étaient assis sur un banc. Le vélo était posé sur l'herbe à leurs pieds, la roue arrière tournant doucement. Tyler avait les jambes repliées contre elle et le garçon riait à gorge déployée. Pip se demandait quel âge il avait, où il vivait, et s'ils sortaient ensemble. À ce moment, la porte de l'un des appartements de Victoria Crescent s'ouvrit et trois grandes filles minces sortirent l'une après l'autre. C'étaient les sœurs étranges aux cheveux bizarres. Elles marchaient en file, de la plus petite à la plus grande, avec une dégaine patibulaire, en traînant leurs vieilles baskets sur les graviers de l'allée. La plus petite accéléra en s'approchant de Tyler et du garçon, les deux autres avançant lentement derrière. Puis, comme si elles communiquaient par télépathie, elles se placèrent en fer à cheval autour du banc dans une chorégraphie silencieuse. Pip vit Tyler faire un signe de tête vers elle et Grace, et le garçon et les sœurs se retournèrent pour les regarder avant de reprendre leur discussion.

— Allez, j'ai froid, insista Grace.

Pip suivit sa grande sœur sur le sentier de graviers qui dévalait la colline et menait à leur portillon, tout en écoutant le parc qui murmurait à leur passage. Il racontait les histoires de ses habitants, les secrets qu'il gardait précieusement au détour de ses sentiers et recoins, sous ses arbres et ses charmilles. Il susurrait le nom des gens qui vivaient là, et parlait de ce groupe d'enfants qui siégeait en haut de la colline, tout en rêvant aux jours futurs où la chaleur estivale ramènerait ce petit monde à la vie.

Clare observait ses filles par la fenêtre de la cuisine. C'était la première fois qu'elles sortaient se promener dans le parc sans elle. Elle avait vu une adolescente venir leur parler. Le visage dur. Jolie. Elle leur avait posé des questions comme lors d'un interrogatoire. Pas très amical. Puis elle était partie sur son vélo et avait rejoint ses amis de l'autre côté du parc, ces trois filles à l'accoutrement un peu spécial qui étaient sans doute sœurs et un grand garçon métis en uniforme sombre. Ses filles jetèrent un dernier coup d'œil vers les enfants assis sur un banc, puis s'approchèrent pour rentrer. Le soleil allait se coucher. Grace se frottait les bras pour se réchauffer. Il était presque 17 heures, grand temps de commencer à préparer le repas.

— Vous avez envie de quoi pour ce soir ? demanda-t-elle en leur ouvrant la porte. Des spaghettis aux petits pois ?

Les filles oublièrent instantanément la froideur du parc et la remercièrent avec appétit. Des spaghettis aux petits pois. Une tradition familiale. Et une recette économique, ce qui arrangeait bien Clare maintenant qu'elle vivait avec un budget limité.

Les filles la suivirent dans la petite cuisine et s'installèrent sur les tabourets de la table haute. Parfois, c'était difficile de les distinguer, surtout quand elles étaient assises et qu'on ne voyait pas la différence de taille. Elles avaient toutes les deux un grand visage rectangulaire et les yeux en amande. La même masse de boucles brunes, les mêmes yeux noisette iridescents. Elles lui ressemblaient tellement. Le portrait craché de leur père.

— Vous avez croisé des gens dehors ? demanda Clare en attrapant les pâtes dans le paquet pour les déposer dans une casserole d'eau bouillante.

— On a parlé avec une fille, répondit Pip. Elle s'appelle Tyler.

— Oh ! Gentille ?

— Pas vraiment.

— C'est un peu une poufiasse.

— Ah..., réagit Clare en enfonçant les spaghettis récalcitrants sous la surface de l'eau avec une fourchette. Dommage ! Au fait, j'ai oublié de vous dire, on a reçu vos pyjamas aujourd'hui. De Next. Ils sont dans le couloir. Mais attention en ouvrant les sacs ! cria-t-elle à la suite de Pip qui était déjà en train de sortir de la cuisine. Au cas où on devrait échanger.

Pip rapporta le colis, et les deux filles ouvrirent délicatement les sachets en plastique transparent. Pip tendit à sa sœur le pyjama à sa taille, puis elles les essayèrent. Clare regarda ses filles se déshabiller, admirant leurs corps : larges, puissants, avec une taille déjà dessinée, Grace en brassière, Pip encore sans poitrine, leurs membres élancés malgré leurs ventres légèrement rebondis qui ne les inquiétaient pas encore. Le corps de leur père, là aussi. Pas de Clare, qui avait toujours été une enfant maigrichonne, sans formes, même quand elle était adolescente, et restait mince aujourd'hui, voire émaciée. Bientôt, ses filles la dépasseraient largement et pourraient la soulever.

Elles remontèrent la fermeture Éclair de leur pyjama une pièce et se tournèrent vers elle, prenant des poses pour la faire rire.

— Vous êtes adorables toutes les deux, commenta-t-elle en ouvrant la porte du congélateur. Comme deux beaux bébés géants.

La nuit était tombée. Clare avait fermé les rideaux et les volets, fait couler l'eau pour le bain des filles et rempli le lave-vaisselle. Pip et Grace étaient sorties de leur chambre resplendissantes avec leur nouveau pyjama et s'étaient mises à faire leurs devoirs l'une à côté de l'autre, avec le son de la télé dans le salon et une tasse de camomille. Elles étaient toutes les trois au chaud, en sécurité dans leur petit appartement.

À 21 h 30, elle alla dans leur chambre leur souhaiter bonne nuit. Elles lisaient à la lumière tamisée de leurs lampes de chevet, Grace adossée à la tête de son lit, les genoux repliés contre son ventre, Pip roulée en boule, avec le livre sur le côté. Pip lui sourit, mais Clare remarqua que ses lèvres tremblaient légèrement et que sa fille était au bord des larmes.

— Quand est-ce qu'on pourra voir papa ?

Clare soupira et caressa le front de Pip.

— Je ne sais pas…

— Quand est-ce qu'il va répondre à mes lettres ?

— Je ne sais pas du tout, ma puce.

Grace quitta des yeux son livre et lança un regard dédaigneux à sa sœur.

— Pourquoi est-ce que tu radotes avec ça ? Franchement, il fait flipper. Je m'en fiche si on ne le revoit plus jamais.

Clare soupira à nouveau. Ce n'était pas la première fois qu'elles avaient cette discussion.

— Je veux aller voir notre maison, insista Pip.

Clare écarta une boucle de son visage.

— Ma chérie, je ne pense vraiment pas que…

— Maman, s'il te plaît, je t'en supplie. J'irai toute seule.

— Bien sûr que non. Tu ne peux pas y aller toute seule. Tu ne saurais même pas comment y aller.

— Si, je saurai. Je prendrai le bus.

— Je crois que ce n'est pas une bonne idée de revoir la maison, Pip. C'est trop tôt.

— Mais… *pourquoi ?* s'insurgea Pip, en pleurs. Je veux y aller, maman ! Je veux voir la maison ! S'il te plaît !

Clare expira longuement et prit sa fille dans ses bras. Elle la sentit frissonner, trembler contre elle. Des jours durant, elles avaient réussi à se comporter comme si tout était normal, comme si elles étaient parties vivre une jolie petite aventure ensemble. Bien entendu, la réalité de leur situation devait les rattraper et les replonger au cœur de la tempête dont elles peinaient à s'extraire.

— D'accord, murmura-t-elle dans l'oreille chaude de sa fille. On ira demain après les cours.

— Moi je n'y vais pas ! s'écria Grace. Je ne veux plus jamais voir cet endroit. Je ne veux plus jamais y penser.

Clare posa sa tête sur celle de Pip. Elle déposa un baiser sur ses cheveux, inspira son odeur. Que fallait-il redouter le plus ? Le déni ou la fascination ? Elle n'en savait rien.

— Tu promets ? implora Pip, les cils collés par les larmes.

— Oui, je te le promets. On ira après le collège. Mais, Pip, prépare-toi à un sacré choc.

Pip hocha la tête contre l'épaule de sa mère, enserrant sa taille, et lui murmura « merci ».

La maison était encore bardée d'échafaudages et de bâches. Elle avait l'air hideuse coincée entre les deux maisons voisines immaculées. Les assureurs n'étaient pas encore parvenus à un accord, et, au vu des circonstances, il était possible qu'ils n'y arrivent jamais. Peut-être que leur belle maison allait rester en ruine pour toujours.

Pip lui serra la main plus fort.

— Ça fait peur.

— Oui, renchérit Grace.

Elle était finalement venue. Au petit déjeuner, elle leur avait déclaré :

« Ce serait bizarre que vous alliez la voir sans moi. Je n'en ai pas envie, mais vous ne me laissez pas trop le choix. »

— Vous vous rappelez..., commença Pip avant de s'interrompre.

Nul besoin de terminer cette phrase. Toutes les trois se souvenaient, oui, avec une douloureuse clarté. Cette soirée d'automne où elles étaient rentrées du restaurant situé quelques rues plus loin pour trouver leur maison en flammes, avec Chris debout sur le trottoir dans sa combinaison de plongée, gesticulant vers le brasier, criant des insultes et des mots insensés, les yeux dévorés par la folie.

Clare ouvrit le portail en fer qui donnait accès à leur petite cour, et les filles la suivirent jusqu'à ce qui était autrefois la porte d'entrée. Elle écarta une bâche et déglutit. C'était ça, sa maison. Un cauchemar calciné, consumé, défiguré.

Heureusement, ils avaient un compte joint, avec Chris. Tout ce qu'il avait gagné en tant que documentariste indépendant avait été versé sur ce compte et lui était accessible. Mais cela ne durerait pas éternellement. Un jour, il n'y aurait plus d'argent. Et ensuite ? Clare n'avait pas de compétences particulières. Elle n'avait jamais travaillé. Elle pourrait peut-être trouver quelque chose dans une école, comme beaucoup des mamans qu'elle connaissait, mais cela ne suffirait pas à payer leur loyer londonien. Ni à les nourrir et à les vêtir. Alors elle faisait attention à tout. À chaque centime. Et elle espérait que Chris guérirait et travaillerait à nouveau avant que toutes leurs économies soient épuisées.

Les filles ouvrirent la porte d'entrée. Les plafonds étaient soutenus par des piliers métalliques. Clare avait du mal à se souvenir de ce qu'ils avaient perdu. Ces restes de meubles noircis ne lui rappelaient plus rien.

— C'est l'horreur, maman. On peut partir ? demanda Grace.

— Non, pas encore, s'opposa Pip. Je veux tout voir. Tout.

Elle avança avec détermination, regardant autour d'elle pour évaluer les dégâts comme si elle devait rédiger un constat.

Quand Pip se fut éloignée, Grace se tourna brusquement vers sa mère.

— Pourquoi est-ce que tu as épousé un fou, maman ?

Clare avala sa salive. Jusqu'à présent, aucune des filles n'avait parlé de folie au sujet de leur père. Elle leur avait expliqué que ce mot n'était pas respectueux. Que Chris avait une maladie mentale. Elle résista au réflexe de réprimander sa fille.

— Je ne savais pas qu'il l'était.
— Si.
— Ni à quel point il était malade. Je ne savais pas quelles proportions ça prendrait. Je pensais que c'était juste une phase.
— Tu croyais que tu pourrais le sauver.
— Pardon ?
— Tu croyais que tu pourrais le sauver, répéta Grace.
Clare cligna des yeux à plusieurs reprises.
— D'où est-ce que tu sors ça ?
— De nulle part, répondit-elle en haussant les épaules. C'est ce que je pense, c'est tout.
Qu'est-ce qu'une enfant de douze ans pouvait bien savoir des subtilités des relations adultes ? se demanda Clare. Et avait-elle raison ?
— Je voudrais qu'il ne soit pas mon père.
— Grace, c'est vraiment injuste…
— Non, ce n'est pas injuste. C'est vrai. Je voudrais avoir un père *normal*.
— Mais vous n'existeriez pas, s'il n'était pas là. Toi et Pip. Vous ne seriez jamais nées.
— Oui, mais je ne m'en rendrais pas compte, donc je m'en ficherais.
Pip revint vers elles, le visage blême, l'air choquée. Elle avança vers la porte.
— On peut partir, maintenant ? J'en ai vu assez.
Clare regarda sa fille leur passer devant et sortir de la maison. Elles lui emboîtèrent le pas. Pip ne prononça pas un mot sur tout le chemin jusqu'à Fitzjohn's Avenue et, quand elles arrivèrent à l'appartement, elle alla directement dans sa chambre sans ouvrir la bouche.

Cher papa,

Hier, on est allées voir la maison. C'était mon idée. Je pensais que ça me ferait du bien. Mais ça a été l'inverse. J'avais l'impression d'entrer dans un cauchemar. Un cauchemar total. J'essaie de ne pas y penser. J'essaie de me dire que ce n'était pas toi dans la rue ce soir-là. Que c'était un fou qu'on ne connaissait pas. En général, ça marche. Mais hier, tout était là, à nouveau. Comme si ça venait d'arriver.

À la maison, je suis allée dans la cuisine. La table et les chaises n'avaient pas bougé. On aurait dit qu'elles avaient été peintes en noir. Il y avait un vase sur la table. Noir aussi, comme les fleurs. Tout était noir. Comme si tout avait été découpé dans du papier. Comme si c'était un collage. Sauf un objet : le calendrier du mur, celui avec une photo de Grace et moi sur chaque page. Il était encore là. Comme s'il ne s'était rien passé. Sur la page de novembre. C'est la photo de nous sur la terrasse de la maison en Turquie où on était l'année dernière. En pyjama. Et on avait l'air tellement heureuses. Et il y avait plein de notes sur la page, sur ce qui allait se passer pendant la semaine. L'une des choses, c'était qu'on devait aller au refuge pour chercher un chaton. Je sais bien que ce n'est pas comme si tout était parfait avant ce soir-là. Pas du tout. Mais ça ne pouvait pas être si grave si on pensait à adopter un chat. Et maintenant, je pense qu'on n'aura jamais de chat. Parce qu'il n'y a que les familles normales qui peuvent avoir un chaton. Et nous, on ne sera plus jamais une famille normale.

Je ne peux pas t'écrire plus aujourd'hui, parce que je me sens trop bizarre.
Je t'aime quand même. Bisous.
Ta Pipelette

Chapitre 4

— Je commence par la mauvaise nouvelle ou la très mauvaise nouvelle ?

Leo était debout à côté de la cuisinière, son portable à la main, l'air penaud.

Adele fit tomber le dernier morceau de pomme de terre du presse-purée dans un saladier et leva les yeux vers lui.

— Oh non…

Bien sûr, c'était au sujet de son père. Elle l'avait compris au ton de sa voix. Cette diction monocorde, comme s'il parlait dans son sommeil.

— Il vient. Passer du temps à Londres.

— Par pitié…

Elle versa du lait sur les pommes de terre et mélangea vigoureusement.

— Quand ça ?

— Eh bien, ça c'est la seconde partie de la mauvaise nouvelle. Il est déjà là.

— Pardon ?

— Il vient d'atterrir à Heathrow. Il dit qu'il essaie de nous joindre depuis plusieurs jours. Il devrait débarquer dans une heure et demie. Peut-être moins.

— Tu te fiches de moi ! Qu'est-ce qu'il fait là ?

— Je ne sais pas vraiment, Adele. Une histoire de rendez-vous médical. Une opération, je crois. Je n'ai pas bien saisi.

Adele visualisa sa chambre d'amis envahie par Gordon et ses affaires, et en plus par un Gordon malade, un Gordon avec des traitements, des médicaments, et des demandes impossibles à satisfaire à toute heure du jour ou de la nuit.

— Dis-moi qu'Affie l'accompagne. S'il te plaît.

— Je n'en ai pas l'impression.

— Oh mon Dieu, mais pourquoi ?

— Je ne sais pas, il ne m'a pas dit. Il y avait beaucoup de bruit de fond et j'ai tout fait pour raccrocher avant qu'il me demande de venir le chercher.

Il était 18 h 48. Les filles étaient dans le salon avec leurs nouvelles amies du parc, les deux sœurs aux cheveux bouclés. Le dîner était presque prêt. Elle avait prévu de leur proposer de rester dîner. Les cinq filles avaient l'air de si bien s'entendre, et les vacances de mai venaient de commencer. L'air du soir était encore chaud, le ciel bleu, et elle avait pensé leur proposer de regarder un film après le repas, pour faire une sorte de soirée pyjama sans rester dormir. Plus le choix, elle allait devoir leur demander de partir, et il faudrait dîner en vitesse. Les filles devraient se tenir à carreau pour l'arrivée de l'homme qu'elles appelaient affectueusement Papou, même si elles le connaissaient peu. Il fallait qu'elle range la chambre d'amis et enlève ses affaires de cours, trouve des serviettes propres, et malheureusement envoie quelqu'un acheter du lait de vache parce que Gordon ne pouvait tolérer le lait d'amande qu'ils buvaient à la maison, ainsi que du pain blanc parce qu'il prétendait que le pain complet pouvait causer des pneumonies.

Gordon Howes.

L'horrible vieux pervers.

Les premiers mots qu'il lui avait adressés avaient été : « Eh bien, y a du monde au balcon par ici », tout en fixant le décolleté de sa robe. C'était un bel homme à l'époque, plus grand que Leo, avec la même chevelure brune épaisse et les yeux chocolat. Mais déjà, alors qu'il était dans sa cinquantaine, il avait le nez rouge, les yeux vitreux du buveur d'alcool fort et le ventre bien rebondi de l'homme qui mangeait des dîners copieux tard, dans des restaurants où les serveurs l'appelaient par son nom. Aujourd'hui, il était diabétique et ses pieds ressemblaient à des choux-fleurs pourris, selon lui. Mais à l'époque, c'était une force de la nature, un fêtard libidineux, un boit-sans-soif. Il avait encore sa réputation dans le parc. « Ah oui, Gordon… », disaient les voisins avant de lui raconter d'atroces histoires de pelotage, de jupes levées ou de mains aux fesses. Et, selon ce qu'elle avait entendu, l'âge n'était pas un critère pour lui. Quinze ou soixante-quinze ans, peu importait tant qu'il y avait quelque chose à tripoter.

Maintenant, Adele se retrouvait à donner à son aînée un billet de cinq livres en lui disant : « Vas-y, dépêche-toi, va acheter du pain et du lait pour Papou. Et aussi ce gâteau au chocolat qu'il aime, tu sais, celui avec les couches. » Et cela même si c'était mauvais pour lui et qu'il ne méritait pas cette attention. Elle l'avait vu en dévorer un entier en une soirée la dernière fois qu'il était venu. Toutes les dix minutes, il s'étirait dans le canapé, comme s'il allait se lever. Adele ou Leo lui demandait si tout allait bien, s'il avait besoin de quelque chose, et Gordon, des miettes du gâteau au coin des lèvres, leur disait : « Non, c'est rien, je pensais juste aller voler une autre part de ce délicieux gâteau. »

— On est en train de le tuer, avait-elle murmuré avec véhémence à Leo dans la cuisine tandis qu'ils faisaient glisser la dernière part de gâteau dans l'assiette de Gordon.

— Je sais, avait répondu Leo à voix basse.

Un taxi s'arrêta devant leur porte exactement une heure après son appel. Ils se lancèrent tous des regards paniqués, sauf Willow, qui n'avait presque jamais vu Gordon et ne comprenait pas pourquoi tout le monde s'affolait. Le moteur du taxi vrombissait et tempêtait comme le cœur d'Adele, et soudain, ils entendirent le bruit d'une portière qui claquait, un salut enthousiaste du conducteur (malgré tous ses défauts, Gordon donnait de généreux pourboires), et le roulement menaçant d'une valise jusqu'à leur porche. Personne ne bougea jusqu'à ce que la sonnette retentisse.

— Bonjour, papa.

— Bonjour, bonjour. Oh ! là, là ! Bonjour.

Adele accrocha un sourire à ses lèvres et passa une tête dans l'entrée.

— Bienvenue Gordon, l'accueillit-elle d'une voix calme.

— Merci, merci.

Il avait l'air au plus mal. Il était engoncé dans une veste en lin rouge et une chemise vert menthe tachée de ce qu'il avait mangé dans l'avion. D'une main, il tenait sa canne africaine, un morceau de bois noueux avec un pommeau en tête d'oiseau. De l'autre, une valise en lambeaux dont la poignée de fortune était en réalité du ruban adhésif brun, et un sac du *duty free* de l'aéroport plein à craquer de bouteilles qui s'entrechoquaient comme dans un camion de laitier. Ses horribles pieds étaient enfoncés dans des sandales en caoutchouc vert trop grandes pour lui. Et il portait sur la tête une casquette en cuir à visière qui avait sans doute eu beaucoup de succès dans les bars gays des années 1970.

— Nom de Dieu, marmonna-t-il, il faut que je m'asseye. Par pitié, donnez-moi une chaise.

Leo attrapa la poignée de la valise et le sac plastique, et Adele lui ouvrit la porte du salon. Il s'avança difficilement dans la pièce et se laissa tomber sur le fauteuil le plus proche, sans remarquer le chien qui y dormait.

— C'est quoi ce bazar ? s'exclama-t-il en jetant un coup d'œil derrière son épaule massive à l'animal qu'il avait manqué de tuer. C'était déjà là la dernière fois, ça ?

Le chien sauta sur le parquet et s'élança à toute vitesse dans la cuisine pour se réconforter avec quelques croquettes.

— Ça fait huit ans qu'on l'a adopté.

— Ah bon ? Incroyable.

Il retira sa casquette saugrenue et remit en place ses cheveux bruns teints. Il fit une grimace, puis sembla reprendre contact avec son environnement direct. Il sourit à ses petites-filles l'une après l'autre.

— Voyons voir… Vous vous ressemblez tellement toutes les trois, et vous avez des prénoms tellement baroques… Je suis assez sûr que toi, tu es… Fern, assura-t-il en faisant un clin d'œil à Willow.

Willow secoua la tête.

— Alors tu es Willow. Et toi… mon Dieu, mais tu es si grande, tu dois être Fern.

La jeune fille hocha la tête lentement.

— Nom de nom. Tu étais une enfant la dernière fois que je t'ai vue, et maintenant tu es… remarquable. Et Catkin. Plus grande que ta mère, déjà. Et que ton père, sans doute, ajouta-t-il en se tournant vers Leo qui, frôlant le mètre quatre-vingts, avait toujours été le plus petit des hommes de la famille Howes.

Personne n'avait encore eu le courage de faire remarquer à Gordon qu'il s'était sérieusement affaissé et que son fils le dépassait désormais de deux bons centimètres.

— Extraordinaire, reprit-il en souriant bêtement à ses petites-filles. Comme des arbres. Comme des putains d'arbres.

Adele lui apporta son thé et une part de gâteau au chocolat.

— Tu n'as pas mis de cet horrible faux lait dedans, n'est-ce pas ? s'enquit-il de sa voix de Grand Méchant Loup en attrapant la tasse.

— Non, c'est du lait de vache, je vous assure.

— Bien, bien.

Il posa la tasse et l'assiette sur la petite table à côté du fauteuil et se tortilla pour retirer avec difficulté sa veste en lin. La doublure dorée était déchirée par endroits et tachée de sueur. Adele prit le vêtement avec précaution et s'échappa dans l'entrée pour le suspendre.

— Tu le mets bien sur un cintre, n'est-ce pas, madame H ? grommela-t-il depuis le salon.

Madame H. C'est comme ça qu'il avait appelé la mère de Leo. Et qu'il appelait aujourd'hui Affie. Adele inspira profondément. Elle trouva un cintre et disposa la vieille veste dessus. *S'il vous plaît, faites que ce ne soit que pour une nuit*, implora-t-elle silencieusement.

Elle entendait d'ici Gordon raconter à Leo et à ses filles le service médiocre que lui avait offert l'équipage de l'avion.

— Des petites lopettes et des poufiasses de quinze ans sans rien dans le crâne.

Le chien s'assit à côté d'elle, et elle lui caressa la tête.

— Oui, Scout, je sais. On ne lui a pas donné assez de gâteau la dernière fois, je crois. Peut-être qu'on aurait dû en acheter deux.

Quand Clare s'approcha du portillon de sa cour, le crépuscule tombait sur le parc. Elle vit le garçon métis sur son vélo, une forme en mouvement sur le sentier derrière elle. Les filles lui avaient dit qu'il s'appelait Dylan. Grand pour son âge, la peau mate, les yeux verts, un charisme indéniable. Grace était sous le charme et il ne laissait pas Pip indifférente non plus, même si sa plus jeune fille ne s'en rendait pas encore compte. Dylan avait à peu près le même âge que Grace et allait dans l'un des collèges pour garçons du quartier, dans un ancien manoir victorien qui affrétait un minibus pour aller chercher ses élèves en bas de la colline le matin et les faire redescendre le soir.

Un autre crissement de caoutchouc sur les graviers. Cette fois, c'était Tyler. Elle portait une salopette dont les jambes avaient été coupées aux cuisses, un tee-shirt court et deux tresses blondes. La peau blanche de son ventre apparaissait à chaque coup de pédale. Elle s'était mise en danseuse, les muscles des mollets tendus, appuyant de toutes ses forces pour rejoindre Dylan en haut de la colline. Clare les observa un instant. Ils avaient l'air mûrs pour leur âge. Ils passaient des heures dans le parc, souvent bien après la tombée de la nuit, ne semblant jamais manger ni dormir, comme s'ils habitaient dans un monde sans adultes.

Elle pensa à ce que sa mère lui avait dit la première fois qu'elle leur avait rendu visite. *« Tu ne pourras pas laisser les filles seules dehors, tu sais. »* Sur le moment, elle avait trouvé cette remarque exagérée. Mais, plus elle avançait dans le parc, contournant ce qu'on appelait la jungle, la roseraie et l'aire de jeux, avançant dans le réseau de petits sentiers qui striaient les pelouses arrondies sans apercevoir ses filles, plus elle se demandait si sa mère n'avait pas raison.

Elle jeta un coup d'œil à sa montre : 18 h 58. Elle fit un nouveau tour, plus proche des maisons cette fois, regardant furtivement chez ses voisins. Elle les vit mettre la table pour le repas, changer les couches des bébés, lire le journal, assis devant leurs ordinateurs, rangeant des affaires dans des placards. Elle aperçut une femme enroulée dans une serviette de bain, mangeant un pilon de poulet en regardant le journal télévisé. Un enfant qui attrapait un chat pour lui faire des bisous. Deux hommes qui portaient la même barbe, assis côte à côte dans un canapé, mangeant sur des plateaux en bois.

En passant devant l'une des grandes maisons de Victoria Crescent, celles qui avaient des fenêtres de trois mètres cinquante et des terrasses orientées plein sud, elle vit un chien fauve allongé sur le ventre, les pattes étendues autour de lui, comme une table qui se serait écroulée. Il se releva en remarquant que Clare le regardait et s'avança pour aller la saluer au portillon. Elle s'accroupit et lui présenta sa main. Par la porte-fenêtre ouverte, Clare distinguait un immense salon rectangulaire avec du papier peint chinois ocre décoré de tableaux étranges, un chandelier en verre des années 1970, un grand canapé d'angle en patchwork et, installées là comme si c'était chez elles, ses filles.

Elle se releva, incrédule. Elle était désarçonnée. Comme lorsqu'elle tombait sur son reflet dans une vitrine sans s'y attendre. Ses filles. Chez des inconnus. Entourées d'autres enfants. Les sœurs. Celles qui avaient l'air sauvages et ne semblaient jamais aller à l'école. Celles que ses filles trouvaient « bizarres ». Pourtant, elles étaient là, installées confortablement dans leur salon, l'air absolument ravies d'être là. Pip leva la tête et croisa le regard de sa mère. Son visage s'illumina. Elle lui fit un signe de main et s'approcha de la porte.

Mais Grace lui lança un regard noir en secouant la tête. Cela voulait dire : « Ne t'en mêle pas. » Cela voulait dire qu'elle passait un bon moment et ne voulait pas qu'il prenne fin.

— Pip ! s'exclama Clare. Je vous ai cherchées partout.

La porte du salon s'ouvrit, et la mère des sœurs entra dans la pièce. Elle portait une robe noire moulante avec un décolleté rond et de nombreux bijoux colorés. Elle avait l'air sur les nerfs. Elle dit quelque chose à ses filles, puis remarqua la présence de Clare.

— Vous devez avoir des pouvoirs de divination ! s'exclama-t-elle en s'approchant de la porte. Je venais leur dire qu'elles devraient sans doute rentrer car vous deviez vous faire du souci.

Elle rejeta la tête en arrière en riant. Elle avait de grandes dents blanches qui semblaient indestructibles, et des lèvres naturellement rouges. Elle était belle et naturelle, attirante, et même peut-être un peu provocante. Un homme entra à sa suite. Il était beau, dans le même genre qu'elle : son corps était puissant, élancé, son visage avenant et honnête, il avait des lèvres charnues, des dents blanches, des cheveux épais et ébouriffés. Il portait une chemise en lin kaki, les manches retroussées, et un short gris anthracite. Il était bronzé et pieds nus.

Ils se présentèrent. Adele et Leo. Ils auraient aimé l'inviter pour l'apéritif, mais ils venaient d'apprendre qu'un invité impromptu arrivait, ce qui était terriblement dommage car ils avaient pensé que les filles pourraient rester dîner avant de regarder un film. Mais ce n'était que partie remise, ils avaient passé un très bon moment. Où vivaient-elles ? En face ? Parfait.

Ils semblaient distraits, mais étaient très sympathiques, et une minute plus tard Clare et les filles se dirigeaient vers leur appartement.

— Les filles, je suis sérieuse, vous ne pouvez pas faire ça. Vous ne pouvez pas disparaître sans rien me dire. Ou au moins prenez vos téléphones avec vous.

— Mais ce n'était pas prévu, rétorqua Pip. On ne savait pas qu'elles allaient nous proposer d'aller chez elles. Et on ne savait pas qu'on allait rester tout ce temps.

— Leur appart est tellement cool ! renchérit Grace. C'est, genre, immense et elles ont des chambres hyper grandes et, tu vas pas le croire, elles ont cours à domicile.

— Oui, avec leur mère. Et les deux plus jeunes n'ont jamais été à l'école de leur vie !

— Ouais, et elles vont au musée quand elles veulent, ou, si elles font un cours sur la Seconde Guerre mondiale, leur mère les emmène en Normandie pour deux jours pour aller au cimetière militaire...

— Ouais, et une fois elles sont allées à Berlin pour aller voir l'endroit où il y avait le mur, pour un exposé qu'elles faisaient.

— Et elles peuvent avoir des vacances quand ça les arrange. Genre quand elles veulent. Tu vois, quand elles se réveillent le matin, elles peuvent dire : « Oh, il fait beau, pourquoi on n'irait pas à la mer ? »

— Ou au parc d'attractions.

— Ouais.

— Alors vous ne les trouvez plus bizarres ?

— Si, elles sont quand même un peu chelou, concéda Pip.

— Oui, c'est vrai.

— Pourquoi ? demanda Clare en ouvrant le portillon de leur cour.

— Je sais pas, c'est comme ça.

— Mais elles sont gentilles ?

— Ouais, répondit Grace en haussant les épaules. Elles sont cool.

— Vous êtes amies, alors ?

Pip hocha la tête et Grace haussa à nouveau les épaules.

— Peut-être.

— Ouais, peut-être.

— Et leurs parents, vous pensez quoi d'eux ?

— Gentils, commenta Pip.

— Oui, confirma Grace. Je les aime bien. Ils sont à l'aise avec les enfants.

— « À l'aise avec les enfants », répéta Clare avec un petit rire nerveux.

Elle n'avait jamais été « à l'aise avec les enfants ». Elle ne savait pas se mettre à leur niveau. Mais elle était douée pour s'occuper d'eux. Pour leur parler. Pour les aimer. Et pour faire passer leurs besoins avant les siens. Mais elle n'avait jamais été forte pour jouer, pour faire l'andouille, des farces, pour courir partout, pour incarner des personnages, pour inventer des histoires. C'est pour ça qu'elle avait eu ses filles si rapidement l'une après l'autre. Pour qu'elles se tiennent compagnie.

— Ouais, on dirait que quelque part ce sont encore des enfants.

Elle pensa à Chris, quand ils s'étaient rencontrés. Ils avaient eu des enfants jeunes parce que lui aussi était innocent et naïf. Elle l'avait imaginé la laisser dormir le samedi matin, disparaissant des heures avec leurs enfants mal fagotés, pas lavés, pour vivre des aventures spontanées, rentrant à la maison bien plus tard que prévu, les chaussures pleines de boue, les joues roses, l'air plein de secrets. Elle avait pensé qu'il serait leur ami.

Elle s'était complètement trompée.

— Et le père, il est comment ? demanda-t-elle en repensant à cet homme au visage juvénile et au sourire renversant.

— Il est vraiment très, très, très gentil, répondit Grace avec un enthousiasme sincère.

Clare avait haussé les sourcils.

— Très, très, *très* gentil ?

Elle remarqua que sa fille rougissait. Mais Grace n'ajouta rien.

Chapitre 5

L'après-midi était ensoleillé, presque chaud. Pip avait mis une robe courte et évasée. Grace portait un tee-shirt large et un legging taille haute. Elles avaient toutes les deux des queues-de-cheval. Et Grace, comme Pip l'avait bien remarqué, avait mis du mascara. Dans un accord tacite, elles faisaient un effort important pour avoir l'air détachées en rejoignant le groupe d'enfants assis sur les bancs en haut de la colline. C'était encore inédit. Même si elles avaient passé du temps chez les sœurs le vendredi précédent, cela ne voulait pas dire qu'elles seraient automatiquement acceptées dans leur groupe. Elles devaient encore faire leurs preuves.

Tyler les vit la première. Pip allait lever la main pour lui faire signe, mais Grace l'attrapa et la maintint le long de son corps avec force.

Personne ne leur dit bonjour quand elles approchèrent, mais Willow se décala un peu sur le banc pour que Pip puisse s'asseoir à côté d'elle, et Catkin leur sourit. Pip regardait avec curiosité l'autre personne. Il restait debout à côté de Dylan, des écouteurs dans les oreilles et un iPod à la main. Il était très grand, au moins un mètre quatre-vingts, si ce n'est plus, et il avait l'air un peu différent. Il était trop âgé pour faire partie de ce groupe. Il avait peut-être vingt-cinq ans, mais avait l'air trop jeune pour être un adulte. Personne ne le leur présenta ni ne lui expliqua qui elles étaient, et il n'avait pas l'air de s'intéresser à elles.

Ils parlaient du grand-père des sœurs, celui qui était arrivé le vendredi précédent.

— Notre papou doit se faire amputer d'un pied, murmura Willow à l'oreille de Pip.

Pip eut un mouvement de recul.

— Noooooon !

— Si. C'est tout gonflé, ça saigne, et son petit orteil est noir. En Afrique, ils lui ont dit qu'il faudrait s'y résoudre, mais il a refusé et dit « Impossible, vous ne toucherez pas à mon pied », et il est venu à Londres parce qu'il pensait qu'ils trouveraient une autre solution, mais non.

— Ouais, et il est méga vénère, ajouta Catkin.

— Et ça veut dire qu'il doit rester ici pour au moins une semaine.

— Peut-être plus longtemps, renchérit Fern.

— Notre mère est d'une humeur de chien.

— On est tous d'une humeur de chien.

Le grand garçon fit un bruit étrange et se balança rapidement d'un pied sur l'autre. Pip vit Dylan poser la main sur son bras.

— Ça va, Rob ?

Rob hocha la tête et ajusta les écouteurs dans ses oreilles.

Un autre garçon apparut, un enfant que Pip avait déjà vu, un petit roux, plus jeune qu'eux, âgé de huit ou neuf ans sans doute. Il tenait un ballon de foot dans ses bras.

— Tu veux jouer ? demanda-t-il à Dylan en dégageant sa frange rousse de ses yeux d'un geste de la main.

— OK.

Le garçon se retourna vers Tyler.

— Et toi ?

Tyler hocha la tête. Puis Willow se leva, suivie de Catkin. En un instant, il ne resta plus que Fern et le jeune homme aux écouteurs avec Pip et Grace sur les bancs. Fern était la cadette des trois sœurs. C'était la plus calme, la plus étrange. La moitié inférieure de son crâne était rasée et elle avait une rangée de petits anneaux le long d'une oreille, qui devaient lui faire mal. Elle avait toujours des choses étranges écrites sur les mains et arrachait ses cuticules jusqu'au sang. Ses yeux étaient très grands, trop grands pour son visage, et ses paupières inférieures étaient toujours rougies, comme si elle était en permanence au bord des larmes. Elle emportait partout avec elle un foulard en soie crème qu'elle utilisait pour se caresser les lèvres. Elle était maintenant assise avec les genoux contre sa poitrine, et regardait les autres qui jouaient avec le ballon en continuant à se triturer les doigts et à se passer le morceau de tissu sur la bouche. Dylan se retourna vers elles.

— Grace, Pip, vous venez jouer ?

Pip sentit son cœur s'emballer. Elle se tourna vers Grace. Elles échangèrent un regard puis hochèrent la tête vers Dylan. Pip ne savait pas jouer au foot. Elle n'aimait pas le foot. Mais elle s'en fichait. Dylan connaissait leurs prénoms et leur proposait de jouer. Elle sentait la nervosité contagieuse qui émanait de sa sœur. Elle déteignait sur elle, et Pip avait peur que les autres la ressentent également.

Elle vit Tyler lui lancer un regard furtif, puis adresser le même à Grace, avant de fixer Fern intensément. Pip décida d'ignorer ces signes inquiétants, sourit à Dylan et se mit à courir vers le ballon. Elle ne savait même pas ce qu'elle était censée faire, mais comprenait qu'aujourd'hui, ça passait ou ça cassait, et, si elle voulait s'intégrer dans ce groupe, il valait mieux faire une bonne passe.

Cher papa,

Aujourd'hui on a joué avec les autres enfants ! Enfin ! Tout a commencé vendredi dernier. On était sorties dans le parc après le collège et les sœurs étaient là aussi, puis il s'est mis à pleuvoir donc elles sont rentrées mais la plus petite, qui est aussi la plus sympa, Willow, nous a proposé de venir chez elles. Elles habitent dans la plus belle maison du parc. Je te jure. C'est immense, toutes les pièces sont gigantesques. On a passé l'après-midi chez elles, jusqu'à 19 heures. Elles ont un chien adorable qui s'appelle Scout, et Willow a un chinchilla dans sa chambre, Chester, et sa sœur Fern a deux rats qui s'appellent Kurt et Courtney. Et elles font l'école à la maison ! Elles ont trop de chance. En tout cas, Willow est super gentille, mais elle ne s'arrête jamais de parler ou de gesticuler. La sœur du milieu, Fern, est un peu bizarre. Je pense qu'elle est déprimée. Ou un peu autiste. Et la plus grande, Catkin, est sympa, mais un peu prétentieuse, elle pense que comme c'est la plus âgée du groupe elle sait tout et qu'on devrait tous l'admirer. C'est pas les filles les plus cool du monde ni rien, mais c'est chouette de s'être intégrées parce qu'elles connaissent tous les enfants qui vivent ici. Ce matin, on est sorties avec Grace et ils étaient tous là, et il y avait ce garçon, Dylan (à mon avis Grace est amoureuse de lui, mais ne lui dis pas que j'ai écrit ça, elle me tuerait !), qui nous a proposé de jouer au foot avec eux et c'était trop rigolo. J'ai marqué un but et tout le monde a couru vers moi et ils m'ont lancée dans les airs. Enfin, tout le monde sauf Tyler.

Je crois qu'elle nous déteste. C'est la meilleure amie de Dylan. Apparemment, ils se connaissent depuis qu'ils sont bébés. Willow m'a raconté que quand elle était toute petite, Tyler descendait au parc et criait le nom de Dylan pendant des heures et ne s'arrêtait pas tant que sa mère ne sortait pas avec lui. Tout le monde trouvait ça adorable et drôle. Ils étaient dans la même crèche et dans la même classe en primaire aussi, au début. Mais ensuite Dylan a eu une bourse pour aller dans une école privée quand il avait sept ans parce qu'il est très intelligent. Je crois que Tyler se sent un peu délaissée, en tout cas c'est ce que Willow dit, et sa mère ne s'occupe pas beaucoup d'elle. C'est pour ça qu'elle est toujours dehors, parce qu'il n'y a personne chez elle.

Oh, et il y avait aussi cet autre garçon dans le groupe. Mais c'est pas un garçon. Il a vingt-six ans. Et devine quoi ? C'est le grand frère de Dylan ! Il s'appelle Robbie et il a des difficultés d'apprentissage et des besoins spécifiques donc il vit dans une résidence spécialisée la plupart du temps, mais il rentre pour les vacances et tout. Il est un peu bizarre, mais il ne fait pas peur. Il vit dans son propre monde. Dylan l'adore. Et il s'occupe de lui. Tu sais, je pense que Dylan est le garçon le plus gentil que j'ai jamais rencontré. À part toi, bien sûr !

Je t'aime, papa. Quand est-ce que tu rentres ?

Ta Pipelette

— Madame H !

Plongée dans ses pensées, Adele releva la tête comme un écureuil qui vient d'entendre un gland tomber. Sauf que ce n'était pas un gland. C'était son énorme beau-père, qui bientôt n'aurait plus qu'un pied. Les filles étaient en vacances, et Adele avait prévu de travailler sur les mémoires d'une voisine, Rhea, qui vivait au deuxième étage dans la résidence qui se trouvait à l'une des extrémités du parc. Quatre-vingt-quatre ans, une rescapée hongroise de l'Holocauste. Rhea connaissait Leo et ses frères depuis leur naissance. Ses propres enfants étaient déjà grands-parents, et elle vivait avec son petit-fils de dix-neuf ans, son « coloc », comme elle l'appelait.

Adele avait attendu avec impatience cette pause où elle n'aurait plus à faire cours à ses filles, mais, au lieu de passer ses journées sur la terrasse avec une tasse de thé et le manuscrit de Rhea, elle devait s'occuper d'un vieil homme au pied malade. Le pied lui-même... Elle ne voulait pas s'attarder sur la question. Comment avait-il pu aller de Bangui à Casablanca, puis à Londres, un trajet de treize heures, avec un pied qui était pourri jusqu'à l'os et un orteil gangrené ? C'était incompréhensible. Sa femme, une ancienne infirmière, s'en occupait chez eux. Malheureusement, la mère d'Affie suivait une chimiothérapie et, même si Gordon lui avait probablement fait du chantage affectif et essayé de la forcer à venir avec lui, ça n'avait pas été possible. Adele avait clairement annoncé qu'il était *absolument* impossible qu'elle regarde à nouveau ce pied, et hors de question qu'elle le touche. Il avait trouvé une clinique qui envoyait une infirmière deux fois par jour pour faire les pansements et lui administrer les médicaments, mais entre ces visites, et alors qu'ils n'avaient pas encore de date pour l'opération, Adele se retrouvait dans le rôle de l'aide-soignante.

Elle reposa sa tasse et se tourna vers le salon. Gordon était allongé dans le canapé, sous une couverture, une main sur un paquet de biscuits, l'autre sur la télécommande. Il regardait vers la porte-fenêtre et suivit des yeux Adele qui rentrait dans la pièce.

— Ah, madame H, te voilà ! Dieu merci !

— Qu'est-ce que je peux faire pour vous, Gordon ? demanda-t-elle avec un sourire forcé.

— Déjà, est-ce que tu peux me montrer comment faire pour que cette foutue télé diffuse un programme où il n'y a pas de vieilles mégères qui s'engueulent pour savoir qui fait ou ne fait pas le ménage ?

Il tendit la télécommande vers la télévision, où des femmes parlaient sur un plateau.

— Et après, reprit-il en essayant de se relever en grimaçant, je crois qu'il faut que j'aille au petit coin. Si tu veux bien m'aider à sortir de ce truc, ajouta-t-il en désignant le canapé avec un air dégoûté.

Adele dut serrer les dents pour conserver son sourire.

— Pas de souci, répondit-elle en se baissant vers lui et en passant le bras dans son dos tout en utilisant l'autre pour le tirer par le coude.

Il soupira et souffla.

— Mon Dieu, cracha-t-il en cherchant son équilibre. Oh ! là, là !

Il s'appuya contre Adele un moment. Elle soutenait son bras pour qu'il puisse se redresser. Puis elle lui passa sa canne. Il la prit en soupirant.

— Je n'aurais jamais imaginé qu'on en arriverait là, madame H, commenta-t-il d'un air triste. Jamais.

Puis il reprit des couleurs et se tourna vers le parc en souriant.

— J'ai passé mes meilleures années ici. Ces étés infinis dans les années 1970, avec les enfants qui couraient partout, chacun en train de faire Dieu sait quoi. Je t'ai déjà parlé de cette fille qui marchait dans le parc avec un abat-jour sur la tête ? On n'a jamais pu comprendre qui c'était.

Il s'esclaffa en caressant l'oiseau de bois de sa canne.

— Et qu'est devenue cette adorable fille… Comment elle s'appelait, déjà ? Une petite blonde. Sa mère était la principale du collège pour filles.

— Cecelia ?

— Oui ! confirma-t-il en claquant des doigts. Cecelia. Adorable, vraiment. Qu'est-ce qu'elle est devenue ?

— Elle vit encore ici. Sa mère est dans une maison de retraite. Mais Cecelia habite toujours dans le même appartement. Et elle a une fille, qui a l'âge de Fern. Tyler.

Son visage se tourna à nouveau vers le parc. Il s'humecta les lèvres.

— Adorable enfant.

Puis il s'avança lentement vers les toilettes, traînant ses immenses chaussons et s'arrêtant tous les deux pas pour laisser la douleur refluer tout en chantonnant à voix basse. Puis il donna un coup de pied théâtral dans l'air avant de disparaître dans le couloir tout en tortillant son énorme derrière.

— Madame Wild ? Je m'appelle Don Feild, je suis le praticien référent de Chris Wild à St. Mungo's.

Clare inspira profondément, s'attendant à de mauvaises nouvelles.

— Je vous appelle car les choses progressent bien pour votre mari. Nous avons commencé un nouveau traitement, et nous sommes très impressionnés par les résultats. Nous aurons une réunion cette semaine, avec tous les soignants qui le suivent. Pour envisager la suite.

Clare se hissa sur l'un des tabourets de la cuisine.

— Très bien.

— Nous aurions aimé savoir si vous pourriez vous joindre à nous.

Clare ne trouva plus ses mots. Elle avait mis tant de distance avec Chris ces derniers mois qu'elle avait presque oublié qu'il faisait partie de sa vie.

— Je ne suis pas sûre. Qu'est-ce qui pourrait être décidé dans cette réunion ?

— Au vu des évolutions récentes, je pense qu'assez rapidement nous pourrions envisager une décharge. Pour qu'il puisse rentrer à la maison.

— « À la maison » ? répéta-t-elle en se raidissant.

— Madame Wild, votre mari est en rémission complète. Il répond extrêmement bien au traitement et ce n'est plus le même homme que nous avons admis il y a six mois.

— Mais, nous n'avons plus de maison. Quelle maison ? Enfin, vous ne voulez pas dire ici… ?

— Je vois. Il y a peut-être d'autres parents ? La mère de M. Wild, par exemple ?

Elle l'entendit chercher dans ses dossiers.

— Susan Wild.

— Mais elle vit en Suisse.

— Oui, je vois. Est-ce qu'il y aurait quelqu'un d'autre ? Plus proche ?

— Non. Je ne pense pas. Et il ne peut pas venir ici. C'est absolument impossible.

— Je pense que ce serait une bonne idée que vous veniez lui rendre visite, madame Wild. Pour apprécier ses progrès.

— L'homme qui a mis le feu à notre maison sans même savoir si ses filles s'y trouvaient ?

— En effet, je comprends la situation. Et pourquoi vous n'êtes pas venue jusqu'à présent. Mais son seul objectif depuis qu'il est arrivé chez nous est de se remettre pour pouvoir retrouver sa famille.

Par la fenêtre de la cuisine, Clare voyait les filles. Comme la plupart du temps pendant ces vacances chaudes et ensoleillées, elles étaient avec le groupe d'enfants du parc. Soudain, elles lui paraissaient si distantes, comme si elles étaient sur un radeau qui s'éloignait peu à peu d'elle.

— Et s'il nous trouve ? S'il vient ici ?

— Ne vous inquiétez pas, madame Wild. Tout se passera bien, je vous le promets. Personne ne donnera votre adresse à M. Wild si c'est votre choix. Vous êtes en sécurité.

Il s'arrêta, comme s'il attendait qu'elle réagisse.

— Bien. Je vous appellerai à nouveau dans quelques jours. Pour vous informer de notre décision. Mais, si tout se passe comme prévu, votre mari pourra probablement sortir prochainement.

CHAPITRE 6

Adele s'avança devant le portillon de sa terrasse, tenant dans les mains un grand plateau en bois couvert de muffins et de barres énergétiques sans sucre. Elle appela ses filles, puis précisa qu'il y en avait assez pour tout le monde. Le petit groupe se mit en marche vers la cour des Howes.

— Ils sortent du four, annonça-t-elle en remplissant des gobelets en plastique de sirop de fleur de sureau.

Pip étudiait les gâteaux d'un air sceptique. Est-ce qu'il y avait des raisins secs là-dedans ? Et les barres énergétiques étaient bourrées de graines. Ce qu'elle n'aimait pas plus que les raisins secs.

— Sers-toi, Pip.

Pip sourit. Elle ne voulait pas être malpolie. Elle attrapa un muffin et en détacha un petit morceau.

Dylan et Tyler s'approchèrent du fauteuil en rotin suspendu dans un coin du patio, leur goûter à la main, et se serrèrent à l'intérieur de la forme ovoïde. La jeune fille posa ses jambes sur celles de Dylan. Des miettes de son muffin tombèrent sur les genoux de son ami et elle les balaya de la main avec un air détaché. Pip les observait avec curiosité et une forme d'envie. Elle ne pouvait pas imaginer se comporter de la sorte un jour avec un garçon, surtout un garçon qui ne serait pas son petit copain.

Les trois sœurs s'installèrent les unes à côté des autres à la table de la terrasse, Adele à l'une des extrémités, le bras enveloppant les épaules de Catkin. *Une vraie tribu*, se dit Pip. On ne pouvait les distinguer que grâce à leurs coupes de cheveux.

— Asseyez-vous, les filles, les invita Adele en leur souriant comme si elle les trouvait curieuses ou amusantes. Vous voulez un verre ?

Adele portait une robe rouge et noir à manches longues avec de vieilles baskets. Une épaisse tresse brune reposait sur son épaule. Elle avait trois boucles d'oreilles du côté gauche et un minuscule petit clou doré dans la narine. Les rayons du soleil mettaient en valeur ses pommettes hautes et faisaient briller son piercing. Pendant qu'elle discutait avec ses filles, Pip se dit qu'Adele était l'une des plus belles mamans qu'elle avait jamais vues, d'autant plus qu'elle était assez vieille (au moins quarante ans, imaginait-elle).

Une fois le goûter terminé, les enfants se replièrent dans l'appartement.

— Où est votre grand-père ? demanda Tyler en jetant autour d'elle des coups d'œil méfiants.

— Aucune idée, répondit Willow.

— Il fait la sieste, leur apprit Adele. Ne faites pas trop de bruit.

Puis elle disparut, laissant les enfants seuls dans le salon. Les sœurs s'installèrent sur le grand canapé d'angle, et Tyler et Dylan s'assirent sur le sol, le dos contre le canapé, le chien allongé entre eux. Pip se serra contre Grace dans un fauteuil en se demandant ce qu'il allait se passer désormais. Une forme de tension était apparue dans la pièce. Personne ne parlait. Elle se demanda si c'était à cause de leur présence. S'ils attendaient qu'elles partent pour discuter. Elle allait demander à voix basse à sa sœur si elles ne feraient pas mieux de partir quand Tyler leva sur elles son regard glacial.

— C'est vrai que votre père a fait brûler votre maison ?

Pip sentit sa sœur se raidir.

— Qui t'a dit ça ?

— Ma mère, répondit Tyler en haussant les épaules. Apparemment, elle vous a vues au supermarché l'autre jour et elle a reconnu votre mère parce qu'elle avait lu un article dans le journal. Alors, c'est vrai ?

Pip retenait son souffle, elle attendait que Grace réponde.

— Non, c'est pas vrai, mentit Grace après une pause. Notre père est mort. Ta mère se trompe.

— Si tu le dis, reprit Tyler en croisant les bras. Je peux toujours chercher sur Internet.

— Comme tu veux.

— Il s'appelle comment, votre père ?

— Je viens de te dire qu'il était mort.

— Comment il s'appelait, alors ?

Dylan donna un coup de coude appuyé à Tyler, qui lui lança un regard furieux.

— David, répondit Grace, encore avec un petit décalage. Il s'appelait David.

Tyler hocha la tête, mais elle n'avait pas l'air convaincue.

— C'est pour ça que vous avez déménagé ici ? Parce que votre père est mort ?

— Oui.

— Il est mort de quoi ?

— Un cancer.

— De quoi ?

— Des poumons.

Tyler acquiesça à nouveau puis se leva.

— On peut aller jouer avec le chinchilla, Will ? demanda-t-elle d'un ton désinvolte, comme si elle s'ennuyait profondément.

Elle bâilla. Malgré ce faux détachement, Pip voyait bien qu'elle était contrariée. Quand Tyler et Willow sortirent du salon, Dylan se retourna vers Grace.

— Je suis désolé. Parfois, elle est un peu…

— Apparemment, répondit Grace. C'est quoi son problème ?

Catkin traversa la pièce pour aller attraper une prune dans la corbeille de fruits.

— Elle est jalouse, commenta-t-elle en examinant le fruit sous toutes les coutures en le tournant dans sa paume avant de finalement croquer dedans.

Grace fronça les sourcils.

— Pourquoi ?

— Elle est jalouse de tout le monde, mais surtout de vous deux.

— Hein ? Mais *pourquoi* ?

— Pour rien de spécial. C'est juste qu'ici, c'est son territoire, expliqua-t-elle en faisant un grand cercle avec le fruit. Et vous êtes les nouvelles.

Pip et Grace échangèrent un regard.

— C'est très bête, déclara la jeune sœur.

— Oui, mais c'est comme ça, répondit Dylan en se levant et en allant se servir dans la corbeille de fruits comme s'il était chez lui. Tyler a des problèmes. Chez elle, c'est… assez difficile. Elle n'a pas du tout confiance en elle.

Pip n'arrivait pas à savoir s'il défendait son amie ou essayait de justifier son comportement. Quoi qu'il en soit, elle était gênée par cette explication livrée sur le ton de la confidence qui suggérait une infinité impénétrable de secrets partagés, un univers entier qui n'avait rien à voir avec elle ni sa sœur. Un gouffre s'ouvrit en elle, elle fut submergée par la sensation de ne pas être à sa place et eut envie de pleurer. À ce moment-là, la porte d'entrée claqua bruyamment, une voix masculine résonna, et Leo entra dans le salon. Immédiatement, l'atmosphère changea et les tensions se dissipèrent.

— Bonjour mes chéries ! s'exclama-t-il en déposant un bisou au sommet du crâne de Fern avant de prendre Catkin dans ses bras et de la faire tourner. Salut Dylan, mon vieux ! Ça va bien ? le salua-t-il en le prenant un instant dans ses bras avant de lui administrer une tape virile dans le dos, ce qui sembla ravir le garçon. Et vous deux, poursuivit-il en souriant à Grace, puis à Pip. Excusez-moi, je n'arrive pas encore à vous reconnaître, vous vous ressemblez tellement ! Pip ? demanda-t-il en la montrant du doigt.

Elle hocha la tête, rougissant légèrement.

— Ouf ! souffla Leo en faisant mine de s'essuyer le front. Où est Will ? demanda-t-il en la cherchant du regard.

— Dans sa chambre avec Tyler.

— Et Papou ?

— Il fait la sieste, répondit Catkin. Pourquoi est-ce que tu rentres si tôt du travail ?

Il se laissa tomber sur le canapé avec Fern et retira ses chaussures.

— Je m'ennuyais. Je n'arrêtais pas de penser à vous, vous prélassant au soleil sur la terrasse, et j'étais beaucoup trop jaloux. Alors, vous deux, reprit-il en se tournant vers Pip et Grace, est-ce que tout se passe bien dans notre petit paradis privé ? Vous vous y sentez bien ?

Il fit un geste vers le parc, et Pip hocha vivement la tête.

— C'est génial.

— Et toi Grace, tu en penses quoi ?

— Ça va, répondit l'adolescente en se forçant à sourire.

— Bien. Bon ! reprit-il en claquant ses mains sur ses genoux. Je crois qu'il est temps que j'aille voir ce que devient mon bon vieux père. Vérifier qu'il est encore en un seul morceau.

— Et vivant, renchérit Catkin.

— Oui, lui sourit Leo. Ça aussi.

Pip vit Grace le suivre des yeux jusqu'à la porte du salon. Elle se retourna pour essayer de comprendre ce que Grace voyait dans cet homme élancé d'une quarantaine d'années en pantalon coloré et en chemise bleue froissée, avec des beaux cheveux bruns, des boucles qui lui couvraient la nuque, et qui se mouvait avec légèreté, comme si ses articulations étaient en caoutchouc. Il marchait comme un adolescent, se dit Pip.

— Je peux aller aux toilettes ? demanda-t-elle à Fern, curieuse de retourner de l'autre côté de la porte du salon.

— Bien sûr. C'est dans le couloir, juste à côté de la porte d'entrée.

Le couloir avait un plafond très haut, des murs vert-de-gris et un sol de céramique noir et blanc. Devant elle se trouvait la porte d'entrée, avec ses vitraux colorés illuminés par le soleil, et sur sa droite il y avait la cuisine.

— Coucou toi, lui lança Adele, qui était assise à table devant une pile de feuilles, un stylo à la main, des lunettes noires sur le nez. Tu cherches quelque chose ?

— J'allais aux toilettes.

— Tu ne devrais pas utiliser celles-ci, la chasse d'eau ne fonctionne pas bien. Tu peux aller dans la salle de bains, par là, lui conseilla-t-elle en lui indiquant l'autre côté du couloir. C'est la deuxième porte à droite.

— Merci, lui répondit Pip avec un large sourire.

Il y avait de nombreuses portes dans le couloir. Elle jetait un coup d'œil chaque fois qu'elle en dépassait une. Les murs de la première pièce étaient peints en rouge foncé, les rideaux étaient tirés, et le lit était défait. Elle entendit de petits grattements sur du plastique. Sans doute la chambre de Fern. En face, il y avait une autre chambre. Les rideaux étaient ouverts, et on voyait le parc. Un lit simple parfaitement fait, des vêtements pendus sur un portant, des photographies de couchers de soleil et de dauphins aux murs… Ça devait être la chambre de Catkin. Ensuite, il y avait la salle de bains, puis encore trois portes. Pip se retourna pour regarder si Adele pouvait la voir depuis la cuisine. Non. La porte au bout du couloir était entrouverte. Elle s'en approcha et jeta un coup d'œil dans l'entrebâillement. De toute évidence, c'était la chambre des parents. Les murs étaient peints en blanc, il y avait un immense futon, des tableaux colorés aux murs, des photos de famille, une grande suspension en lin et une baignoire d'angle avec des bouteilles d'onguent bio et homéopathiques alignés sur le rebord.

En entendant des bruits de pas, elle se retourna rapidement et se dirigea vers la salle de bains. À ce moment-là, une porte s'ouvrit et Pip découvrit une scène inattendue. Dans une chambre d'enfant aux murs roses, avec des guirlandes de pompons, un tapis en forme de cœur sur un parquet blanc, un panier de peluches et un lit en fer forgé blanc ouvragé avec des fioritures, se trouvait Leo, assis sur le lit à côté de Tyler, qui avait la tête posée contre son épaule. Ils se tenaient la main.

Willow, qui venait d'ouvrir la porte, lança un regard surpris à Pip.

—Qu'est-ce que tu fais ? demanda-t-elle à voix basse.
—Je cherche la salle de bains.
—C'est là, lui indiqua-t-elle en souriant. Cette porte.
Puis Willow sortit de sa chambre, laissant son père seul avec son amie de treize ans, et referma la porte derrière elle.

Cher papa,

Je commence à penser que quelque chose ne va pas dans cette communauté. Sérieusement. Hier, nous sommes retournées chez les sœurs, mais cette fois avec tout le groupe. D'abord, Tyler a été très malpolie avec Grace et moi. Enfin, surtout avec Grace. Elle nous a demandé si on était les filles de l'homme qui avait brûlé sa maison. Mais elle l'a demandé d'une façon méchante, devant tout le monde, alors Grace a dû mentir et dire que ce n'était pas nous, mais elle ne nous a pas crues et ensuite elle est partie en faisant la tête. Après, le père des sœurs est rentré. Je devais aller aux toilettes, et, en passant devant la chambre de Willow, j'ai vu leur père assis là, sur le lit, qui tenait les mains de Tyler. Je ne mens pas. C'était vraiment très bizarre. Et elle était collée à lui. Willow est sortie de la chambre et a refermé la porte derrière elle. On aurait dit qu'elle voulait leur laisser de l'intimité. Du coup, je me suis sentie très mal et j'ai voulu partir, mais quand je suis revenue dans le salon, Grace et Dylan étaient assis l'un à côté de l'autre et regardaient quelque chose sur un téléphone en riant. Je voyais bien qu'elle était contente d'être avec lui et qu'elle ne voudrait pas rentrer avec moi. Donc je suis partie toute seule. Après, je me suis promenée dans le parc pendant mille ans. J'essayais de comprendre ce qui venait de se passer. Pourquoi est-ce que Tyler était si distante avec nous, et qu'est-ce qu'il se passait entre elle et le père des sœurs ? Et à quoi ressemble la mère de Dylan ? Et où est-ce que la mère de Tyler habite ? Et où sont leurs pères ? Ce genre de questions.

Je suis passée devant le centre de réinsertion. Maman dit que c'est pour les femmes et leurs bébés. J'ai entendu une dame crier sur son enfant et ça m'a fait de la peine. Je me suis demandé à quoi ressemblait l'endroit où tu es. Est-ce que les gens crient ? Est-ce que ça t'empêche de dormir ? Est-ce qu'il y a des gens qui font peur ? Est-ce que tu as peur ? Ça fait six mois que je ne t'ai pas vu. Je commence à oublier à quoi tu ressembles…

Il y avait une femme assise sur un banc dans l'un des recoins du parc. Elle était très vieille, maigre, et elle avait un chat à côté d'elle, dans une boîte. La petite porte était ouverte mais le chat ne sortait pas. Quand j'ai regardé de plus près, j'ai vu qu'elle avait aussi un énorme lapin en laisse qui grignotait à ses pieds. Un vrai lapin, pas une peluche. Alors je n'ai pas pu m'empêcher de sourire et elle m'a dit que je pouvais m'approcher et le caresser. Il s'appelle Fergus. Il est très doux et calme.

La vieille dame s'appelle Rhea et elle habite ici depuis qu'elle a quinze ans, mais maintenant elle en a quatre-vingt-quatre ! Elle m'a dit qu'elle avait vu tout ce qu'il y avait à voir. Puis elle m'a dit quelque chose d'étrange. « C'est mieux de rester dans son coin, ici. De garder ses distances. » Elle m'a aussi dit de ne pas caresser le chat parce qu'il mord.

Ensuite, j'ai vu le garçon roux. Max. Il était tout seul, il jouait au ballon contre un mur. Il ne m'a pas dit bonjour.

Après, je suis allée dans la roseraie. Il n'y avait personne. J'ai lu les plaques sur les bancs. J'ai remarqué qu'il y en avait une pour une fille qui s'appelait Phoebe. « À la mémoire de Phoebe Rednough, 1977-1992. » Elle n'avait que quinze ans. Ça m'a rendue si triste que j'ai failli pleurer.

Imagine, mourir à quinze ans. Quand tu ne sais pas encore ce que tu aimes. Et tu ne sauras jamais à quelle taille tu vas arriver, et si tu seras riche ou pauvre, heureux ou triste. Je me suis assise sur son banc pendant quelque temps pour réfléchir. À toi, à ce que tu as fait. À comment on aurait tous pu mourir. Et que peut-être il y aurait eu un banc quelque part avec nos noms, peut-être qu'ils en auraient mis un à Hampstead Heath. Et à comment un passant, un jour, aurait dit : « Les pauvres, elles n'avaient que onze et douze ans. Elles avaient la vie devant elles. » La prochaine fois que je verrai Rhea, je lui poserai des questions sur Phoebe Rednough. Je suis sûre qu'elle doit savoir ce qui lui est arrivé.

Puis un homme est entré dans la roseraie, le grand frère de Dylan, celui qui est différent. J'ai été polie et je lui ai dit bonjour, mais je n'avais vraiment pas envie de rester seule avec lui donc je suis partie. Après, je suis rentrée et j'ai regardé la télé avec maman. Elle ne disait rien. Je crois que tu lui manques aussi.

Je t'aime, papa, si fort que je n'ai pas les mots pour l'écrire.
Ta Pipelette

Chapitre 7

— Tu penses quoi de ces filles ?

Adele posa le menton sur le rebord de la baignoire en regardant son mari, qui lisait au lit.

— Quelles filles ?

— Pip et Grace. Tu les trouves comment ?

— Elles ont l'air très gentilles. La plus grande est un peu distante, mais la petite est charmante.

— Tyler t'a raconté ce que Cecelia lui a dwwit la semaine dernière, quand elle les a croisées au supermarché ?

— Non, répondit-il en posant son livre, désormais complètement absorbé par cette conversation. Quoi ?

— Elle lui a dit qu'elle avait reconnu la mère, qu'elle avait vu une photo d'elle dans le journal il y a quelques mois. Dans un article sur un homme atteint de schizophrénie paranoïde qui avait brûlé sa maison parce que des voix dans sa tête lui disaient qu'elle était infestée de rats aliens qui complotaient pour prendre le contrôle du monde. Bref. Tout à l'heure, j'ai cherché sur Internet, et je pense qu'elle avait raison. Les enfants avaient onze et douze ans. La mère trente-deux. Une maison à Hampstead. Ça s'est produit en novembre. L'article disait qu'elles avaient emménagé chez des membres de leur famille. Ça colle.

— Mon Dieu, ces pauvres filles…

— Oui… Imagine, avoir un parent qui devient complètement fou. Fou à lier. Comment est-ce que tu peux gérer ça, quand tu es si jeune ? Qu'est-ce que tu peux comprendre ? Je me demande si elles le voient. Si elles lui rendent visite. Parce que, en tant que mère, je ne suis pas sûre que je pourrais te parler à nouveau si tu mettais nos vies en danger.

— Mais quand même, Adele, n'oublie pas que cet homme a sauvé le monde d'une invasion de rats aliens.

— Leo ! s'exclama-t-elle en se redressant d'un coup dans la baignoire. Ce n'est pas drôle !

— Un peu, quand même.

— Pas du tout ! Et, s'il te plaît, n'en parle à personne. Apparemment, Tyler a posé la question aux filles, et elles ont nié en bloc. Grace leur a dit que leur père était mort. Donc fais comme si nous n'avions jamais eu cette discussion.

Leo hocha la tête avec un air solennel.

— Compris.

— C'est tellement triste.

Elle se perdit un instant dans ses pensées.

— Il faut qu'on fasse un effort avec ces filles. Et leur mère. On pourrait peut-être les inviter à dîner toutes les trois, non ?

— Oui, pourquoi pas ? Vendredi prochain, quand mon père sera à l'hôpital, peut-être ?

Adele sourit en imaginant Gordon loin de chez eux.

— Parfait, oui. Je passerai le leur proposer demain.

— Comment tu avances avec le manuscrit ? lui demanda Leo un moment plus tard, quand Adele sortit du bain en s'enroulant dans une serviette.

— Doucement. Tu sais que le collège de Dylan leur donne des vacances de deux semaines, maintenant ? Je pensais faire la même chose avec les filles pour pouvoir continuer à travailler quand Gordon sera parti, annonça-t-elle en s'asseyant sur le bras du canapé. Tu en penses quoi ?

— Pour moi, tant que Catkin ne prend pas de retard sur le programme du brevet, ça ne me dérange pas. Il fait si beau. Peut-être que, moi aussi, je pourrais prendre des vacances.

— Vraiment ?

— Oui, peut-être. Comme ça, je pourrais m'occuper des filles, on pourrait faire une ou deux excursions. C'est la moindre des choses pour te remercier de t'être occupée de mon vieux et détestable père toute la semaine. En plus de tout ce que tu fais. Sérieusement.

— Parfois, je t'aime vraiment beaucoup, Leo.

— Parfois ?

— Oui, parfois. Parfois je te déteste, aussi.

— Mais maintenant tu m'aimes ?

— Oui, énormément.

Leo lui lança un sourire carnassier et l'invita d'un geste de la main à le rejoindre au lit. Adele fit tomber sa serviette au sol et se glissa sous la couette.

Le lendemain matin, Adele attrapa la laisse de Scout et sortit le promener dans le parc. Les filles dormaient encore, Leo était sous la douche, et elle avait apporté à Gordon sa tartine avec de la confiture et un verre d'eau pour ses antidouleurs.

C'était un matin pâle, gris, sans nuages ni soleil, et l'herbe était encore couverte de rosée. Scout tira sur la laisse, et Adele regarda l'heure sur sa montre. Pas encore 8 h 30. Était-il trop tôt, se demanda-t-elle, pour frapper chez Clare ? Elle décida de passer discrètement devant chez elle pour voir s'il y avait des signes de vie. Ses filles lui avaient dit que c'était la maison à côté du centre de réinsertion, avec un grand magnolia dans la cour. Elle s'arrêta devant leur appartement comme si de rien n'était, en faisant semblant d'ajuster la laisse du chien. La lumière de la cuisine était allumée et les rideaux étaient ouverts dans le salon. Elle aperçut une silhouette derrière la condensation créée par la vapeur de la bouilloire sur la vitre. Elle s'approcha de leur porte et frappa doucement. Pip apparut, dans un pyjama en pilou, ses boucles épaisses sens dessus dessous.

— Bonjour, la salua-t-elle d'une voix incertaine, les mains rentrées dans les manches de son pyjama.

— Excuse-moi, Pip, je sais qu'il est très tôt, mais je me demandais si ta maman était là.

Pip s'accroupit pour caresser le chien et se retourna pour appeler sa mère.

Heureusement, Clare était habillée. Elle avait l'air désagréablement surprise.

— Oh, bonjour.

C'était un tout petit bout de femme, remarqua Adele. D'une constitution frêle, avec un visage pâle, presque maladif, encadré par des cheveux décolorés coupés court. Elle ne portait pas de maquillage, à part une couche de mascara qui lui allongeait beaucoup les cils. Elle faisait penser à un agneau qui venait de naître.

— Bonjour ! Je ne sais pas si vous vous souvenez de moi, je suis Adele, la mère des trois sœurs…

— Oui, je me rappelle. L'appartement de Virginia Crescent.

— Exactement ! J'ai été ravie de vous rencontrer, l'autre jour, et je voulais vous dire que nous étions désolés de ne pas vous avoir invitée à discuter un peu chez nous, mais, comme je vous l'ai dit, nous avions un hôte de dernière minute, et… Bref, avec Leo, on s'est dit que, puisque les filles avaient l'air de s'entendre si bien, vous auriez peut-être envie de venir dîner à la maison toutes les trois. Vendredi prochain, par exemple, si ça vous convient. Mon beau-père sera à l'hôpital ce jour-là et on sera tous un peu plus détendus. Un petit dîner sans prétention. Une tarte ou quelque chose comme ça.

Adele se rendait bien compte qu'elle jacassait, mais elle ne pouvait plus s'arrêter. Sans doute parce que Clare la fixait comme si elle attendait impatiemment qu'elle arrête de tourner autour du pot. Mais Adele avait déjà formulé son invitation, et pourtant les mots continuaient à s'écouler de sa bouche.

— Est-ce que ça vous dirait ? Bien sûr, si vous avez un ami, ou quelqu'un que vous voudriez inviter…

Adele regarda derrière Clare, dans l'appartement. Tout était immaculé. Beaucoup trop. Des murs blancs, un canapé gris avec quatre coussins en feutre rouge parfaitement placés, une petite table carrée avec trois chaises en bois, du linoléum au sol, aucune décoration. C'était le type d'intérieur impersonnel qui lui brisait le cœur. Mais, bien sûr, si le mari de Clare avait réduit à néant leur maison, elle devait forcément tout recommencer de zéro. Sans aucune photo. Sans vêtements. Sans les dessins de ses enfants. Adele ne pouvait même pas imaginer ce que cela lui ferait.

— Euh… oui, bien sûr, merci beaucoup.

— Super ! Parfait. Venez à 19 heures. Je vous croiserai certainement avant vendredi, mais, au cas où, est-ce qu'il y a des choses que vous ou les filles ne mangez pas ?

Clare secoua la tête.

— On mange de tout.

Pip arrêta un instant de caresser Scout et releva la tête.

— C'est pas vrai ! J'aime pas la viande. Ni les raviolis. Ni les légumes verts. Sauf les haricots verts. Et je déteste les lentilles et ce genre de choses. Et la noix de coco. Et les choses avec des morceaux dedans, et…

— Très bien, Pip, merci, l'interrompit sa mère en souriant à Adele. Je crois qu'on a compris le message.

— Je vais essayer de me souvenir de tout ça, répondit Adele en riant. Allez, je vous laisse maintenant. Désolée de vous avoir dérangées si tôt. Bonne journée.

Adele tira doucement sur la laisse de Scout et le laissa la ramener à la maison.

Clare ne savait que penser. Une invitation à dîner chez le couple séduisant qui vivait de l'autre côté du parc. Elle avait accepté parce qu'il était 8 h 30 et qu'elle n'avait pas encore bu de café. Prise dans les phares des yeux brillants d'Adele et de son sourire éblouissant, elle n'avait pas réussi à trouver d'excuse pour se dérober.

Pip n'avait pas l'air ravie de la situation non plus.

— On doit vraiment y aller ?

— Je pensais que c'étaient vos copines.

— Ouais, plus ou moins. Mais je n'ai pas du tout envie d'aller là-bas pour un repas.

— Non, moi non plus, concéda Clare.

Elle n'avait pas encore parlé aux filles de leur père. Pip serait extatique. Grace, terrifiée. La nouvelle pourrait la ramener à l'état dans lequel elle avait été après l'événement. Des cauchemars toutes les nuits. Refusant d'aller au collège. De manger.

Pour l'instant, elle avait gardé ça pour elle. Parce que, même s'il sortait et qu'il réussissait à trouver ses filles, quel danger y avait-il ? Il ne leur ferait pas de mal, elle en était convaincue. Il voudrait leur parler, c'était tout. Et passer du temps avec elles.

Ces pensées tout à fait raisonnables furent rapidement occultées par le souvenir de son mari au mois de novembre précédent, debout dans la rue dans sa combinaison ridicule, déconnecté de la foule qui l'entourait, le reflet des flammes vacillant dans ses yeux fous tandis que des mots sombres, insensés, jaillissaient de sa bouche. Elle se rappela le visage rouge et ambre de ses filles à la lumière du feu. Elle se vit retenir Pip qui s'avançait vers son père, puis serrer dans ses bras Grace, qui frissonnait, des larmes silencieuses roulant sur ses joues.

—Mais il y a mes devoirs ! s'était écriée son aînée. Et ma nouvelle veste ! Et, s'était-elle rappelé en plaquant ses mains sur sa bouche avec un regard horrifié, ma tirelire cochon avec tout mon argent !

Trois choses parmi tant d'autres. Certains soirs, dans son lit, Clare faisait l'inventaire mental de tout ce qui avait disparu. Elle devait arriver à trois pour cent avant d'abandonner. Les dents de lait. Les brosses à cheveux. Son gilet noir préféré qui allait avec tout. Le livre de recettes dont elle n'avait eu le temps d'essayer que le gâteau d'anniversaire au chocolat. Le roman qu'elle était en train de lire. Les journaux intimes. Les chouchous. Ses sous-vêtements en soie. Ses draps. Les serviettes. Les coussins en velours vintage de sa grand-mère. Six orchidées en fleur. Son ordinateur. Son appareil photo. Leurs passeports. Une boîte à moitié pleine de truffes. Ses toutes nouvelles lunettes de soleil. Sa robe de mariage.

Elles étaient arrivées dans ce nouvel appartement sans rien et reconstruisaient leur vie doucement, chaussette après chaussette, coussin après coussin, cuillère après cuillère.

— Je vais leur dire qu'on n'est pas disponibles, annonça-t-elle, la main posée sur la tête de sa cadette. Qu'on a un imprévu.

Grace entra dans la pièce, entendant les derniers mots de la discussion.

— On va dire ça à *qui* ?

— À Adele, la mère des sœurs. Elle nous a invitées à dîner la semaine prochaine.

Grace les dévisagea.

— Mais je veux y aller, moi. Pourquoi est-ce qu'on n'irait pas ? J'en ai super envie !

— Vraiment ? demanda Clare avec surprise. Pourquoi ?

— Je sais pas. C'est bien, là-bas. Et ils sont sympas.

Clare observa le visage plein d'espoir de sa fille puis balaya du regard leur appartement. Elles avaient fait beaucoup de chemin, mais elles n'étaient pas encore chez elles ici. Peut-être que sa fille avait trouvé chez ces voisins un espace qui lui rappelait leur maison.

— Mais maman, par contre…, hésita Grace en se mordant la lèvre inférieure. J'ai dit un mensonge aux filles. À propos de papa. J'ai dit qu'il était mort.

Clare eut un mouvement de recul.

— Mais… pourquoi ?

— Tyler nous a demandé si on était les filles dont le père avait brûlé la maison et j'ai dit non. J'ai vu qu'elle ne me croyait pas donc j'ai dit qu'il était mort. Pour qu'elle se taise.

Elle baissa la tête en se balançant d'un pied sur l'autre.

— Je suis désolée…

Clare prit sa fille dans ses bras. Elle faisait sa taille, maintenant, et pesait plus lourd qu'elle. Mais il lui restait encore un petit résidu de cette odeur qu'elle avait quand elle était bébé.

— Ne t'inquiète pas, ma chérie. Je comprends. On changera de sujet s'ils nous parlent de lui. D'accord ?

Elle sentit Grace hocher la tête sur son épaule. Elle sourit et s'éloigna d'un pas de sa fille pour plonger le regard dans ses yeux noisette.

— C'est sans doute pour ça qu'ils nous invitent à dîner. Parce qu'ils ont de la peine pour nous !

— Moi, je ne veux toujours pas y aller, objecta Pip.

— Ce n'est pas grave, répondit Clare autant pour elle que pour sa fille. Toi et moi, on mangera et on partira tout de suite après. Et si Grace veut rester avec les sœurs…

Grace acquiesça vigoureusement.

— Elle restera. On dira que tu te sens un peu malade et on rentrera toutes les deux. Ça marche pour tout le monde ?

Ses filles hochèrent la tête en souriant.

Clare se sentit un instant satisfaite grâce à ce compromis trouvé facilement avant d'être submergée par une vague de nervosité qui la dévasta comme une tornade. Un dîner. Avec des étrangers. Ses filles qui trouvaient des refuges loin d'elle. Des mensonges à maintenir. Des secrets à garder. Avec en toile de fond la présence vibrante et menaçante de son mari, guéri, prêt à revenir dans leur vie. Sans doute pour tout chambouler.

Chapitre 8

Pip n'arrêtait pas de penser à Fergus, le lapin géant. Pendant tout le week-end, elle s'était souvenue de la sensation de cette fourrure douce sous ses doigts, du tressaillement de son nez, de la masse touffue de ses hanches. Le dimanche, après le repas, elle était sortie à la recherche de la vieille dame, Rhea. Grace était restée à l'appartement, paniquée par des devoirs de dernière minute. Le soleil brillait, mais il ne faisait pas chaud. Il y avait des gens assis ici ou là. Pip croisait les doigts en marchant. *S'il vous plaît, faites que le lapin soit là*, se répétait-elle.

De l'autre côté du parc, elle vit Dylan et Tyler assis sur un banc, regardant quelque chose sur leurs portables en riant. Dylan leva la tête et vit Pip qui s'approchait. Il lui proposa de les rejoindre, mais elle n'en avait pas envie. Elle leur sourit et secoua la tête en faisant un geste vers le jardin secret.

En tournant à l'angle du cloître, elle vit le bout des pieds de Rhea. Elle portait de grandes baskets blanches à la mode avec des bandes roses fluorescentes sur les côtés, un legging noir, un pull sombre, une écharpe framboise et des mitaines. Ses cheveux blancs étaient attachés en un chignon fin. Elle tenait une tasse de thé et un livre dans ses mains. Quand Pip s'approcha, elle leva les yeux et la salua.

Pip remarqua qu'elle avait un léger accent qui faisait penser à de l'allemand, mais qui pouvait tout aussi bien venir d'Albanie ou du Kosovo, comme certaines mamans de son ancienne école primaire.

— Tu es venue voir Fergus ?

Pip hocha la tête en luttant pour ne pas le toucher, attendant qu'on l'y invite.

— Vas-y, alors, proposa Rhea en prenant le lapin sur ses genoux et en se décalant pour que Pip puisse s'asseoir. Voilà, reprit-elle avec un sourire.

Le lapin ne regardait pas Pip. Il était en mission d'observation détaillée de son environnement immédiat.

— Tu peux aller te promener avec lui, si tu veux.

Pip acquiesça, tout sourires.

— Tiens, reprit-elle en lui donnant la laisse.

— Pourquoi est-ce qu'il est aussi grand ?

Rhea sourit, sa peau blanche et fragile se plissant comme la surface du lait caillé.

— C'est un géant des Flandres. On dit que c'est un croisement entre un lapin et un labrador, expliqua-t-elle en secouant la tête, mais moi, je n'y crois pas. Je pense qu'ils ont simplement fait se reproduire entre eux de grands lapins jusqu'à ce qu'il en naisse un de la taille d'un chien. Et ensuite ils se sont dit : « Ah ah ! Venez voir ce lapin ! Ça doit être un croisement avec un labrador ! » Mais, regarde-le, Fergus n'a rien d'un chien. Regarde-moi cette adorable queue en pompon.

Le lapin tira sur la laisse, ce qui fit sourire Rhea.

— Vas-y !

Pip fit le tour du jardin secret avec Fergus. Il marchait lentement, reniflant tout autour de lui, frissonnant, bondissant. Il trouva des feuilles qui semblèrent lui plaire et se mit à les mâcher, mais Pip l'en empêcha tout de suite, au cas où ce n'aurait pas été digeste pour lui. Puis elle l'emmena sur les sentiers entre le jardin secret et la roseraie. Un petit garçon les regarda sans en croire ses yeux, puis courut raconter à sa mère ce qu'il venait de voir. Elle tomba sur Fern, assise seule dans la roseraie. Elle lisait, ses écouteurs aux oreilles, tenant dans une main l'étrange morceau de soie qu'elle se passait sur les lèvres. Elle leva un instant la tête vers Pip, la fixa de ses grands yeux humides, puis détourna le regard. Pip s'arrêta, ne sachant pas si elle était censée lui dire bonjour et être amicale. Mais Fergus tira à nouveau sur la laisse et la ramena vers Rhea.

—Alors, c'était comment ?

—Bien. Il a voulu manger des feuilles mais je ne l'ai pas laissé faire, au cas où ça aurait été du poison.

—Bon réflexe, jeune fille. Tu as quel âge ?

—J'aurai douze ans dans deux semaines.

Rhea hocha la tête.

—Tu habites ici depuis longtemps ?

—Depuis janvier. Ça fait six mois.

—Tu t'es fait des amis ?

—Un peu.

—Les sœurs ?

—Oui. Et une fille qui s'appelle Tyler. Et un garçon, Dylan.

—Le beau Dylan, reprit Rhea en souriant. Il est très populaire.

—Il est gentil.

—Oui, tu as raison. Et il s'occupe bien de son frère.

—Robbie ?

—Oui, exactement. Le pauvre.

—Qu'est-ce qu'il a, exactement ?

Rhea caressa la tête de Fergus et enfouit la main dans son pelage. Le lapin s'immobilisa.

— Ah ça, personne ne le sait précisément. Pas même sa pauvre mère, je crois. Il y a des choses comme ça. Son mari était bien plus âgé qu'elle, soixante ans je pense, quand Robbie est né. Et il buvait beaucoup. Beaucoup. Pas que je veuille lui faire porter le chapeau. C'était un homme très gentil. Mais il faut bien se poser la question…

Pip ne comprenait pas bien le rapport, mais elle acquiesça tout de même.

— Quoi qu'il en soit, la mère de Dylan, Fiona, n'arrivait pas à se remettre du décès du père de Robbie, et elle a placé son fils dans une très bonne institution à côté de Londres quand il avait dix ans. Puis, à quarante-cinq ans, sans crier gare, elle est tombée enceinte. Personne ne savait qui était le père, et cet adorable petit bébé est né, et aujourd'hui on ne sait toujours pas qui est le père. Personne ne le demande, et elle ne le dit à personne.

— Ils habitent où ?

— Là-bas, répondit Rhea en désignant les trois petites fenêtres au dernier étage de la maison où vivaient les sœurs.

— Et Tyler ?

— Elle habite là, dit-elle en montrant le manoir dans le coin le plus à l'est. Sa mère est assistante sociale, alors elle a un grand appartement avec un loyer modéré.

— Et vous, vous habitez où ?

— Dans cet immeuble, lui indiqua-t-elle en montrant le bâtiment derrière elles. L'appartement au deuxième étage, où il y a un balcon avec plein de fleurs. Moi, j'étais infirmière, donc j'ai eu aussi un grand appartement avec un loyer bon marché.

Pip hocha la tête et caressa le lapin sur toute sa longueur. Elle ne comprenait pas vraiment cette histoire de grand appartement avec un loyer modéré. Mais elle aimait parler avec Rhea, qui lui donnait l'impression de tout savoir sur tout le monde et pouvait répondre aux questions qu'elle avait peur de poser aux autres enfants.

—Qui est Phoebe Rednough?

Rhea lui lança un regard surpris.

—Pardon, je pense que j'ai mal prononcé. Son nom est écrit sur un banc dans la roseraie. Vous la connaissiez?

—Oui, bien sûr. Tout le monde connaissait Phoebe. C'était une jeune fille adorable. Un peu sauvage, mais gentille. Une petite chipie très intelligente. Et jolie. Elle était toujours au centre de tout ce qu'il se passait au parc.

Pip se sentit un instant jalouse de cette jeune fille morte. Elle représentait tout ce qu'elle-même souhaitait être.

—À l'époque, il y avait aussi un groupe d'enfants, bien sûr. Il y a toujours une clique dans ce parc. Il y avait les Howes, Leo et ses deux frères, et la petite sœur de Phoebe, Cecelia, la mère de Tyler…

—Sa mère? l'interrompit Pip.

—Oui. Phoebe serait la tante de Tyler si elle était encore parmi nous.

—Oh, murmura Pip en sentant soudain une connexion avec la disparue. Qu'est-ce qu'il lui est arrivé?

—Quand elle avait quinze ans, Phoebe a été retrouvée morte dans le parc, commença Rhea en frissonnant. Un matin, je l'ai vue depuis mon balcon, couverte de rosée, les cheveux étalés autour de sa tête, comme Ophélie. Personne n'a jamais découvert ce qu'il s'était passé. Des drogues, de l'alcool. Elle a fait une sorte d'overdose. «Affaire classée.»

Il a fallu l'enterrer sans que la vérité éclate. Bien sûr, il y a eu beaucoup de rumeurs à l'époque…

Elle s'arrêta et jeta un coup d'œil en coin à Pip.

— C'est une discussion un peu difficile pour une jeune fille comme toi, non ?

Pip secoua la tête.

— Quand elle est morte, Phoebe était très liée à deux des frères Howes. Elle sortait avec Patrick, qui avait son âge, depuis quelques mois. C'était un amour de jeunesse, un conte de fées. Mais, si l'on en croit les ragots, elle avait aussi une histoire avec le grand frère.

— Lequel ?

— Leo. Tu le connais, je crois, reprit-elle en faisant un signe de tête vers Virginia Crescent. C'est le père des trois sœurs. Il avait au moins quatre ans de plus qu'elle. C'était un jeune adulte ! s'exclama-t-elle en ouvrant grand les bras avant de resserrer son écharpe rose. Selon lui, il ne se passait rien entre eux. Mais qui sait s'il dit la vérité ? Seule Phoebe aurait pu dire ce qui s'est réellement passé cet été-là, mais la pauvre enfant a perdu la vie.

— Est-ce que vous l'aimez bien ? demanda Pip en retenant son souffle, persuadée qu'il s'agissait d'une question importante.

— Leo ?

Pip hocha la tête.

— Oh, je ne le connais pas très bien. Mais je connaissais son père, Gordon.

Elle détacha les deux syllabes du prénom. Gore-done.

— Et si son fils est comme lui, alors…

Elle leva les yeux au ciel en secouant la tête.

— J'espère que ce n'est pas le cas, reprit-elle en lançant un regard appuyé à Pip. Et toi ? Est-ce que tu l'aimes bien ?

— Je ne sais pas, répondit Pip avec un sourire timide. Je crois.

Rhea souleva son lapin et se leva.

— Fie-toi à ton instinct. Il ne se trompe presque jamais.

Cher papa,

J'ai tellement de choses à te raconter, je ne sais pas par quoi commencer. Déjà, on a été invitées à dîner chez les sœurs. Avec maman, on n'a pas trop envie d'y aller, mais Grace y tient beaucoup donc on ira, mais nous on rentrera tôt. Je pense que ça va être bizarre. Maman n'est pas prête pour ce genre de choses. Elle est encore toute maigre et sur les nerfs à cause de ce qu'il s'est passé, et elle n'est pas sortie depuis qu'on est arrivées ici. À part ça, il s'est passé quelque chose de très intéressant hier. Je suis sortie au parc et il y avait la vieille dame avec le lapin. Elle m'a raconté plein de choses sur les gens qui habitent ici. Et je lui ai posé des questions sur la fille qui a son nom sur le banc, Phoebe Rednough. Apparemment, Phoebe a été retrouvée un matin dans le parc et elle était morte, et personne ne sait ce qu'il s'est passé !! Elle m'a dit que c'était à cause de drogues et de l'alcool, mais c'est un vrai mystère. Elle m'a dit que Phoebe sortait avec le petit frère de Leo (le père des sœurs) quand elle est morte, mais que les gens pensaient qu'elle sortait aussi avec Leo en même temps, alors qu'il avait quatre ans de plus qu'elle ! Et aussi, Phoebe est la sœur de la mère de Tyler ! Donc c'est en fait la tante de Tyler.

Je n'arrive pas à croire qu'on puisse mourir et être enterrée sans que personne sache ce qu'il s'est passé.

J'ai essayé d'en parler à Grace, mais elle ne m'écoutait pas, elle voulait faire ses devoirs. Et je ne peux pas le raconter à maman parce qu'elle ne comprendrait pas. Elle ne comprend pas grand-chose ces temps-ci. Elle vit dans son petit monde. J'ai l'impression d'être la seule personne normale de cette famille. La seule qui soit encore la même qu'avant ce qui est arrivé avec la maison. Si tu étais là, tu pourrais m'aider à découvrir ce qui est arrivé à Phoebe. Tu es très fort pour ce genre de choses. Peut-être même que tu pourrais faire un documentaire sur cette histoire. Tu pourrais l'appeler Le Parc secret. Ou bien Qu'est-ce qui est arrivé à Phoebe Rednough ? Peut-être que tu gagnerais un prix…

Aujourd'hui, j'ai eu l'impression de te voir. Quand je rentrais du collège. J'ai vu quelqu'un qui te ressemblait beaucoup. Mais il était beaucoup plus maigre. Et avait les cheveux courts. Et une barbe. Il m'a regardée, et j'ai failli crier ton prénom, mais j'ai réussi à m'en empêcher.

Je t'aime, papa, et tu me manques chaque minute de chaque jour.

Si tu te comportes très bien, peut-être qu'ils te laisseront rentrer à la maison ?

Ta Pipelette

Chapitre 9

Clare essayait de choisir une tenue pour le dîner chez les Howes. Après l'incendie, elle avait dû se reconstituer une garde-robe. Sur le coup, le projet lui avait semblé assez excitant. C'était le genre de choses dont elle aurait rêvé quand elle était adolescente : un budget de cinq cents livres pour de nouveaux vêtements. Dans les faits, cela avait été une épreuve stressante et infructueuse. Rien de ce qu'elle avait choisi ne s'accordait, et elle avait tout pris en taille 36 alors qu'elle faisait aujourd'hui plutôt du 34. On était maintenant en juin, et tout était soit trop grand, soit trop chaud.

Elle alla frapper à la porte de la chambre des filles.

— Je peux entrer ?

Pip ouvrit la porte.

— Je n'ai rien à me mettre. Est-ce que je peux jeter un coup d'œil à vos vêtements ?

— Je sais ce qui t'irait *trop bien*, affirma sa plus jeune fille. Attends.

Elle fouilla dans l'armoire et sortit une combinaison noire resserrée à la taille. Elle la tint devant sa mère et observa l'effet.

— En fait, je pense qu'elle sera peut-être un peu grande pour toi. Mais essaie-la quand même. Le noir te va très bien.

Clare lança un regard dubitatif à la combinaison. Il faisait chaud dehors, mais sans doute pas assez pour ce vêtement si léger. Comme si elle pouvait lire ses pensées, sa fille se replongea dans l'armoire et en sortit un petit gilet noir avec un col orné de sequins.

— Tiens, mets ça aussi.

Clare sourit et s'approcha du miroir en pied derrière la porte, où elle découvrit avec surprise Grace, assise en tailleur, en train de se maquiller. Et sa fille n'en restait pas à la couche de mascara des grandes occasions, elle avait aussi mis du rouge à lèvres, du fard à paupières, et un trait d'eye-liner.

— Grace, mais enfin... C'est beaucoup trop de maquillage, ça.

Grace haussa les épaules.

— Grace, je suis sérieuse. Tu n'as même pas treize ans.

— Je les aurai le mois prochain.

— Peu importe. C'est beaucoup trop, même pour une fille de treize ans.

— Qui dit ça ?

— Toutes les mères de filles de douze ans !

— C'est pas vrai. Tu peux pas savoir ce qu'elles disent toutes.

— En plus, Grace, je te rappelle qu'on va seulement à un dîner entre voisins du parc. Si je vous emmenais au *Ritz*, peut-être, mais là... Tu te maquilles pour qui ?

— Personne, répondit Grace sèchement. Pour moi.

— Il n'y aura même pas de garçon, ce soir.

— Quel est le rapport ? Je ne me fais pas belle pour les garçons, maman. Je le fais pour moi. Et vu que c'est la première fois depuis genre six mois qu'on nous invite quelque part, ou même qu'on *sort de la maison*, est-ce que c'est vraiment si bizarre que j'aie envie de faire un effort ?

Clare inspira profondément. Elle avait à peine vu sa fille cette semaine. Dès qu'elle rentrait du collège, elle enlevait son uniforme et sortait immédiatement dans le parc. La plupart du temps, elle ne rentrait même pas dîner. Clare essayait de garder son assiette au chaud dans de l'aluminium mais devait souvent finir par abandonner devant ses protestations (« Je ne vais pas manger du risotto froid ! ») et lui donnait un bol de céréales. Souvent, elle traînait sur les bancs en haut de la colline. Parfois, elle disparaissait, et Clare lui envoyait des messages angoissés.

« Tu es où ? »

« Chez les sœurs », répondait-elle toujours.

Puis Grace finissait par réapparaître vers 19 ou 20 heures, arborant un air indépendant et indifférent.

— OK, mais tu n'as pas besoin de maquillage. D'ailleurs, tu es dix fois plus jolie au naturel.

Elle enfila la combinaison de sa fille de onze ans. Elle flottait dedans. Elle la retira, la rangea sur le cintre et la rendit à Pip.

— Tant pis, je vais mettre mon jean.

Sur le pas de la porte, elle se retourna pour jeter un regard à son aînée, qui appliquait une nouvelle couche de mascara à ses cils. Elle avait l'air anxieuse et différente. Derrière elle, sa sœur haussa les épaules, un geste adulte qui voulait dire : « Qu'est-ce qu'on peut bien faire ? » Clare fit la moue puis retourna dans sa chambre, où elle se laissa tomber lourdement sur le lit et se prit la tête dans les mains. Quelque chose n'allait pas dans l'organisation de son univers. Ses filles grandissaient, se renforçaient et avaient besoin de vêtements et de chaussures plus grands.

Elles dépassaient leur mère, tandis que Clare rétrécissait et ressemblait de plus en plus à une poupée. Quand elles s'ouvraient au monde, se faisaient des amis, sortaient de la maison et évoluaient, Clare se renfermait sur elle-même.

Elle enfila son jean trop grand et une tunique noire avec de la dentelle. Elle fit bouffer ses cheveux blonds presque blancs et mit du rouge à lèvres écarlate. Elle se regarda dans le miroir. Clare Wild. Que penseraient d'elle Adele et Leo ? Une jeune femme. Une mère célibataire. Une maman minuscule. Est-ce qu'ils la trouveraient sympathique ? Étrange ? Exigeante ? Est-ce qu'ils l'aimeraient ?

— Les filles ! lança-t-elle en direction du couloir. Vous êtes prêtes ?

Quand Grace sortit de la chambre, elle eut du mal à reconnaître sa fille. Un instant, elle fut déstabilisée par cette personne qui ressemblait à une autre adulte. Ses boucles châtaines étaient ramassées en deux tresses qui se terminaient à l'arrière de sa tête en un nuage volumineux. Elle portait un jean très serré et un tee-shirt gris moulant qui faisait ressortir sa poitrine naissante et son ventre plat. Quand avait-elle perdu cette petite couche de gras de bébé ? Ses yeux en amande rehaussés d'eye-liner la défiaient du regard, comme pour lui dire : « Tu n'as pas intérêt à me dire quoi que ce soit. »

Clare s'en abstint. Elle sourit à Grace avant d'attraper la bouteille de vin achetée plus tôt et la petite orchidée.

— Allez, on y va.

Adele les accueillit à la porte de la cuisine dans une sorte de peignoir en soie à motif enfilé par-dessus un débardeur noir et un legging. Elle avait un gros chignon noir au sommet de son crâne où elle avait logé ses lunettes de lecture.

— Ah, vous voilà !

Elle se pencha pour faire la bise à Clare.

— Allez-y, poursuivit-elle en touchant les épaules de Pip et Grace, les filles vous attendent !

Pip suivit sa sœur dans le salon, où elles trouvèrent Catkin et Willow debout autour d'une desserte contenant de nombreuses bouteilles d'alcool, en train de préparer des cocktails.

— Non, disait Catkin en retenant la bouteille de vodka dans la main de sa sœur. Tu en mets beaucoup trop. Non ! *Stop !*

Elle lui arracha la bouteille de la main.

— Maintenant, passe-moi le vermouth. Non, pas celle-ci, *celle-là*.

Pip les regardait avec curiosité. Est-ce qu'elles allaient boire des cocktails, ce soir ? Elle s'attendait à tout avec cette famille.

— Alors, les vodkas Martini sont prêtes ? demanda Adele en entrant dans la pièce.

Catkin ferma le bouchon d'un shaker en métal et se mit à secouer le mélange.

— Presque. Mais ça va peut-être être un peu fort, précisa-t-elle en foudroyant Willow du regard.

Puis elle versa délicatement le mélange dans des verres à cocktail et ajouta des olives. Willow les déposa ensuite sur un plateau à côté de petites assiettes de noix et de chips et les proposa avec déférence à Clare et Adele. Pip repensa au temps où ils vivaient à Willoughby Road, avant que son père ne devienne fou, quand leurs vies étaient à peu près normales. Elle se souvint que, les soirs où des amis de ses parents venaient dîner, Grace et elle restaient le plus longtemps possible dans leurs chambres ou se cachaient dans le salon jusqu'à ce que les invités partent. Ici, les règles étaient différentes.

— Qu'est-ce qu'on peut vous servir à boire, mesdemoiselles ? Nous avons une sélection de sirops, de l'eau et du smoothie.

— Est-ce qu'il y a du Coca ?

Le visage d'Adele se décomposa.

— Je suis désolée, Pip. Non…

— Ça fait rien, reprit-elle. Je veux bien un smoothie, alors.

Fern entra dans la pièce. Elle portait ce qui semblait être une chemise d'homme ouverte sur un débardeur noir avec un sarouel et des tennis hautes multicolores. Ses cheveux étaient en train de sécher dans une serviette serrée autour de sa tête, et son visage était strié de bleu.

— Fern, qu'est-ce que…, commença Willow.

— Je les ai teints, répondit sa sœur d'un air détaché. Les pointes seulement.

Pip attendait la réaction des parents. Que Leo ou Adele s'exclame : « Comment ça, tu les as teints ? Qu'est-ce que c'est que cette histoire ? »

— Super ! J'ai hâte de voir le résultat, la félicita Adele avec un sourire satisfait.

Puis ils changèrent de sujet.

— Comment va votre père ? demanda Clare à Leo.

— Il a été opéré hier, lui apprit-il en la regardant intensément de ses yeux sombres.

— Ils ont amputé son pied ?

— Oui, le pied a disparu.

Leo avait l'air prétentieux, se dit Pip, comme s'il faisait un effort pour paraître particulièrement détendu. Pip regarda sa mère. Elle était vraiment jolie, ce soir. Pas de la même façon qu'Adele, avec ses longs cheveux brillants, ses yeux de biche et ses pieds délicats aux ongles peints en rose. Mais Clare était mignonne. Elle se demanda si Leo pensait la même chose, et si c'était pour ça qu'il était un peu arrogant.

Il y avait une musique d'ambiance assez douce et aérienne, et le salon était illuminé par de nombreuses bougies, des photophores ou des chandelles dans des vases. La porte-fenêtre était ouverte et, sur la terrasse, le vent faisait danser d'autres flammes de bougies. Elle distingua des voix à l'extérieur, et Tyler apparut, accompagnée d'une femme qui ne pouvait qu'être sa mère tant elles se ressemblaient.

Pip retint son souffle et se redressa. C'était Cecelia, la sœur de Phoebe. Le personnage d'une histoire qui soudain prenait vie.

— Bonsoir, s'annonça-t-elle en avançant avec sa fille dans le salon, une bouteille de vin enroulée dans un papier blanc à la main.

Leo se leva d'un bond.

— Cece ! Quelle agréable surprise ! s'exclama-t-il avant de l'embrasser bruyamment sur les deux joues en lui tenant les bras. Adele m'avait dit qu'elle t'avait invitée, mais je ne pensais pas que tu pourrais venir. Je suis ravi de m'être trompé !

Cece était très grande et avait de longs cheveux blonds et raides avec une frange. Son visage était pointu, émacié, et elle avait les mêmes traits que sa fille. Elle ne rendit à Leo ni son sourire ni son enthousiasme, qu'elle semblait tolérer avec difficulté.

— Bonsoir Leo, répondit-elle d'une voix traînante, avec un accent londonien prononcé. Ça fait un bail.

— Pourtant tu sais où on habite, Cece.

Elle leva les yeux au ciel, comme si ce n'était pas la première fois qu'elle entendait ça.

Elle ne ressemblait pas à une mère qui délaisse sa fille, se dit Pip. Elle était gracieuse et bien habillée, dans une robe mi-longue en Lycra bleu foncé, avec des sandales assorties. Elle portait une queue-de-cheval lisse et avait deux tatouages : un petit oiseau bleu posé sur une branche sur son poignet délicat et un bracelet de pâquerettes autour de la cheville. Sa peau était bronzée et lumineuse. C'était le genre de femme qui partait en vacances dans des endroits dangereux.

— Un Martini ? proposa Catkin.

— Carrément, souffla Cece en se laissant tomber sur le canapé à côté de Pip et du chien.

Elle avait l'air d'avoir passé une rude journée. Elle se tourna vers Pip.

— Toi, tu es l'une des nouvelles, c'est ça ?

— Oui, Pip.

— Et Grace ?

Pip montra sa sœur du doigt.

— Bonjour, Grace, marmonna-t-elle. Enchantée.

— Moi aussi, répondit Grace en hochant la tête.

Le regard de Cece s'attarda sur Grace un peu plus longuement que nécessaire, et Pip aurait aimé avoir une paire de lunettes magiques pour voir ce que dissimulaient son expression et sa politesse feinte.

— Bonjour, poursuivit Cece en tendant une longue main fine à Clare. Je suis Cece, la mère de Tyler.

Clare lui serra la main.

—Et je suis Clare, la maman de Pip et Grace.

—Je me demande bien comment tu as pu sortir ces deux énergumènes d'un si petit corps. Tu es toute fine…

—À l'époque, elles étaient bien plus petites!

Clare, Cece et Leo rirent, et Pip fut très heureuse de constater que sa mère avait de la repartie.

—Ça va, par là-bas? lança Leo à Grace, qui se tenait à côté de la porte-fenêtre, l'air nerveuse. Viens t'asseoir, reprit-il en tapotant le coussin du canapé à côté de lui.

Grace sourit et accepta la proposition.

—Tiens, prends des cacahuètes, poursuivit-il en lui tendant un bol.

Pip remarqua que sa sœur s'empourprait en plongeant la main dans le bol.

—Merci.

Pip pensa à nouveau à Tyler, assise sur le lit de Willow, la tête contre l'épaule de Leo. Elle avait l'impression que le père des sœurs avait également ensorcelé Grace. Elle ne comprenait pas. Leo était vieux. Gentil, mais c'était un vieux. Elle se rappela des histoires qu'elle avait lues dans le journal au sujet d'hommes comme Leo, d'hommes gentils, à qui l'on faisait confiance, des hommes qui avaient des enfants. Des hommes qui cherchaient des jeunes influençables et les manipulaient. Grace était vulnérable. Même Pip s'en rendait compte.

Adele entra dans le salon, invitant avec elle une traînée de soie et une odeur d'épices.

—Cece, quelle bonne surprise! Je ne pensais pas que tu pourrais venir!

—Quelqu'un a pas mal insisté, expliqua-t-elle en faisant un geste vers Tyler. Elle voulait que je rencontre ses nouvelles amies.

Cette remarque surprit Pip. Elle n'aurait jamais pensé que Tyler les considérait comme ses amies. Elle donnait plutôt l'impression d'avoir du mal à les supporter.

— Le repas est prêt. À table, tout le monde !

Ils s'installèrent dans la cuisine autour d'une grande table en bois ancienne qui était couverte d'inscriptions et de dessins gravés. Leo prit le temps de choisir la bonne musique. Les sœurs ajoutèrent des assiettes pour Tyler et Cece, et allumèrent de nouvelles bougies. Adele souleva de grandes casseroles de la cuisinière et les posa directement sur la table, en sortant de grandes cuillères pour le service. Une grosse pile de serviettes en papier fut passée d'un convive à l'autre comme un tas de feuilles dans une réunion. Catkin servit le vin, Leo prépara une salade dans un grand bol en bambou rouge. Dehors, le jour disparaissait lentement. Pip voyait par les fenêtres le ciel se marbrer de traînées violettes et grises, et les lumières des autres maisons s'allumer. Sa mère riait avec les autres à une remarque de Leo. Pour la première fois, Pip vit Fern rire à gorge déployée, et même Grace, assise à côté de Catkin, commença à se détendre. Pip laissa son appréhension se dissoudre. C'était une maison heureuse. Pleine de gens joyeux. Leo était une bonne personne.

Adele remua une cuillère dans la plus grosse casserole.

— C'est du poulet au curry, sans lentilles, sans haricots, sans lait de coco. Juste du poulet. Ça t'ira, Pip ? vérifia-t-elle en lui adressant un clin d'œil.

— Oui, merci, répondit-elle avec un sourire.

— Parfait ! Ici, nous avons un curry de lentilles, reprit-elle en soulevant un autre couvercle. Et là, du *Sag Aloo*. Passez-moi vos assiettes !

Après le repas, Adele demanda aux filles de jouer quelque chose. Pip n'en revenait pas. Elle vit les sœurs sortir du salon puis revenir en tenant chacune un instrument différent : Catkin une flûte, Fern une guitare acoustique, Willow un violon. C'était la première fois que Pip voyait des enfants jouer de la musique chez eux, et elle était fascinée. Elles jouèrent une version à contretemps de *Get Lucky* des Daft Punk, ce qui fit rire les adultes, puis elles enchaînèrent sur *Blurred Lines*, et Leo se leva pour danser. Adele le rejoignit, et Pip se sentit horriblement mal à l'aise, comme chaque fois qu'elle voyait des adultes se comporter de la sorte. Elle tourna légèrement la tête pour les soustraire à sa vue et chercha sa sœur des yeux pour partager la honte qu'elle ressentait. Mais Grace n'avait pas l'air gênée le moins du monde. Elle semblait enchantée, émerveillée par cette scène.

Quand le morceau se termina, Pip toucha doucement le bras de sa mère.

— On peut rentrer, maintenant ?

Cinq minutes plus tard, elles disaient au revoir à Leo et Adele à la porte de la cuisine. « On doit absolument refaire ça. C'était génial. Merci. Non, merci à vous. »

Comme prévu, Grace resta. « On la ramène à 23 heures ? Ou 22 heures ? Allez, disons 22 h 30. Très bien. Faisons comme ça. Tu es sûre que tu ne veux pas rester, Pip ? Certaine ? Très bien ! »

Une fois sur la terrasse, Pip se retourna pour regarder une dernière fois les Howes et vit Grace, assise sur le canapé entre Leo et Fern. Elle tenait la guitare entre ses mains et Leo lui montrait comment placer ses doigts sur les cordes. Quand il se pencha vers elle, souleva ses doigts et les replaça, elle lut sur le visage de sa sœur une émotion qui ne pouvait être décrite que comme de la béatitude absolue.

Elle se retourna avec désespoir vers sa mère, espérant qu'elle avait vu la même chose, mais Clare était déjà au portillon et l'attendait.

— Viens, ma chérie.

Elle jeta un dernier coup d'œil à la scène. Grace fixait Leo en souriant. Elle voulut dire quelque chose, mais ne trouva pas les mots.

— J'arrive, maman.

Cher papa,

Tu me manques tellement. Là, je suis assise dans mon lit et Grace n'est pas là. Elle est chez les sœurs. On vient d'aller dîner là-bas et c'était bien, mais j'aurais tellement voulu que tu sois là. Le toi d'avant. Quand tu nous faisais sauter sur tes genoux pour faire chevroter nos voix. Ou quand tu ouvrais le grand manteau marron que tu avais, qu'on venait se cacher dedans et qu'on disait qu'on faisait du camping sous notre papa :). Et j'aimerais que tu sois là maintenant, allongé sur le sol comme avant, les jambes pliées et les mains posées sur le ventre, à m'écouter lire. Mais le plus difficile depuis que tu n'es plus là c'est que je ne peux pas PARLER de toi. Je voulais leur dire : « Mon papa fait des films ! Mon papa a gagné des prix ! Mon papa fait un mètre quatre-vingt-dix ! Mon papa est allé à Oxford ! Mon papa sait parler cinq langues ! Mon papa est très, très intelligent et très, très intéressant ! » Mais je ne pouvais rien dire. Je devais rester dans mon coin en regardant tout le monde s'intéresser au père des sœurs, qui n'est pas aussi génial qu'il le pense même si tout le monde le traite comme si c'était l'homme le plus incroyable de la planète. Et Grace était toute bizarre. Déjà, elle s'était maquillée à mort et portait un jean moulant, et elle faisait comme si elle était détachée et n'avait pas envie d'être là alors que c'était ELLE qui voulait y aller. Et dès que Leo a commencé à lui parler, tout est allé mieux. Je trouve ça un peu bizarre. Je ne sais pas si Leo est une bonne ou une mauvaise personne, mais Grace ferait tout pour avoir un nouveau papa. Elle est encore là-bas. Il est presque 22 h 30. Maman l'attend dans le salon, mais moi je voulais aller dans ma chambre, pleurer et t'écrire cette lettre. Que tu ne liras sans doute jamais. Ce soir, il y avait aussi la mère de Tyler, tu sais, la sœur de cette fille qui est morte dans le parc quand elle avait quinze ans, et je voulais vraiment lui poser des questions. Mais bien sûr je ne l'ai pas fait.

Quand est-ce que tu iras mieux et rentreras à la maison ?

Bisous.

Chapitre 10

Adele releva ses lunettes de lecture sur sa tête et scruta son mari.

—Dis donc, ça t'en a pris du temps.

Il retira son tee-shirt et l'étendit sur le dos d'une chaise.

—Pas du tout.

—Si, tu es parti vingt minutes. Je t'ai même appelé, mais tu n'avais pas pris ton téléphone.

—J'ai fumé une cigarette sur la terrasse, c'est tout.

—J'y suis allée il y a cinq minutes.

—Écoute, j'ai ramené Grace chez elle, j'ai parlé avec Clare quelques minutes…

—Tu es entré chez elles ? demanda-t-elle d'une voix plus inquisitrice qu'escompté.

—Non, je suis resté dans leur cour.

—Et ?

—Je suis rentré. J'ai fumé une cigarette. J'ai rangé un peu le salon. Je suis allé aux toilettes. Je suis allé voir les filles, et je suis finalement entré dans ma chambre, où ma femme m'attendait pour un véritable interrogatoire.

Adele fronça les sourcils, puis sourit.

—Excuse-moi. Je ne savais pas où tu étais, c'est tout. Je t'ai cherché partout.

—Apparemment pas, ma chère.

Adele observa son mari. Il déboutonna son pantalon, le fit tomber à ses pieds, retira son boxer en coton et le mit dans le panier à linge. Nu, il sortit un bas de pyjama propre de la commode en parlant de son père, de la visite qu'il allait lui rendre le lendemain matin, avec les filles si elles voulaient bien l'accompagner, car cela ferait plaisir au vieux bougre, mais Adele ne l'écoutait pas vraiment. Elle lisait et relisait un paragraphe des mémoires de Rhea. Les mots se mélangeaient devant ses yeux, en partie à cause de l'alcool ingurgité, mais aussi parce qu'elle n'arrivait pas à croire ce qui était écrit.

— Leo, est-ce que tu sortais avec Cecelia quand tu étais adolescent ? Pourquoi tu me l'as caché pendant toutes ces années ?

Il s'arrêta, une jambe à moitié dans son pyjama.

— Hein ?

— Écoute, lui intima-t-elle en redescendant ses lunettes sur son nez. « C'était l'un des jours les plus chauds de l'été et, dans le parc, on voyait plus de peau que d'herbe. Les fils Howes étaient tous les trois torse nu, exhibant leurs corps fins de garçons, leurs bustes chétifs et leurs ventres imberbes. Ils calaient leurs mains dans leurs ceintures et paradaient sur la pelouse, fumaient des cigarettes sous le couvert des arbres et écoutaient de la musique trop fort avec leurs immenses chaînes stéréo, comme s'ils venaient du Bronx. Mais ils ne faisaient d'effet à personne, à part peut-être aux sœurs Rednough, des petites choses blondes aux longs cheveux, avec des grandes boucles d'oreilles, qui passaient leur temps dans le parc cet été-là, comme des chatons abandonnés attendant un peu d'action. La plus jeune, Cecelia, s'était mise à porter depuis quelques jours une grosse chaîne en or qui appartenait à Leo Howes, semblait-il. Et plus tôt, ce jour-là, je l'avais vue s'asseoir sur ses genoux et se blottir contre lui sans qu'il trouve rien à y redire. Ils marchaient l'un à côté de l'autre, main dans la main. Elle avait l'air ravi d'un chiot qui vient enfin de trouver un os, et lui semblait penser à sa prochaine conquête. »

Elle retira ses lunettes et interrogea son mari du regard.

— Mon Dieu, j'avais complètement oublié tout ça. Ah !

— Comment ça, tu avais oublié ? Qui oublie qu'il est sorti avec quelqu'un qui fait toujours partie de sa vie ?

— Adele, on ne sortait pas vraiment ensemble. C'était une histoire de gamins.

— Mais ce passage date de 1992. Tu avais dix-huit ans ! Et Cecelia, treize !

— J'avais dix-sept ans.

— Pour quelques jours seulement !

— Adele, il ne s'est rien passé entre nous. Je la laissais passer du temps avec moi, elle était mignonne, c'est tout.

Le cœur d'Adele battait de plus en plus fort. Elle s'était attendue à ce que Leo démente les propos de Rhea, lui dise qu'il n'y avait jamais rien eu entre eux quand ils étaient adolescents. Elle était déjà au courant de son histoire avec Phoebe cet été-là, elle savait que son jeune frère sortait avec elle mais que, après une dispute avec Patrick, Phoebe s'était jetée dans les bras de Leo. Elle savait que le soir, ils faisaient des choses prohibées. Que Leo et Patrick s'étaient éloignés à cause de ça, pendant très longtemps, surtout après la mort de Phoebe. Elle avait toujours pensé que ce qu'il s'était passé cet été-là était dérangeant, aux antipodes de ce qu'elle avait connu quand elle était jeune. Mais Phoebe avait quinze ans. À quelques mois de la majorité sexuelle. Elle avait couché avec Patrick et n'était pas vierge quand elle était sortie avec Leo. C'était certainement répréhensible qu'un jeune homme de dix-huit ans couche avec la copine de son petit frère, mais ce n'était pas *atroce* non plus.

— On n'a jamais rien fait ensemble. Juste des câlins.

— « Des câlins » ?

— Oui, et on s'embrassait.

— Tu embrassais une fille de treize ans ?

— C'est arrivé une ou deux fois.

— Mais c'est comme si un garçon de dix-huit ans embrassait Fern. Tu ne trouves pas ça bizarre ?

Leo haussa les épaules et enfila un tee-shirt.

— Je n'y ai jamais pensé. C'était l'été, j'étais jeune, elle était jolie.

— Les gens savaient que vous étiez ensemble ?

— Mais on n'était pas ensemble. Ça a duré une semaine au grand maximum, on se tenait la main, on s'est roulé une ou deux pelles, c'est tout.

— Elle portait ta chaîne !

— Adele, grogna-t-il. Elle me l'avait demandée. Je pense qu'elle avait regardé trop de films américains. Je la lui ai prêtée.

— Qui était au courant, à part Rhea ?

Leo replia la couette de son côté du futon et s'assit.

— Mes frères, bien sûr. Phoebe. Et c'est tout. Ce n'était pas très intéressant.

— Tes parents ?

— J'en doute.

— Ses parents ?

— Oh mon Dieu, Adele ! On peut arrêter de parler de ça ?

— Elle a réagi comment, quand tu lui as dit que c'était fini ? insista Adele, les veines palpitant d'adrénaline.

— Cece ?

— Oui, bien sûr ! Elle était en colère ?

— Sans doute pendant deux minutes. Puis sa sœur est morte, tu sais…

Adele avait rencontré Leo quand il avait vingt-deux ans. C'était difficile pour elle de croire que, quelques années auparavant, il embrassait une fille de treize ans. Elle se tourna de son côté pour ne pas avoir à croiser son regard.

— Ça me met mal à l'aise, lui confia-t-elle.

Leo souffla bruyamment.

— Adele, franchement, tu ne vas pas bouder à cause d'un truc qui s'est produit il y a plus de vingt ans, si ?

Adele inspira profondément. Elle posa le manuscrit sur le sol. Elle n'arrivait pas à mettre le doigt sur ce qu'elle ressentait. Pendant quelques instants, un silence s'installa entre eux. Elle entendait le sang pulser jusque dans ses oreilles. Elle sentait la chaleur qui émanait de la peau de son mari. Dehors, des voitures ralentissaient avant le dos-d'âne devant chez eux, puis accéléraient à nouveau. Les cliquetis et vrombissements du lave-vaisselle qui approchait de la fin du cycle lui parvenaient de la cuisine. Le jeune Leo embrassait Cecelia.

— Ça va ? demanda-t-il en posant la main sur son bras.

— Oui, oui.

— Tant mieux.

Il tendit le bras derrière lui pour éteindre sa lampe de chevet et le plafonnier. Puis il attrapa sa liseuse et l'alluma.

Adele resta éveillée sans bouger, observant les ombres qui dansaient sur les murs de la chambre.

Clare restait éveillée sans bouger, observant les ombres qui dansaient sur les murs de la chambre. Leo avait ramené Grace à la maison une demi-heure plus tôt. Les filles s'étaient bien amusées, lui avait-il dit. Fern lui avait appris quelques accords de guitare. Willow avait fait des caramels, et elles en avaient mangé quelques-uns. Il espérait que ça ne la dérangeait pas. Un peu de sucre de temps en temps, ce n'était pas un drame, si ?

Il était resté debout, dehors, au seuil de leur porte, éclairé par la lumière extérieure. Son visage était doux, animé, et son corps détendu, agile. C'était une boule d'énergie. Comme un adolescent. Elle se sentait à l'aise avec lui.

Elle aurait voulu lui proposer d'entrer, mais elle ne savait pas si c'était approprié. Ils avaient donc continué à discuter à la porte, jusqu'à ce que la lumière s'éteigne et qu'ils se retrouvent plongés dans le noir.

— Je ferais mieux de rentrer. Adele va se demander où je suis passé.

Elle avait fermé la porte à clé derrière lui et tiré les rideaux. Mais son aura avait continué à irradier, comme des braises rougeoyant dans un âtre. Elle l'avait gardée avec elle, avait replié ses bras autour de sa poitrine pour la conserver. Elle avait passé une bonne soirée. Elle était plus à l'aise avec l'idée que sa fille passe du temps chez eux maintenant qu'elle avait vraiment rencontré cette « famille alternative ». Adele était merveilleuse : chaleureuse, vibrante, terre à terre. Ses filles étaient originales, différentes. Leur appartement était très beau. Le côté informel du dîner était complètement naturel. Mais, pour Clare, c'était Leo qui avait illuminé sa soirée.

Elle entendit Grace se brosser les dents dans la salle de bains. Elle apparut un instant plus tard, douchée et en pyjama. Le maquillage avait disparu, elle s'était fait un chignon serré. Elle portait une chemise de nuit rose assez large. Elle fixa sa mère un moment. Clare n'avait aucune idée de l'état d'esprit dans lequel se trouvait sa fille. Mais Grace lui sourit et monta sur son lit, s'allongea près d'elle et posa la tête contre son épaule. Elle avait l'haleine fraîche et les cheveux qui sentaient bon. Elle passa une jambe au-dessus de celles de Clare et se blottit contre elle. Clare posa sa main sur le bras de sa fille et embrassa le haut de son crâne.

— Bonne soirée ?

Sa fille hocha la tête.

— Pour moi aussi.

— Super, dit Grace.

— Je ne sais pas trop quoi penser de Tyler et de sa mère, par contre.

Elle sentit la tête de Grace bouger contre son épaule.

— Elles sont bizarres.

— Oui, je suis d'accord. Et à cran.

— Carrément.

— Comme si elles cachaient quelque chose.

— Ouais.

Elles restèrent allongées en silence un moment. Puis Grace s'étira et lui déposa un bisou sur la joue.

— Bonne nuit, m'man, lui souhaita-t-elle en quittant le lit et en s'approchant de la porte.

— Bonne nuit, ma puce.

— Merci d'être venue, ce soir.

— De rien mon cœur, répondit Clare en pensant aux yeux sombres de Leo, à son sourire nonchalant, à sa chaleur. Ça m'a fait plaisir.

Chapitre 11

Chris était sorti de l'hôpital psychiatrique depuis deux jours. Le comité avait jugé à l'unanimité qu'il était prêt à retrouver le monde extérieur et l'avait confié aux soins d'une personne dont ils gardaient secrète l'identité. Clare avait cherché à savoir de qui il s'agissait, mais l'hôpital lui avait répondu que son mari n'avait pas souhaité qu'on l'en informe. Elle avait discuté avec les quelques amis qu'ils avaient quand les choses étaient encore normales, mais personne n'avait eu de nouvelles de lui. Elle avait donc appelé la mère de Chris en Suisse. Celle-ci lui avait dit qu'elle avait eu son fils au téléphone, lui avait envoyé une somme d'argent importante, mais qu'il avait refusé de lui dire où il vivait et avec qui.

Clare s'était donc figuré un bon nombre de scénarios : sans-abri sous un pont ou caché dans l'appartement en face de chez elles, épiant leurs moindres mouvements par un interstice de leurs rideaux qui parfois bougeaient quand elle passait devant. Elle l'imagina sur un ferry, essayant de rejoindre sa mère et son frère en Suisse, ou vivant dans le sous-sol de leur appartement de Willoughby Road, à attendre le retour des rats aliens. Parfois, elle visualisait un homme normal, assis dans une chambre louée, seul et triste, essayant de comprendre qui il était, et quelle était sa place dans ce monde. Elle parcourait les articles dans le journal qui commençaient par « Un homme de quarante-deux ans a été arrêté pour… » ou « La police recherche un homme d'une quarantaine d'années suspecté de… ». Tous ces petits faits divers liés aux comportements anormaux de certaines personnes attiraient maintenant son attention. Son mari était là. Quelque part. Il était peut-être fou. Il était peut-être sain d'esprit. Il était peut-être malade. Il était peut-être en bonne santé. En théorie, il pouvait être en train de faire n'importe quoi. Mais, au fur et à mesure que les jours passaient sans que Clare ait de nouvelles, elle se persuada qu'il était mort.

Il avait déjà essayé de se tuer. Quand les filles étaient petites. Apparemment, c'était l'un des effets secondaires possibles de l'un des médicaments qu'il prenait à l'époque. Il avait tenté d'ingérer trop de médicaments, échoué, et dû être emmené d'urgence à l'hôpital pour un lavage d'estomac. Après ça, les docteurs avaient changé son traitement.

Clare n'en avait jamais parlé aux filles. C'était déjà assez difficile pour elles de vivre avec un homme qui entendait régulièrement des voix lui commandant de faire des choses ridicules, il n'était pas nécessaire qu'elles sachent que leur père avait un jour essayé de disparaître complètement de leurs vies.

Elle s'était donc mise à parcourir les journaux à la recherche de sordides histoires de corps retrouvés dans la Tamise, dans des bâtiments désaffectés, ou sur les rails des trains. Dès qu'elle voyait plus d'une ambulance devant une sortie de métro, elle attendait, le souffle coupé, pour voir si un corps aux cheveux châtains et bouclés et chaussant du 46 était sorti sur un brancard.

La mort de Chris lui semblait bien plus probable que sa survie.

Jusqu'à maintenant.

Le mois de juin était déjà bien avancé. La veille de l'anniversaire de Pip, Clare trouva un sac de courses posé sur le pas de leur porte. Elle regarda à l'intérieur et une terreur pure, glaciale, remonta du bas de son dos le long de sa colonne vertébrale avant de dévaler ses bras. Il y avait un cadeau emballé dans du papier rouge brillant avec un gros nœud rose et une carte où était inscrit le nom de sa fille dans la petite écriture fine de Chris.

Elle se précipita sur le trottoir et ratissa du regard la rue. Elle regarda même l'appartement de l'autre côté, celui avec le rideau qui remuait parfois (elle essayait depuis quelques jours de se convaincre que ce frémissement n'existait que dans son imagination). Rien. Mais, bien entendu, s'il avait voulu que Clare le voie, il aurait sonné, et n'aurait pas laissé le cadeau devant la porte.

Elle emporta le sac à l'intérieur et le posa sur le comptoir. Elle l'observa longuement, avec méfiance. Qu'elle puisse s'inquiéter que l'homme dont elle était tombée amoureuse quand elle avait dix-neuf ans, l'homme qui lui avait tout donné sans jamais rien attendre en retour, celui qui avait porté leurs bébés contre sa poitrine dans des écharpes, ait pu placer une bombe dans ce paquet, ou bien un tas de rongeurs morts, une boîte pleine d'excréments ou un doigt coupé avant de l'orner d'un nœud rose et de le laisser devant sa porte pour que leur fille l'ouvre était absolument dramatique.

Elle retira les morceaux d'adhésif avec précaution et soupira de soulagement quand elle découvrit ce que le cadeau contenait. Un bloc de papier à dessin, des pastels, des crayons, une tablette de chocolat Milka aux noisettes et le dernier livre de Jacqueline Wilson. Elle sourit. Rit, presque. Pendant un instant, elle eut l'impression de retrouver un temps perdu, une époque où Chris était un bon père, un bon mari, et où leur vie était presque normale. Mais le moment s'effaça rapidement. Comment avait-il pu emballer ce cadeau aussi soigneusement ? Il n'avait jamais été capable de faire un beau paquet. Jusqu'à présent, elle l'avait imaginé seul. Mais ce n'était peut-être pas le cas. Peut-être qu'il vivait chez quelqu'un, qu'il avait accès à de la nourriture, à des vêtements, à de l'argent, à Internet. À du *papier cadeau*.

Chris avait des amis. Il avait de la famille. Mais tout le monde lui avait tourné le dos après l'incendie. Ils avaient tous secoué la tête en disant : « J'espère qu'ils pourront l'aider, là-bas, même si cela prend du temps. » Sa propre mère l'avait presque déshérité. « Il a mis en danger ses filles ! s'était-elle scandalisée avec son fort accent allemand. Il a mis le feu alors qu'elles auraient très bien pu être là. Ce n'est pas un déséquilibre mental. C'est la marque du diable. »

Clare ne voyait personne de leur ancienne vie prendre Chris sous son aile.

Sauf... Clare se figea, la main sur la carte d'anniversaire, les yeux écarquillés. Quelques années auparavant, il y avait eu une fille. Son assistante sur son dernier documentaire. Elle était complètement folle de Chris. Après la fête de fin de tournage, il était rentré à la maison, pompette et titubant, et lui avait dit que cette fille, presque une enfant, l'avait accosté au bar pour lui dire qu'elle avait envie de lui. Qu'elle lui ferait tout ce qu'il voudrait. Et quand il lui avait répondu en riant : « Je suis flatté, mais je suis marié et tu es assez jeune pour être ma fille », elle s'était mise à pleurer et lui avait dit : « Mais Chris, tu ne comprends pas, je t'aime ! »

Qu'est-ce qu'ils avaient ri, tous les deux, quand il lui avait raconté cela.

— Elle s'appelle comment ? avait demandé Clare.

— Roxy.

— Ah, *Roxy*, mais bien sûr !

Ils n'avaient plus jamais parlé d'elle. Il y avait toujours des choses étranges qui arrivaient à Chris quand il tournait un documentaire. Roxy la Gaga n'était qu'une anecdote de plus. Maintenant, Clare repensait à cette jeune femme différemment. Elle ouvrit délicatement l'enveloppe adressée à sa fille, en sortit la carte et lut. C'était peut-être elle qui avait trouvé ces cadeaux et les avait emballés, mais ce n'était certainement pas elle qui avait écrit.

Un gros chiot labrador dans une tasse ornait la carte. À l'intérieur, il y avait un billet de cinquante livres et quelques mots.

Ma Pipelette adorée,
Je te souhaite un douzième anniversaire plein de joie et de chocolat. J'aimerais tant le fêter avec toi… Mais, comme tu le sais, ce n'est pas possible. Je suis avec toi en pensée toute la journée. Chaque minute, chaque seconde. Je te le promets.
J'ai reçu tes lettres, et je les adore. Votre nouvelle maison a l'air très agréable, et votre nouveau collège aussi. Et vous vous êtes fait plein de nouveaux amis.
Occupe-toi bien de ta mère et de ta sœur.
Bisous d'esquimau,
Ton papa qui t'aime

Clare la relut à plusieurs reprises, essayant de déceler l'état d'esprit de son mari à ses mots. Mais il n'y avait aucun indice. C'était une note gentille, simple, sans folie. N'importe qui aurait pu l'écrire. Roxy la Gaga la lui avait peut-être dictée.

Elle rangea la carte dans l'enveloppe et s'appliqua pour la refermer correctement. Elle la remit dans le sac avec le cadeau. En faisant ça, elle sentit un autre papier. Un ticket de caisse. Elle le sortit et l'aplatit. Un Tesco à Walthamstow. Deux jours plus tôt. Une brique de lait écrémé. Des bananes. Des céréales au chocolat. Un *Grazia*. De l'aluminium. Des yaourts à la grecque. Du sopalin. Une tablette de chocolat Milka aux noisettes.

Elle rangea le ticket dans un tiroir et emporta le sac dans sa chambre, où elle l'enfouit dans son armoire.

Rhea était assise sur le banc, avec le chat dans sa boîte en plastique et Fergus sur les genoux, mangeant quelque chose dans sa paume.

— Bonjour ! lui lança la vieille dame.

Elle portait un polo rouge brillant et un collier en or, avec un legging noir côtelé et des bottes Ugg. Elle s'était mis du rouge à lèvres à la va-vite, une teinte qui n'était pas tout à fait la même que celle de son polo, mais elle avait tout de même bien plus de style que les autres vieilles dames.

— Bonjour, répondit Pip en s'installant à côté d'elle et en faisant sentir sa main à Fergus.

— Comment vas-tu, aujourd'hui ?

— C'est mon anniversaire ! s'exclama Pip en souriant.

— Ça alors ! s'exclama Rhea. Joyeux anniversaire ! Tu as douze ans, c'est bien ça ?

— Oui !

— Et qu'est-ce que tu as eu comme cadeaux ?

— Des tas de trucs. Et ma grand-mère m'a donné cent livres !

— Mon Dieu, c'est énorme ! Quand j'étais petite, ça aurait suffi pour faire vivre confortablement toute une famille pendant un mois. Qu'est-ce que tu as prévu d'en faire ?

— Je ne sais pas encore, répondit-elle en haussant les épaules. On n'a pas beaucoup d'argent, donc je vais peut-être les garder au cas où.

Rhea hocha doucement la tête.

— C'est très raisonnable. Mais je pense que tu pourrais quand même prendre… disons vingt livres, et t'amuser ?

— Oui, j'imagine que ce serait une possibilité.

— Tu veux aller faire un tour avec Fergus ?

Pip acquiesça en souriant. Rhea lui tendit la laisse et Fergus bondit sur le sol.

— Pourquoi est-ce que vous avez décidé de prendre un lapin aussi gros que Fergus ?

Quand Rhea sourit, une fossette apparut sur sa joue gauche, si profonde qu'on aurait dit qu'elle allait jusqu'à l'intérieur de sa bouche.

— Avant Fergus, j'avais une chienne. Un petit pékinois qui s'appelait Daphne. Elle a vécu vingt et un ans. *Vingt et un !* Tu te rends compte ? Quand elle est morte, j'avais beaucoup trop peur de reprendre un chien, au cas où il vivrait encore aussi longtemps et qu'il me survivrait. Je me suis dit que je pouvais prendre un nouveau compagnon qui vivrait environ cinq ans. Mais je voulais un vrai animal, pas quelque chose qui frissonne dans la paume de ta main et qui vit dans une cage. C'est là que j'ai pensé à ces gros lapins ! Et maintenant, Fergus a quatre ans, et moi quatre-vingt-quatre, alors avec un peu de chance on va mourir ensemble.

Peut-être l'année prochaine. Oui, l'année prochaine ce serait pas mal.

Elle rit, Pip aussi, même si elle ne comprenait pas bien ce qui était si drôle dans l'idée de mourir prochainement.

Fergus avait beaucoup d'énergie. Elle le laissa remonter la colline à toute allure, courant derrière lui. Aujourd'hui, les bancs au sommet étaient déserts. Aucun signe de Tyler, de Dylan, ni des sœurs. Peut-être qu'ils avaient tous des activités, aujourd'hui ? Mais, en les contournant vers la roseraie, elle pila. À côté du dernier banc, il y avait un homme volumineux dans un fauteuil roulant. Son visage était tout rouge, il avait l'air d'avoir chaud, et ses cheveux étaient d'un brun douteux. Il était en pyjama, recouvert d'une couverture.

— Salut, bouclette ! l'interpella-t-il avec une grimace. Nom de Dieu, mais qu'est-ce que c'est que cette chose après laquelle tu cours ? demanda-t-il en montrant Fergus du doigt.

Elle fit un sourire timide et lui dit, en gardant ses distances :

— C'est un lapin.

Puis elle se retourna et entraîna Fergus en bas de la colline. Ce n'est qu'une fois après avoir dévalé la pente qu'elle se fit la réflexion que le pied de l'homme était couvert de bandages et qu'elle venait de rencontrer le grand-père de ses amies, l'homme qu'elles appelaient Papou.

Elle courut jusqu'à Rhea, surexcitée.

— Je viens de le voir ! Le père de Leo. Il est là-bas, lui apprit-elle en faisant un geste de la tête vers la roseraie. Et il est dans un fauteuil roulant !

— Bien, c'est ce qu'il mérite. Ça lui évitera de faire des bêtises.

— Comment ça ?

— Oh, tu sais, parfois, les vieux hommes ont du mal à comprendre quelles sont les limites qu'il ne faut pas franchir. Tu comprends ce que je veux dire par « limites », Pip, n'est-ce pas ?

— Vous voulez dire : « Non c'est non » ?

— Exactement ! s'enthousiasma Rhea. C'est précisément ce que je voulais dire. Le droit que chacun d'entre nous a de ne pas vouloir être touché, regardé, insulté, harcelé. Tu sais, Pip, j'ai perdu beaucoup des miens quand j'étais petite, dans les camps. Tu comprends ?

— La Shoah, vous voulez dire ?

— Oui. Tu es une petite fille qui doit bien écouter à l'école, toi ! Oui, la Shoah. Je suis arrivée ici quand j'étais très jeune, à peine plus âgée que toi, et j'étais tellement heureuse d'être en vie, d'être libre, que je me suis juré de ne jamais accepter la moindre restriction de ma liberté ou de ma volonté. Pas une seule remarque sur ma religion. Pas une seule main moite se posant sur ma jambe dans un train bondé. Et certainement, *certainement pas* qu'un homme parle à ma fille comme si elle n'était qu'une poupée faite pour son bon plaisir. Et cet homme-là, poursuivit-elle en retroussant le nez, à son époque… Eh bien, une fois, je l'ai giflé. Très fort. J'ai giflé son gros visage rouge. Comme ça !

Elle lui fit la démonstration d'une gifle rapide, fendant l'air, et ses yeux étincelèrent.

— Après ça, il nous a fichu la paix. Mais les autres filles du parc…

Elle haussa les sourcils en sifflant.

— Son surnom, c'était Gordon le Poulpe, lui confia-t-elle en riant, sa fossette réapparaissant. On peut toutes être rassurées qu'il soit dans un fauteuil roulant.

Elles se retournèrent et virent Adele qui traversait la pelouse vers la colline, les bras croisés. Elle disparut derrière un bosquet et réapparut quelques instants plus tard, poussant Gordon vers leur appartement. Rhea secoua doucement la tête en soufflant.

— Dis-moi, jeune fille, est-ce que tu vas faire une grande fête, aujourd'hui ?

— Non, répondit Pip en haussant les épaules. Mais on va à la pizzeria avec ma grand-mère.

— Et ton papa et ta maman ?

— Juste ma maman.

Rhea leva un sourcil.

— Mon papa est à l'hôpital.

— Je vois. Rien de trop grave, j'espère.

— Non, pas vraiment. C'est juste...

Sa voix dérailla. Elle ne savait pas comment expliquer la situation. Rhea hocha la tête et lui sourit. Pip comprit qu'elle n'avait pas besoin de lui en dire plus.

— Tu n'invites pas tes nouveaux amis à la pizzeria, alors ?

— Je ne pense pas que ce soit trop possible, c'est seulement un repas. Et c'est ma grand-mère qui paie, donc je ne peux pas vraiment inviter des gens.

— Ah, je vois.

Elle plongea la main dans le petit sac en cuir qu'elle portait en bandoulière et fouilla un moment avant de sortir un petit porte-monnaie avec un fermoir doré. Elle l'ouvrit et regarda à l'intérieur, remuant son contenu d'un doigt avec d'en sortir une pièce de deux livres, de l'approcher de ses yeux et de la faire tourner avant de la donner à Pip.

— Tiens. Et c'est pour les dépenser, pas pour les mettre de côté au cas où. Joyeux anniversaire !

Pip observa la pièce posée dans sa paume. Elle ne savait pas comment elle devait se comporter. Devait-elle accepter la pièce ? Cette vieille dame n'en avait-elle pas besoin pour payer sa facture de chauffage ? Ou était-elle très riche ? Le collier en or lui donnait une indication que contredisait le tout petit porte-monnaie sans aucune place pour une quantité respectable de pièces.

— Prends-la ! lui ordonna Rhea en lui refermant la main sur la pièce. S'il te plaît.

— Merci, répondit Pip en souriant.

— De rien. Ça me fait plaisir.

Cher papa,

Maman m'a dit que tu avais changé d'hôpital et qu'elle ne savait pas où il était et que tu ne recevrais sans doute plus mes lettres maintenant. Mais je veux quand même t'écrire. Je vais les garder et je te les donnerai toutes quand tu rentreras à la maison. Merci pour la carte, le cadeau et l'argent. J'ai pleuré quand maman me les a donnés. C'était parfait. Et mamie m'a donné un billet de cent livres et la vieille dame du parc m'a donné deux livres, donc maintenant j'ai cent cinquante-deux livres. Je n'ai jamais eu autant d'argent de ma vie. Mais je m'en fiche de la richesse. Et aussi des cadeaux. Ce que j'ai préféré, c'était la carte. Voir ton écriture. C'était génial ! Merci !
On est allées manger à la pizzeria. C'était bien. Maman était de bonne humeur et mamie était comme à son habitude. Même Grace avait l'air assez contente. On a passé une soirée un peu comme si tout

pouvait redevenir normal un jour. Mais aujourd'hui, quelque chose d'étrange est arrivé après les cours. Au lieu de rentrer à la maison avec moi à pied ou en bus, Grace est partie dans l'autre direction. Je lui ai couru après et je lui ai demandé où elle allait, et elle m'a dit que ce n'était pas mes oignons. Je l'ai suivie et j'ai compris qu'elle allait au collège de Dylan. Il l'attendait devant et ils se sont mis à marcher ensemble tous les deux comme si tout était prévu d'avance. Je les ai suivis jusqu'au parc, ils sont entrés par la grille, et là j'ai arrêté et je suis rentrée à la maison depuis la rue. Maman était hors d'elle ! Elle m'a demandé où j'étais passée, apparemment elle m'avait appelée mille fois. Mon Dieu. Je lui ai dit que mon téléphone était en silencieux et que j'étais allée me promener. Je n'avais que vingt minutes de retard. Mais je te jure, elle était complètement folle.

Puis je suis sortie dans le parc pour voir ce que Grace et Dylan trafiquaient. Ils étaient sur les bancs, bien sûr avec Tyler et Fern. Willow n'était pas là, donc je ne les ai pas rejoints. Je n'étais pas d'humeur et j'avais un peu froid. Parfois, j'ai l'impression qu'ils ne veulent pas vraiment que je fasse partie du groupe. Qu'ils ne s'intéressent qu'à Grace. Je pense que c'est parce qu'ils savent qu'elle a besoin d'eux. Moi, je n'ai besoin de personne. Je suis rentrée à la maison et j'ai décidé de t'écrire, plutôt. Oh ! Et j'ai oublié de te dire ! Le grand-père des sœurs est sorti de l'hôpital et il est en fauteuil roulant. Je n'ai pas vraiment pu voir s'ils lui avaient coupé le pied ou non, parce qu'il y avait plein de pansements. Je l'ai croisé au parc hier et il m'a appelée BOUCLETTE. Ça ne m'a pas trop plu.

Pour l'instant, c'est intéressant d'avoir douze ans.
Mais ce n'est pas incroyable non plus.
Je t'aime, papa ! Et merci encore de t'être souvenu de mon anniversaire et de m'avoir offert tous ces cadeaux.
Ta Pipelette

Chapitre 12

— Vous savez, ces petites choses sont absolument délicieuses, lui dit un homme derrière elle, sa main s'approchant d'elle avant de se lever vers l'étagère où se trouvait le pain. C'est la meilleure miche de supermarché qui soit !

Clare se retourna brusquement. C'était Leo. Elle poussa un soupir de soulagement et lui sourit, puis jeta un coup d'œil au pain qu'il avait désigné.

— Vraiment ?

— Tout à fait. Surtout le blanc. C'est le seul pain blanc qu'Adele me laisse acheter.

Clare regarda le prix. Le sachet coûtait une livre de plus que celui qu'elle achetait normalement. Elle avait fait beaucoup d'efforts pour abandonner l'habitude de remplir son panier sans regarder les étiquettes. Choisir la nourriture que consommerait sa famille en fonction du prix et non plus en fonction de sa qualité et de son apport nutritif avait été l'un des changements les plus difficiles qu'elle avait dû opérer, maintenant qu'elle vivait sans revenus. Mais il y avait quelque chose d'hypnotique dans l'enthousiasme de Leo, dans sa présence bienveillante à ses côtés.

— Super, commenta-t-elle en prenant un pain de l'étagère et en le posant dans son panier. Merci du conseil.

Il portait des vêtements de sport. Pas le genre de tenue brillante, moulante que portaient souvent les hommes de son âge, mais des vêtements amples, en coton : un short gris clair, un tee-shirt bleu azur, un pull à capuche délavé. Une tenue d'enfant. Ou de jeune homme. Cela accentuait son charme juvénile. Ses cheveux étaient encore mouillés de la douche qu'il avait prise et sentaient le shampoing.

— Comment vas-tu ? lui demanda-t-il chaleureusement. Je ne t'ai pas croisée depuis le dîner.

— Tout va bien, merci.

— Et les filles ?

— Ah ça, je pense que tu le sais mieux que moi ! J'ai l'impression que Grace a emménagé chez vous.

Elle avait voulu dire cela sur le ton de l'humour, mais sa remarque semblait légèrement accusatrice.

— Il est vrai que notre appartement ressemble souvent à une enclave pour tous les adolescents du quartier qui s'ennuient, répondit-il en souriant, avant de froncer les sourcils. Enfin je ne peux pas dire que Grace s'ennuie chez vous, avec toi, bien entendu, reprit-il en s'excusant.

— Et pourtant…

Elle lui sourit, et il l'imita. Par réflexe, elle analysa le contenu de son caddie. Des sachets d'herbes fraîches, des bouillons cubes, des piments, un citron vert, des blancs de poulet bio, des champignons étranges, quatre bouteilles de vin, des grosses nouilles japonaises, des graines de lin moulues, de la pâte miso, du lait d'amande, une papaye, une mangue, un ananas, des croquettes pour chien bio, et trois bouquets de tulipes blanches.

Elle baissa les yeux vers son panier : du pain blanc, des céréales au miel, un paquet de Kit Kat à l'orange, un sac de Granny Smith, un pot de sauce bolognaise, une brosse à dents, un tube de mayonnaise et une brique de lait entier.

— On ne voit pas souvent Pip, par contre. Elle est plus casanière, on dirait.

Clare hocha la tête.

— Je crois qu'elle trouve que l'ambiance du parc est un peu…

— Sectaire ?

— Oui, j'imagine. Grace a été intronisée dans les bons cercles, et elle se sent un peu mise de côté. Enfin, c'est moi qui interprète. Pip est très énergique, très optimiste. Je pense qu'elle se dit simplement qu'elle a mieux à faire.

— C'est tout de même dommage, poursuivit Leo en déposant un pain aux graines de tournesol et de lin dans son caddie. Ce serait bien pour Willow d'avoir une copine qui a son âge. Ça m'inquiète parfois qu'elle passe tant de temps avec les grands. Peut-être qu'on devrait tenter un rapprochement.

Clare sourit pour marquer son approbation, tout en sachant pertinemment que sa fille ne pouvait être forcée à faire quoi que ce soit qu'elle n'avait pas décidé toute seule.

— Et ton père ? Je l'ai aperçu dans le parc, l'autre jour.

— Ah, mon père ! Merci, je l'avais complètement oublié, s'exclama-t-il en se tapant le front. Il a été opéré, et bien sûr maintenant il doit faire attention à ce qu'il mange, et j'essaie de lui acheter des choses bonnes pour la santé, mais c'est un vrai bébé et il ne mange des légumes verts que si ça lui apporte une récompense. Donc il nous faut en permanence des réserves de biscuits bourrés d'additifs et de gâteaux qui vont au micro-ondes. Et du lait de vache.

— On pourrait penser que perdre un pied aurait été un avertissement suffisant pour revoir son régime alimentaire.

— Tu sais, je crois qu'il n'en a pas grand-chose à faire, reprit Leo en s'adossant à l'étagère. Je pense que… Oh, pardon ! s'exclama-t-il en se redressant pour laisser une femme attraper un sachet de pain. Je crois qu'il serait tout à fait satisfait qu'on le découpe petit à petit, tant qu'il… Pardon, s'excusa-t-il en se décalant à nouveau pour laisser la voie libre à un autre client.

Il adressa un sourire désolé à Clare.

— Ça te dit de poursuivre cette conversation en buvant un café à côté ?

— Oui, pourquoi pas ?

Il était 10 heures, elle se disait qu'il irait au travail ensuite. Elle pensa à ce qu'elle avait prévu aujourd'hui. Rien.

— On se retrouve à la sortie du magasin ?

— Parfait !

Clare ne savait trop quoi penser du fait qu'elle buvait un café avec un homme qui n'était ni son mari ni son ami, mais quelqu'un qu'elle connaissait à peine. Malgré sa proximité avec l'une des quatre-voies qui menait au centre de Londres, le quartier était petit, fermé. Il lui était impossible de faire dix mètres hors de chez elle sans croiser quelqu'un qu'elle connaissait au moins de vue. Et ils s'étaient installés en vitrine.

— Je te déconseille vivement le café à côté de la bouche de métro. Enfin, si tu aimes le café.

Clare n'aimait pas particulièrement ça. Elle n'avait pas le palais assez développé pour distinguer le bon du mauvais, et c'était pareil pour le vin. Mais elle hocha tout de même la tête.

— Tu es une mine de conseils utiles. J'imagine que tu t'y connais en nourriture.

— J'espère bien, c'est mon travail !

— Tu es chef ?

— Non, mais pas loin. Je suis consultant pour les restaurateurs. Je gagne ma vie en prodiguant mes conseils.

— Oh, ça doit être génial !

— Tout à fait, confirma-t-il en faisant de la place pour que la serveuse puisse poser leurs tasses et un petit pichet de lait mousseux. Et toi, tu travailles ?

— Non, répondit Clare avec un rire morose. Ça fait treize ans que je suis mère au foyer.

— Et avant ?

— J'étais étudiante. Enfin non, j'ai travaillé dans un magasin de chaussures chic pendant six mois, jusqu'à ce que je sois trop enceinte pour me baisser.

— C'était volontaire, d'avoir un bébé si jeune ?

— Oui, c'était ce que je voulais depuis toujours. Mon mari avait dix ans de plus que moi, et il était prêt, donc…

Elle s'interrompit en se rendant compte qu'elle laissait la conversation prendre un tour délicat. Elle leva les yeux et vit qu'il la regardait avec un air curieux. Elle aurait dû se douter que Leo n'était pas du genre à manquer une occasion de rentrer dans le cœur d'un sujet.

— Et ton mari… ?

— Chris. Christian Wild. Il est documentariste. Tu le connais peut-être ?

Elle vit le visage de Leo s'illuminer.

— Mais oui, bien sûr ! Enfin, c'est bien lui qui a fait le film sur les skinheads polonais, les néonazis ?

Clare acquiesça.

— Il a eu un Oscar, non ?

— Il a été nominé, le corrigea Clare avec un sourire de fierté.

— Ça veut dire que tu as marché sur le tapis rouge ?

— Malheureusement non. Pip avait huit mois, Grace dix-neuf, et c'était trop compliqué.

— Tu dois regretter…

— Beaucoup. Il me disait toujours : « T'en fais pas, tu viendras la prochaine fois », mais il n'y a jamais eu de prochaine fois. Ce n'est pas grave. C'était une expérience tellement grisante. Observer tout ça de loin m'a suffi.

Clare était si heureuse de pouvoir parler de son mari de façon positive. Depuis des mois, elle ne parlait que de la folie, du crime, de l'hospitalisation. Il était devenu une sorte de personnage de fiction qui s'était égaré par hasard dans l'histoire de sa vie.

— Et maintenant, que fait-il ? Il tourne un nouveau documentaire ?

Clare arrêta de respirer un instant. Elle pouvait mentir. Elle pouvait répondre : « Oui, il filme le quotidien d'un hôpital psychiatrique ». Ça résoudrait un bon nombre de problèmes. Mais Leo avait une douceur dans le regard qui la poussa à lui dire la vérité.

— Écoute, je ne veux vraiment pas que cela se répande dans le quartier, pour les filles. Et Grace a raconté que Chris était mort…

Elle lui lança un regard pour évaluer sa réponse. Il la regardait avec bienveillance, sans rien trahir de ses émotions. S'il cachait quelque chose, il le faisait à merveille.

— Mais ce n'est pas vrai, et non, il n'est pas en tournage. Il est hospitalisé depuis novembre. Il a fait une crise très grave de schizophrénie paranoïde et a mis le feu à notre maison.

Elle s'interrompit, attendant la réaction de Leo. Son voisin écarquilla les yeux en ouvrant la bouche.

— Ce qui est atroce, mais ce n'est pas le pire dans cette affaire. Il est sorti, sous la surveillance de je ne sais qui, et il arpente les rues de Londres depuis plus de quinze jours sans surveillance. L'autre jour, il a laissé devant notre porte un cadeau pour l'anniversaire de Pip. Donc il sait où on habite. Et je n'ai aucune idée de ce que je dois faire.

Elle s'arrêta brusquement et se rendit compte qu'elle se serrait si fort les bras qu'elle y laissait des empreintes rouges. Elle lui adressa un sourire triste.

— Je suis désolée, je n'avais pas prévu de te raconter tout ça. Je n'en ai parlé à presque personne. Pas même à ma mère. Et surtout pas aux filles. S'il te plaît, reprit-elle d'un ton suppliant, promets-moi que tu n'en diras rien. À personne. Mon Dieu, je n'aurais jamais rien dû dire. Si les filles l'apprennent…

Leo la regardait avec curiosité.

— Tu ne penses pas qu'elles devraient savoir ? demanda-t-il d'une voix douce.

Elle secoua la tête.

— Non, absolument pas. Surtout pas Grace. Ça a pris longtemps, mais enfin, elle ne fait plus de cauchemars toutes les nuits. Et Pip… Si elle savait qu'il était là, quelque part, elle exigerait sans doute qu'il revienne chez nous immédiatement. Elle lui est complètement dévouée, et je crois qu'elle n'a pas vraiment relié les deux choses, son père et la maison brûlée. Elle compartimente ce qui est arrivé.

— Mais, Clare, reprit Leo en se penchant vers elle, si près qu'elle pouvait voir que ses cils blondissaient aux racines, est-ce qu'il est dangereux ? Si c'est le cas, il faut le dire aux filles. Pour qu'elles restent sur leurs gardes. Tu ne penses pas ?

Clare soupira.

— Je n'en sais rien. Honnêtement. Il ne leur avait jamais fait de mal avant. Il n'avait jamais haussé la voix, jamais levé la main. Avant ce soir-là, je pensais sincèrement qu'il était incapable de nous mettre en danger. Il faisait des crises, oui, et nous devions lui laisser de l'espace dans ces moments-là, mais, même le dernier épisode, au début cela semblait complètement inoffensif. Il était persuadé qu'il y avait un rat dans le mur. Ce n'était pas délirant, tout le monde peut penser à un moment ou à un autre qu'il y a des rongeurs chez lui. Puis ça a pris de l'ampleur, il mettait des pièges et faisait constamment des recherches Internet à ce sujet. Il se levait au beau milieu de la nuit pour prendre l'animal par surprise. Petit à petit, le nombre de rats a augmenté, comme les pièges, et il était de plus en plus en colère, comme si ces rats avaient quelque chose de personnel contre lui. À un moment, il est parti deux semaines pour tourner et j'ai fait venir un dératiseur à la maison. Il m'a dit qu'il n'y avait absolument rien. Pas de crottes, aucune trace de rien du tout... J'espérais vraiment que quand il rentrerait à la maison il irait mieux et ne parlerait plus de ça. Mais non, c'était encore pire. Il répétait qu'on devait sortir les filles de là, que c'était trop dangereux pour elles de vivre dans un environnement infesté de rats, qu'ils allaient les mordre. Je sais que ça doit te sembler horrible, poursuivit-elle en levant les yeux vers Leo, mais on était tellement habituées. On avait appris à vivre avec ces épisodes irrationnels. Il était toujours obsédé par quelque chose d'imaginaire. Les agents de la circulation, les fuites de gaz. Il y avait toujours quelque chose. Soit ça lui passait tout seul, soit je l'emmenais voir le docteur, on lui donnait des médicaments et tout revenait à la normale pour quelques mois. Parfois même un an ou deux. Mais cette fois-ci… on a perdu le contrôle. Je te passe les détails, mais il a fini par mettre le feu à la maison, conclut-elle dans un soupir.

Elle se tut quelques instants, attendant de voir si Leo allait dire quelque chose, mais il restait silencieux, la regardant droit dans les yeux avec un air de fascination complète.

— Je ne l'avais jamais vu comme ça. Il avait toujours été assez spécial, mais ce soir-là il avait un regard tellement fou, brûlant. Ce n'était pas comme d'habitude. Il ne me voyait plus. Il pensait sincèrement qu'il venait de sauver la planète d'une invasion de rats extraterrestres. Il était euphorique.

— Et depuis, il va mieux ? Tu l'as revu ?

— Non.

Leo eut l'air surpris.

— Vraiment ?

— Oui.

— Waouh, pourquoi ?

— Je ne pouvais pas, répondit-elle d'une voix brisée. C'était au-dessus de mes forces. Même quand les médecins m'ont dit qu'il allait beaucoup mieux. Même quand ils m'ont dit que ça l'aiderait de me voir, de voir les filles. Je m'en fiche. Je n'arrive pas à passer outre à son visage ce soir-là.

— Et les filles, elles voudraient le voir ?

— Grace non, c'est sûr. Elle est comme moi. Elle a peur. Mais Pip en parle sans cesse. Elle lui écrit des lettres. J'aurais sans doute dû le lui interdire. C'est probablement à cause de ça qu'il a réussi à nous retrouver. Mais je ne pouvais pas l'empêcher d'écrire à son père. J'étais tellement désolée pour elle.

Elle haussa les épaules.

— Je me demande où il est, médita Leo.

— J'ai une théorie.

Elle lui parla de Roxy la Gaga et du ticket de caisse du supermarché de Walthamstow.

— Tu te souviens de son nom de famille ? On pourrait la chercher sur Internet. Trouver où elle travaille.

— Non, aucune idée.

— Et sur IMDb ? Elle est certainement répertoriée pour son travail sur le documentaire de Chris.

— Sans doute. Mais pourquoi est-ce que je voudrais la trouver ?

— Parce que, si tu sais où elle est, tu sais où lui est aussi. Ce qui t'apaisera certainement, non ?

— Je n'en suis pas sûre. Plus maintenant. J'ai l'impression que je ne pourrai plus jamais me sentir apaisée. Je voudrais simplement que…, commença-t-elle, en retenant les mots qu'elle avait sur le bout de la langue. Je voudrais simplement que rien de tout cela ne se soit produit.

— C'était une belle maison ?

— Une maison splendide, prononça-t-elle avec difficulté.

Y penser lui donnait toujours envie de pleurer.

— C'était celle de sa tante. Elle la lui avait léguée. On n'y avait jamais rien changé, pas même la vieille cuisine en pin farfelue ou les moquettes marron. On en parlait, mais on ne faisait jamais rien. Parce qu'on y était si bien. Si heureux. Et maintenant…

Elle se redressa.

— S'il te plaît, promets-moi que tu ne diras rien. Pas même à Adele. Je t'en supplie.

— Je te le jure solennellement. Mais, Clare, je suis content que tu m'en aies parlé. Comme ça, je peux garder un œil sur vous. Et je vais le faire. Si tu as besoin de quoi que ce soit, si tu as peur… je suis juste de l'autre côté du parc.

Elle observa son visage doux, sincère, et fut submergée par la force masculine qu'il dégageait. Elle comprit alors pourquoi elle s'était confiée à un quasi-inconnu. Leo était le genre d'homme que l'on voulait avoir à ses côtés en cas d'urgence. Il saurait réagir, les maintenir à flot, les sauver. Toute sa vie d'adulte, elle avait eu Chris pour la protéger quand elle n'avait pas besoin de l'être. Aujourd'hui, elle avait besoin de quelqu'un pour la protéger de son protecteur.

— Merci. Je suis sûre qu'on n'en arrivera pas là. Mais merci. C'est vraiment adorable.

— C'est tout naturel, dit-il en souriant. Aucun problème, reprit-il en posant la main sur son épaule et en la serrant doucement.

Clare tressaillit à ce contact. Et ne put s'empêcher de rougir.

Chapitre 13

C'était le milieu du mois de juin. L'été s'annonçait. Le parc était multicolore et envahi par des dizaines de personnes que Pip n'avait jamais vues auparavant.

Tyler était assise dans l'herbe juste devant leur cour. Pip la dévisagea avec surprise. L'adolescente ne venait jamais de ce côté-là du parc, et encore moins seule.

— Salut, lui lança-t-elle d'un air détaché, prête à la dépasser.

— Salut, répondit Tyler en se levant d'un bond. Tu vas où ?

— En haut de la colline.

— Tu vas voir Fergus ?

Pip haussa les sourcils. Comment Tyler savait-elle pour elle et Fergus ? Elle haussa les épaules.

— Je viens de voir Rhea là-haut. Je t'accompagne.

Pip hocha la tête. Elle ne comprenait pas bien ce qu'il se passait. Tyler ne lui adressait jamais la parole, sauf quand elle était avec tous ses amis. Au début, elles marchèrent en silence.

— Et Grace, elle est où ? demanda l'adolescente lorsqu'elles s'approchèrent du sommet.

— Ch'ais pas. Sans doute avec les sœurs. Elle est tout le temps fourrée là-bas.

— Ouais, j'ai remarqué. Pourquoi est-ce que tu n'y vas pas plus, toi ?

Tyler se gratta le crâne avec soulagement, comme si elle avait des poux. Pip remarqua qu'elle n'avait pas l'air très propre. Ses cheveux blonds, qui étaient habituellement brillants, semblaient poussiéreux, et ses Converse blanches, ordinairement immaculées, étaient grises, trouées. Elle avait des griffures profondes le long des bras, comme si on l'avait traînée dans un massif d'ajoncs, et il y avait une petite zone de peau sèche et rouge à côté de sa narine gauche.

— Je sais pas. C'est comme ça.

— Tu les aimes pas, les sœurs ?

— Si, bien sûr.

— Elles pensent que tu ne les aimes pas.

Pip s'arrêta pour faire face à Tyler.

— Elles parlent de moi ?

— Pas vraiment. Mais quelqu'un a dit ton nom, et elles ont dit « Ah oui, Pip ne nous aime pas » ou quelque chose comme ça.

— Hein, juste parce que j'ai pas envie de passer ma vie chez elles ?

— Elles disent que tu préfères traîner avec un lapin géant et une vieille dame plutôt qu'être avec elles.

— N'importe quoi. J'ai dû voir Fergus genre trois fois au maximum.

— Oui, mais c'est ce qu'elles ont dit. C'est pas ce que je pense, moi. Et tu sais, Grace n'est pas tout le temps chez les sœurs. Elle fait d'autres choses aussi.

— Je sais. Elle passe du temps avec Dylan, aussi.

— Oui. Genre dans sa *chambre*.

— Non.

— Et si.

— Elle ne sait même pas où il habite.

Tyler eut un petit rire.

— Bien sûr que si. Elle est chez lui, maintenant. Sans doute.

Pip leva brusquement la tête vers les fenêtres au dernier étage que Rhea lui avait montrées. Les rideaux étaient tirés. Comme toujours. Rhea lui avait dit que la mère de Dylan était photosensible. Puis elle baissa les yeux jusqu'aux grandes fenêtres de l'appartement des Howes.

— Je vois même pas comment elle ferait pour aller chez lui.

En prononçant ces mots, Pip savait qu'elle disait quelque chose de profondément idiot. Tyler la regarda avec l'air de mettre en doute son intelligence et utilisa ses deux doigts pour mimer quelqu'un qui monte un escalier.

Quand elles arrivèrent en haut de la colline, Rhea n'était pas là.

— J'ai de l'argent. Tu veux qu'on aille s'acheter une glace ?

— Moi je n'ai rien.

— C'est pas grave, je te l'offre.

Pip n'avait pas son téléphone sur elle. Elle jeta un regard derrière elle, vers les grilles du parc. Elle pensa à sa mère si nerveuse, qui avait l'air au bord de la crise d'angoisse dès qu'elle la perdait de vue pendant plus de cinq secondes, puis à sa sœur, qui faisait on ne savait quoi. Même si Tyler ne proposait qu'une sortie d'une dizaine de minutes, c'était imprudent et allait potentiellement lui causer des problèmes. Mais sa curiosité était plus forte que sa méfiance naturelle.

— OK, si tu veux. T'es sûre ?

Elles sortirent toutes les deux sur Finchley Road. Il était 17 h 30. La station de métro déversait des dizaines de travailleurs fatigués qui, pour la plupart, allaient directement au supermarché pour faire leurs courses pour le dîner. Tyler et Pip regardèrent par la vitrine. La queue pour les caisses automatiques était d'au moins trente personnes.

— Tant pis, lui annonça Tyler en faisant volte-face. Il y a une épicerie au coin de la rue qui en vend aussi. Suis-moi.

L'excursion de dix minutes venait de se prolonger d'au moins cinq minutes. Sa mère avait sans doute déjà commencé à préparer le repas. Si Pip n'était pas de retour quand elle aurait fini, elle essaierait de l'appeler. Si elle ne répondait pas, elle sortirait dans le parc à sa recherche. Si elle ne la trouvait pas dans le parc, elle irait chez les sœurs. Et si ni elle ni Grace n'y était, Pip savait que sa mère perdrait les pédales. Elle accéléra.

— OK, mais on se dépêche. Je ne dois pas traîner.

— Pourquoi ? lui demanda Tyler avec un air dédaigneux.

— Pour le repas.

Tyler secoua la tête en faisant claquer sa langue, comme si elle n'avait jamais entendu une chose aussi stupide.

Le trottoir était sale, chaud, et le soleil nimbait de reflets ocre et or les vitrines en face d'elles. Une bande de filles du collège privé plus haut dans la rue marchaient vers elles, négligées avec leurs jupes bleu marine et jaune, leurs jambes frêles, leurs cheveux défaits, parlant aussi fort et avec autant d'assurance que les mères du centre de réinsertion. Pip vit Tyler faire la grimace en les dépassant.

— Grosses bourges, marmonna-t-elle. Elles sont toutes anorexiques, tu sais. J'aurais pu avoir une bourse pour aller dans leur école, parce que ma grand-mère en a été la principale pendant très longtemps, mais ma mère a refusé.

Elles passèrent devant l'épicerie que Pip connaissait.

—Je peux pas entrer ici, expliqua Tyler avec un signe de tête. Ils savent qui je suis.

Pip la dévisagea, se demandant ce que cela voulait dire.

Les bus passaient à toute vitesse à côté d'elles. Tyler descendit du trottoir pour dépasser une femme avec une poussette et faillit se faire renverser. Le bus klaxonna, longtemps, fort, et Tyler essaya de faire comme si elle n'avait pas eu peur.

—Oh, ça va! cria-t-elle au bus qui s'éloignait. Calme ta joie!

—Putain, Tyler, t'aurais pu mourir! s'écria Pip, une main sur le cœur.

—Mais non…

Pip se sentait de moins en moins à l'aise. Elle aurait dû refuser. Elle n'aimait même pas tant les glaces que cela. Enfin, Tyler s'arrêta devant un magasin. Elle lui tint la porte, puis elles se placèrent devant le congélateur, observant les cartons, évaluant et critiquant les différents types de glaces proposés, comme deux filles normales. Tyler choisit un Magnum et Pip un sorbet au citron vert. L'horloge au-dessus de la caisse indiquait 17 h 41.

—Qu'est-ce que tu t'es fait aux bras? demanda Pip un moment plus tard, alors qu'elles rentraient vers le parc.

Tyler baissa la tête.

—C'est à cause de la robe de ma mère.

—Quoi?

—C'est une longue histoire, mais c'est à cause des sequins. Tu vois le genre de robe. J'ai essayé de la lui retirer parce qu'elle s'était endormie avec, et je me suis toute griffée.

Tyler haussa les épaules, l'air de dire: « Tu vois, la routine habituelle, quoi. »

Pip sentit sa peau fourmiller en imaginant cette scène sombre et romanesque. On aurait dit qu'elle était tout droit sortie d'un des livres de Jacqueline Wilson : la jeune fille fougueuse et la magnifique mère brisée.

— Pourquoi est-ce que ta sœur a menti au sujet de votre père ?

Pip eut du mal à ne pas piler en pleine rue.

— Qu'est-ce que tu veux dire ?

— Quand elle a dit que votre père était mort, tu te souviens ? C'était faux.

— Je sais pas, reprit Pip en haussant les épaules.

Tyler avait posé cette question avec tant d'assurance que Pip pensa qu'il serait inutile de poursuivre le mensonge de Grace. À la place, elle lui posa une question.

— Et toi ? Il est où, ton père ?

— Me demande pas ça.

— Tu ne l'as jamais rencontré ?

— Je pensais que si. Mais en fait, non. En fait, tout le monde m'a menti sur tout.

Elles étaient presque au niveau de la station de métro. Encore quelques pas et Pip verrait apparaître la tourelle en forme de champignon du bâtiment où vivait Rhea.

— Est-ce que ta mère parle de Phoebe parfois ?

Tyler lui lança un regard sombre.

— Qu'est-ce que tu sais de Phoebe ?

— Qu'elle est morte dans le parc, c'est tout. C'est Rhea qui me l'a dit.

— Oui, parfois on en parle.

— Qu'est-ce qui lui est arrivé, selon toi ?

— Moi, je pense que c'était Gordon. Le grand-père des sœurs.

— Quoi ? Vraiment ?

— Bah oui, regarde-le. C'est un vieux pervers dégueu. Et maman m'a dit que, quand il était plus jeune, c'était un violeur en puissance. Il était tout le temps en train de baver sur les jeunes filles et faisait des commentaires déplacés.

— Mais ça ne veut pas dire qu'il aurait pu tuer quelqu'un, si ?

— Si. Peut-être qu'il l'avait violée et qu'il avait besoin de la faire taire. Ou, je sais pas, peut-être qu'elle s'est défendue et qu'il l'a tuée par accident.

— Ta mère pense ça aussi ?

— Non. Elle pense qu'elle a fait une overdose, c'est tout.

— Elle prenait de la drogue ?

— Ouais. Apparemment. Je sais pas. Phoebe était assez folle.

— Rhea m'a dit qu'elle sortait avec Leo quand elle est morte.

— Ouais, je pense qu'il y avait un truc entre eux. Mais elle sortait aussi avec son frère.

Elles étaient arrivées aux grilles du parc. Tyler sortit une clé de la poche de son sweat à capuche et les fit entrer.

— Oh, attends, s'interrompit-elle après avoir sorti son téléphone de sa poche car il venait de sonner. Regarde, reprit-elle en tournant l'écran vers elle. Je te l'avais dit.

Au début, Pip n'était pas bien sûre de ce qu'elle regardait. C'était une photo postée sur Instagram, d'une fille et d'un garçon. Il avait sa main autour de ses épaules, leurs têtes étaient collées l'une à l'autre et leurs visages étaient entourés par un cœur, avec la légende : « Avec la magnifique G. »

C'étaient Grace et Dylan.

— Et ça, lui indiqua Tyler en lui montrant le papier peint derrière eux, c'est la chambre de Dylan. Et il a posté cette photo il y a deux minutes. Donc… tu me crois maintenant ? demanda-t-elle en levant les yeux vers l'appartement de son ami.

Cher papa,

Grace et Dylan sortent ensemble. C'est officiel. Je ne sais même pas ce que ça veut dire pour des gens de treize ans. Dans ma classe, il y a des enfants qui disent qu'ils sortent ensemble mais ce n'est pas vrai, ils passent juste du temps ensemble, en gros. Ils ne se tiennent même pas la main. C'est complètement bête. Mais c'est peut-être différent à treize ans. Peut-être qu'ils s'embrassent et tout. Ils mettent tout le temps des photos d'eux sur Instagram. Parfois, leurs visages se touchent. Donc je ne sais pas, mais c'est trop bizarre. Grace ne m'en parle pas. Elle a beaucoup changé. Tu vois, il y a encore quelques mois on était presque pareilles, mais maintenant elle a des seins, elle met du maquillage, elle est plus grande que maman, elle est toute mince, et maintenant ça. Ça ne me plaît pas. J'ai l'impression que je l'ai perdue. Comme toi. Je me sens triste aujourd'hui. Et en colère. Contre toi, parce que tu as fait cette chose stupide, que tu nous as abandonnées et que tu nous as forcées à venir ici. Contre maman, parce qu'elle ne nous laisse pas te voir. Et très, très, très en colère contre Grace qui fait comme si de rien n'était et me laisse tomber.
Donc je suis contente parce que tu ne liras jamais cette lettre, qui n'est pas très gentille, et vu là où tu

te trouves aujourd'hui c'est sans doute mieux que tu ne lises pas de choses tristes.
Je t'aime, papa.
Ta Pipelette

CHAPITRE 14

Le vendredi, Adele croisa Cece à Finchley Road. C'était la première fois qu'elle la revoyait depuis le dîner du mois précédent. Depuis qu'elle avait découvert qu'il s'était passé quelque chose entre elle et son mari vingt-trois ans plus tôt. Il faisait beau et une brise chaude soufflait. Cece portait un minishort en jean, un tee-shirt gris ample, des baskets roses et des Ray-Ban noires, une tenue qu'aurait pu porter sa fille. Elle avait une longue queue-de-cheval. Les hommes se retournaient sur son passage. Elle afficha un grand sourire en reconnaissant Adele et s'arrêta, signifiant qu'elle avait le temps de discuter.

— Bonjour ma belle ! s'exclama-t-elle en se penchant pour lui faire la bise.

Elle sentait la noix de coco et l'alcool.

— J'ai encore oublié de t'écrire un mot pour te remercier pour l'excellent dîner de la dernière fois. Je suis incorrigible !

— Oh, ne t'inquiète pas, ce n'était rien. Juste un curry.

— Mais c'était très sympa. Personne ne fait plus ce genre de choses de nos jours. C'est très agréable quand quelqu'un fait cet effort. Et je *promets* que je vais essayer d'en organiser un moi aussi, mais tu sais, le boulot me rend folle, et on manque un peu de place. J'ai du mal à trouver le temps.

— J'imagine…

Cece était assistante sociale. En d'autres mots, elle avait un vrai travail, un travail qui comptait. Et elle élevait seule sa fille. Si elles faisaient le concours de l'emploi du temps le plus chargé, Adele ne la battrait pas. D'ailleurs, elle n'en aurait pas envie.

— Comment vont les filles ?

— Bien ! Très bien, même. Même si l'infernal Gordon est encore à la maison. À proférer ses horreurs à tout bout de champ.

— Oh, mon Dieu, Gordon… J'avais oublié qu'il était là. Et son pied infect ?

— Coupé. On attend la prothèse, maintenant. Ça risque de prendre un peu de temps.

Cece fit la grimace.

— Tu dois faire l'infirmière, je présume ?

— Plus ou moins. Il y a des professionnels qui viennent s'occuper du pied en lui-même.

— Ou plutôt des restes du pied.

Adele ne put s'empêcher de rire.

— En effet, des restes… Leo essaie de prendre autant de congés que possible. Mais, oui, je dois aussi m'occuper de lui.

— Et faire cours à tes trois filles.

— Oui, bien sûr.

— Oh là là, commenta Cece, impressionnée. Je ne sais pas comment tu fais.

Il n'y avait aucune rancœur dans sa voix, et Adele fut encore une fois frappée par la tendance qu'avaient les femmes à sous-estimer leurs accomplissements tout en étant épatées par ceux des autres.

— Au fait, reprit Adele avec un rire nerveux, je suis tombée sur quelque chose qui m'a fait rire. Tu sais, je travaille sur les mémoires de Rhea et… Bon, à un moment, elle parle de quelque chose qui se passait cet été-là, celui où tu as perdu ta sœur. Entre toi et Leo. Et je n'avais aucune idée que toi et lui, vous…

— Oh, mon Dieu ! s'exclama Cece en se couvrant la bouche de la main. *Ça*. C'est très gênant. Tu sais, je pense que j'ai complètement effacé cette histoire de ma mémoire. Je me suis tellement ridiculisée à l'époque.

Adele rit, comme si elle trouvait tout cela drôle.

— Pauvre Leo, reprit Cece. J'avais décidé que c'était l'homme de ma vie. Tu vois. Le soleil, la lune, l'univers. Et en gros je l'ai harcelé jusqu'à ce qu'il accepte d'être avec moi. Et tu sais qu'il ne s'est rien passé, n'est-ce pas ? Il me laissait juste traîner avec lui, dire que c'était mon copain. Enfin, j'avais treize ans, ou quelque chose de ridicule comme ça. Évidemment, rien de bien sérieux ne pouvait arriver. Voilà.

Elle s'arrêta et avança sa tête comme si elle cherchait la direction du vent, puis se retourna vers Adele.

— Tu en as parlé avec lui ?

Adele hocha la tête.

— Qu'est-ce qu'il a dit ? Il s'en souvenait, déjà ?

— Oui, il s'en souvenait. Globalement, il m'a raconté ce que tu viens de me dire. Que c'était drôle et innocent. Quelques galoches sans rien de plus.

— Oh, mon Dieu ! s'exclama Cece en plongeant sa tête dans ses paumes. C'est ce qu'il a dit ? Je ne pensais pas que… Je suis surprise. C'était un peu bizarre, quand j'y repense maintenant. J'étais si jeune. Et lui, c'était presque un adulte. Mais à l'époque… Et puis, tu sais bien comment ça marche, dans ce parc. À l'extérieur, les choses se seraient passées autrement. Les règles sont différentes. Et quand tu as treize ans, je ne sais pas, tu n'en peux plus d'attendre, n'est-ce pas ? Que les choses commencent *enfin*.

Adele se força à sourire. Elle pensa à Fern, à Tyler, qui avaient treize ans, à Grace, qui les aurait bientôt. Avec leur poitrine, leur taille, leur attitude. Est-ce qu'elles voulaient vraiment que les choses commencent *enfin* ?

— Ta mère était au courant ?

— Non, bien sûr. Elle avait assez à faire avec Phoebe. Elle pensait que ma sœur était incontrôlable. Moi, j'étais le cadet de ses soucis. D'ailleurs, il n'y avait aucun souci à se faire, précisa-t-elle en attrapant vivement l'avant-bras d'Adele. Ça a duré cinq minutes, c'est tout. Mais je doute qu'elle aurait apprécié. *Moi*, je ne le verrais pas d'un bon œil, si ça arrivait à Tyler.

Elle sourit tristement, puis fit un geste de la tête vers les magasins derrière Adele.

— Bon, je ferais bien d'y aller. Mais je voulais te poser une question. Qu'est-ce que tu as pensé de la nouvelle voisine ? Comment elle s'appelle déjà ? Clare.

— Elle m'a paru très gentille. Assez calme. Un peu sur la défensive.

— Tu as pu lui parler de son mari ? Est-ce que j'avais raison ? Je brûlais d'envie de lui demander !

Cece s'arrêta, choquée par le choix de mot qu'elle avait fait, puis elle explosa de rire.

— Désolée ! Je suis si bête. Est-ce que j'ai loupé quelque chose ?

— Non, rien du tout. Elle n'a pas parlé du père. Personne n'a posé de question. Selon les filles, Grace leur a dit qu'il était mort. J'imagine qu'elle ne dirait pas ça si c'était un mensonge, ou si la vérité était supportable.

—Pauvres gamines. Si c'est *bel et bien* leur père qui a fait ça, elles doivent être complètement perturbées.

Elles secouèrent la tête lentement de concert, avec un air triste, puis Cece se redressa.

—Allez, j'y vais. J'ai un rendez-vous ce soir. Il faut que je me fasse épiler les sourcils. Et le reste. Je sais que tu as déjà beaucoup à gérer en ce moment, avec Gordon le Poulpe et compagnie, mais est-ce que ça te dérangerait si je t'envoyais Tyler pour la soirée, jusqu'à ce que je rentre? Sans doute vers 23 heures.

Adele sourit et réprima un soupir.

—Bien sûr, pas de problème.

Et voilà. Du grand Cece. Et si elle ne l'avait pas croisée dans la rue, elle aurait certainement envoyé sa fille chez eux quand même, avec un prétexte bidon. Ou elle l'aurait laissée seule toute la soirée. La mort inexpliquée de Phoebe avait laissé de telles cicatrices, de telles meurtrissures dans cette famille, et Cece, la petite sœur, avait dû porter sa douleur dans son cœur fragile d'enfant. Tyler était le résultat d'un accident qui n'avait jamais été vraiment expliqué, et Cece n'avait pas réussi à devenir une mère à la hauteur. Elle se comportait comme si elle pouvait être un parent quand ça l'arrangeait, selon son humeur.

—Tu es sûre?

—Absolument. D'ailleurs, commença Adele en pensant à quelque chose, on a reçu notre nouvelle tente cette semaine. Peut-être que je vais la monter et laisser les enfants jouer dedans ce soir. Inviter les autres. Il est censé faire beau. Qu'est-ce que tu en penses?

Cece haussa les épaules.

—Ça m'a l'air d'être une bonne idée, répondit-elle.

Elle serra Adele dans ses bras un instant en lui disant qu'elle était parfaite, puis continua sa progression sur Finchley Road, laissant dans son sillage un relent de malheur.

Tyler arriva à 19 heures, Dylan sur les talons. Grace apparut quelques minutes plus tard. Gordon était assis dans son fauteuil roulant dans le salon et marquait sa désapprobation à chaque nouvelle arrivée.

— Madame H ! cria-t-il vers la cuisine. On ne peut pas fermer cette porte à clé ? La maison est pleine d'orphelins et de vagabonds.

— Je les ai invités, Gordon. On va faire un feu de camp.

— Grands dieux, mais dans quel but ?

Il roula dans la cuisine.

— Mets-moi sur Skype. Je veux parler à ma femme. Et échapper à tous ces enfants infernaux.

Adele leva les yeux de son écran. Elle était en train de faire des recherches pour le module d'histoire des filles. Elle se demanda si elle devait protester, mais n'en trouva pas le courage.

— D'accord, ronchonna-t-elle en ouvrant Skype et en appelant Affie.

Elle poussa sa chaise et aida Gordon à bien se positionner face à l'écran.

— Et un petit verre de rouge, avec ça ? demanda-t-il en tapotant impatiemment la table tandis qu'il attendait que sa femme décroche. Et pourquoi pas un carré ou deux de ce bon chocolat que tu caches ?

Adele leva les yeux au ciel. Le chocolat sain était une tentative pour réguler le penchant de Gordon pour le mauvais sucre. Leo le lui avait acheté et le rationnait, carré par carré.

— S'il tient à continuer de manger du chocolat, faisons au moins en sorte qu'il soit de bonne qualité, avait-il dit.

Elle coupa deux carrés, lui servit un verre de pinot noir, et posa le tout devant lui. Pour la remercier, il grogna, puis le visage d'Affie apparut sur l'écran. Elle avait l'air fatiguée. Et tendue.

— Gordon, tu as perdu beaucoup de poids.

Gordon détourna les yeux de l'écran et sourit de toutes ses dents à Adele.

— Tu vois ! rit-il en montrant Affie sur l'écran. Tu as entendu ça, madame H ? Affie ! s'écria-t-il. Regarde !

Il montra à sa femme les deux carrés de chocolat.

— Regarde ce qu'ils me donnent ici ! Ça, c'est ce qu'ils appellent un « goûter ». Ils me disent tout le temps que je suis trop gros. Ils essaient de me faire mourir de faim !

Adele soupira. Elle sortit des bols d'un placard bas, les remplit de chips qu'elle avait achetées pour la soirée, puis les emmena dans le salon pour les enfants.

La taille de tous ces adolescents la choqua légèrement. Elle avait l'impression qu'hier encore son appartement était envahi de bambins aux chaussures boueuses qui couraient partout, laissant derrière eux un chaos de jouets et de feuilles mortes. Maintenant, tous ces enfants étaient statiques, de taille presque adulte, agités de pensées intimes et d'émotions complexes. Ils se jetèrent sur les chips comme s'ils n'avaient pas mangé depuis des jours. « Merci Adele, merci beaucoup. » Si polis. Toutes ces années de rappels et de remontrances pour qu'ils disent « s'il te plaît » et « merci » avaient fini par payer.

Adele s'installa dans un coin. Elle ne voulait pas être dans la cuisine avec Gordon, mais elle ne pouvait pas s'intégrer avec ce groupe-ci non plus. Une atmosphère lourde, inhabituelle, régnait dans la pièce. Comme toujours, Tyler était installée dans le canapé, collée à Dylan. Catkin était assise en tailleur sur le sol, un cahier de devoirs ouvert devant elle, un stylo dans la main, les écouteurs de son iPod dans les oreilles. Fern et Grace étaient assises l'une à côté de l'autre, l'air gênées, comme si elles ne se connaissaient pas. Willow était perchée sur le rebord de la fenêtre, ses pieds tapant l'un après l'autre contre le radiateur sous elle, « cling cling cling », discutant avec Tyler et Dylan d'un truc que quelqu'un avait dit sur quelqu'un d'autre, que quelqu'un d'autre lui avait dit, et qui était tellement *choquant* que sa bouche était largement ouverte et que ses yeux s'écarquillaient de plus en plus à chaque mot pour souligner l'horreur de ce qu'elle rapportait.

— Qu'est-ce qui t'est arrivé, Tyler ? demanda Adele en remarquant de fines marques rouges sur ses avant-bras.

Tyler les cacha dans une attitude protectrice.

— Oh, rien. J'ai voulu aller récupérer un ballon coincé dans un buisson pour des petits, mais il y avait plein de ronces, expliqua-t-elle en haussant les épaules avec un sourire rassurant.

— Ça a l'air profond.

— Non, non, ça cicatrise.

Adele hocha la tête mais ne lâcha pas la jeune fille des yeux. Elle n'avait pas l'air d'aller bien. Même si Tyler avait tout d'un garçon manqué, elle avait toujours fait très attention à son apparence et détestait avoir un trou dans un pantalon ou un nœud dans les cheveux. Adele pensait qu'elle avait hérité ça de sa mère, qui, bien qu'elle soit, selon elle, une alcoolique fonctionnelle et consommatrice régulière de drogues récréatives, avait toujours l'air tirée à quatre épingles. Aujourd'hui, Tyler semblait un peu négligée. Ses cheveux auraient eu besoin d'un shampoing, ses tennis étaient grises et trouées sur un côté, sa peau semblait sèche, et il y avait ces coupures sur ses bras.

La porte d'entrée claqua. C'était Leo. Le chien alla s'étaler à ses pieds, Willow se rua sur lui, et les autres se tournèrent vers la porte avec impatience. Quand il entra dans le salon, l'atmosphère s'allégea immédiatement. Le visage de Tyler s'illumina, comme toujours quand il arrivait. Dès son plus jeune âge, elle avait vu en lui un père de substitution et, puisqu'elle ne vivait pas avec lui, elle le voyait encore avec ses yeux de petite fille émerveillée.

Quelques instants plus tard, les enfants étaient sortis et montaient la tente dans la joie et les cris. Max, qui passait par là, se joignit à eux. Les voisins plus jeunes restaient en périphérie, regardant les grands avec curiosité et admiration. Les parents se rapprochèrent pour discuter. Catkin poussa le fauteuil de Gordon jusqu'à la terrasse où, un verre de vin à moitié bu à la main, il commenta l'inconséquence des divers protagonistes. C'était la veille de l'équinoxe et le soleil brillait encore haut dans le ciel du soir. La nuit ne tomberait pas avant plusieurs heures. Leo sortit une bouteille de vin fraîche, un seau rempli de glaçons et une pile de gobelets en plastique pour les adultes présents. Rhea les observait depuis son balcon, Fergus sur les genoux, un verre à la main. De larges lunettes noires cachaient son visage fin et le soleil faisait étinceler ses chaînes dorées et ses grandes boucles d'oreilles. Elle leva son verre en interpellant Adele et en lui disant quelque chose qu'elle ne parvint pas à entendre à cause des conversations autour d'elle. Elle leva aussi son verre dans sa direction, en souriant, et accueillit la sensation de plénitude qu'elle ressentait toujours à ce moment de l'année, quand le parc reprenait vie. Elle n'avait rien mangé depuis le déjeuner, et le liquide froid lui procura une décharge de plaisir. Si, contrairement à ses convictions, il existait une vie après la mort, elle était persuadée que le paradis était un vendredi soir éternel. N'importe quel vendredi lui aurait convenu, même une fin d'après-midi pluvieuse et ingrate de fin janvier, mais celui qu'elle vivait à l'heure actuelle, avec encore trois bonnes heures avant la nuit, une température agréable de dix-huit degrés, à l'orée du week-end, avec ses filles jouant avec leurs amis et les premiers effets relaxants d'un bon vin blanc, celui-ci serait un moment à revivre à l'infini.

Adele mit sa main en visière en voyant deux silhouettes approcher. Elle pensait qu'il s'agissait d'enfants, puis se rendit compte que c'étaient Pip et Clare, qui avait l'air si jeune dans sa robe d'été avec ses cheveux courts ramenés en arrière par un bandeau noir. Elle leva la main pour les saluer.

— Salut, vous deux !

— Bonjour, répondit Clare.

Adele leva son verre vers la tente.

— Qu'est-ce que tu penses de notre nouvelle acquisition ?

Clare prit le temps de la regarder.

— Parfaite.

Leo se releva en la voyant approcher.

— Salut, Clare. Je te sers un verre de vin ?

— Oui, merci. Un petit.

— Tiens, reprit-il en lui tendant un gobelet. À la tienne.

Pip se faufila dans la tente pour rejoindre les autres enfants, et Clare s'assit dans l'herbe à côté d'Adele.

— Je ne me fais toujours pas à la différence de vue de ce côté-là du parc, déclara-t-elle en balayant les alentours du regard.

— Je sais, renchérit Leo. C'est ça qui est magique, ici, il a été conçu pour qu'il y ait plusieurs paysages différents. De ton côté, ça fait plus penser à un hameau, tu vois, avec des petits chemins, des coins et des recoins. Ici, c'est plutôt homogène et majestueux.

— Pour regarder de haut les petites gens, remarqua Clare sèchement.

— Tu as sans doute raison. Comme dans les vieux domaines, avec la grande maison au sommet et les ouvriers quelque part en bas. Sauf que, bien sûr, nous sommes au centre de Londres, et nous sommes tous égaux, maintenant, conclut-il avec un rire.

Ils se retournèrent vers la tente, qui résonnait de cris de joie et d'excitation, déformée par les corps des enfants qui s'appuyaient contre la toile.

— C'est tellement chouette de les voir jouer ensemble, au lieu de passer leur temps assis, commenta Adele.

— Oui, ça m'avait manqué, renchérit Clare.

— C'est un âge intéressant, non, treize ans ?

— Doux-amer, regretta Leo.

— Des animaux, grommela Gordon sur la terrasse. Des animaux à la naissance, des animaux ensuite. Rien de plus. Et vous, les parents modernes, vous restez là à palabrer, comme si ça allait changer quoi que ce soit. Mais vous vous trompez, poursuivit-il avec un grand mouvement de main. Qu'ils soient propres. Qu'ils soient nourris. Qu'ils connaissent les règles. Qu'ils se prennent une bonne torgnole s'ils dépassent les bornes. Qu'ils sachent qui est le chef. Puis, quand enfin ils ne sont plus des animaux, qu'ils partent. C'est tout. J'ai peur pour cette génération d'enfants, vraiment. Peuvent pas chier sans que papa et maman se tiennent au-dessus d'eux et analysent tout. En prenant des putains de notes.

Il mima le fait d'écrire quelque chose dans un carnet en grognant avec dédain.

Adele et Leo soupirèrent.

—Gordon, enfin… Chaque génération fait les choses différemment. Ce qui compte, c'est l'équilibre. Je trouve ces enfants admirables. Ils ont confiance en eux, ils sont sérieux et sociables.

—Ta petite du milieu, tu trouves qu'elle a confiance en elle, madame H ? Vraiment ? Quelle gamine de treize ans a encore besoin de son doudou ?

—Ce n'est pas un doudou, Gordon. C'est pour la sensation que ça lui procure. Elle se sent bien avec.

—N'importe quoi. C'est un doudou. La pauvre gamine n'arrive pas à comprendre que ça fait bien longtemps qu'elle n'est plus un bébé. Elle voudrait bien t'ouvrir les cuisses pour remonter là d'où elle vient.

Adele, Clare et Leo échangèrent des regards outrés. Puis ils secouèrent la tête en riant. Avec Gordon, il arrivait un moment où il n'y avait plus de réponse possible. Il ne restait plus qu'à soupirer et changer de sujet.

Quand le ciel rougit et que le soleil tomba derrière les toits, Leo sortit des allumettes et alluma le feu de camp. Les enfants émergèrent de la tente, ébouriffés et enthousiastes. Adele ouvrit le paquet de marshmallows qu'elle avait trouvé à l'épicerie : de grosses guimauves, de la taille de muffins, qu'ils enfilèrent sur de longues piques en bois. Clare termina son verre et annonça qu'elle rentrait.

— Vous rentrez avant la tombée de la nuit, les filles, lança-t-elle à Grace et Pip. Je suis sérieuse. Même si les autres ont le droit de rester plus longtemps. Je vous attends à 22 heures au plus tard.

Adele l'observa tandis qu'elle s'éloignait sur la pelouse, si petite, avançant d'une démarche peu assurée. Elle n'avait bu que deux verres de vin, mais semblait déjà un peu ivre. Le feu de camp craquait, rouge et or, envoyant de petites étincelles de lumière dans le ciel gris. Les enfants étaient calmes, contemplatifs, leurs visages dévorés par des ombres mordorées.

Adele profita un moment de cette atmosphère et se servit un autre verre de vin.

Chapitre 15

Clare était assise dans la cour. Il était 22 heures et le soleil s'était enfin couché, en laissant derrière lui un ciel sombre d'une curieuse teinte rougeâtre. Le parc était encore bouillonnant de vie et résonnait des échos des cris des enfants qui jouaient, des verres qui tintaient, des voix qui s'élevaient.

L'appartement était bien trop calme quand les filles n'étaient pas là. Régulièrement, Clare tendait un peu le cou pour regarder les arbres en haut de la colline, attendant de voir sortir de l'ombre les silhouettes de Pip et Grace, espérant en silence que l'une d'elles arriverait au portillon en se plaignant de quelque chose, ou même en pleurant légèrement, ce qui aurait donné à Clare une excuse pour traverser le parc au pas de course, excédée, afin d'aller chercher la seconde et de pouvoir enfin fermer la porte de l'appartement avant d'aller se coucher paisiblement.

Elle repensa à l'apéritif avec Leo et Adele. Elle n'était restée qu'une heure. Le temps de deux verres de vin. Clare ne tenait pas bien l'alcool. Après deux verres, elle se mettait à loucher, ses jambes ne la retenaient plus fermement, et l'on devait l'aider à rentrer chez elle ou la coucher dans la chambre d'amis. Si elle buvait plus de trois ou quatre verres, elle était malade. Cela avait peut-être été attendrissant quand elle était jeune, mais maintenant, à un peu plus de trente ans, avec deux filles aussi grandes qu'elle, cela lui paraissait complètement ridicule.

Une brise dévala la colline et fit tourner les pages du journal posé sur la chaise à côté d'elle. Elle l'avait pris en passant devant la station de métro un peu plus tôt. Elle aimait les journaux des transports publics. Ils étaient écrits pour des gens qui vivaient dans un autre monde que le sien. Elle n'avait jamais dû se déplacer dans la ville pour aller travailler. Elle avait été étudiante, épouse, puis mère. Tout cela avant ses vingt et un ans. Elle aimait vivre par procuration ces regards furtifs échangés dans les rames, ces observations que l'on envoyait rapidement par message, et imaginer le train d'Orpington qui n'arrivait toujours pas, penser aux gens qui s'occupaient d'un voyageur ayant fait un malaise entre deux stations. Lire ce journal lui donnait l'impression de participer. D'être normale.

Le téléphone de Grace sonnait dans le vide, alors elle essaya Pip. Pas de réponse non plus. Elle soupira et rentra dans l'appartement pour prendre une lampe de poche.

Il faisait encore chaud, malgré le vent doux qui s'était levé. En arrivant au sommet de la colline, elle leva les yeux et vit la vieille dame encore assise sur son balcon. Les façades en stuc de l'arc de cercle de Virginia Terrace étaient constellées de rectangles dorés, chacun d'une nuance différente, chacun encadrant une vie particulière, une alliance unique de secrets et de problèmes. Cela ressemblait à un calendrier de l'avent d'antan, avec derrière chaque fenêtre une belle vignette, plutôt qu'un chocolat.

Leo était assis sur la terrasse, son ordinateur portable et une bouteille de bière posés sur la table devant lui, le chien à ses pieds. Il lui sourit en la voyant approcher.

—Rebonsoir !

Elle voyait les traits de son beau visage éclairés par la lumière bleutée de son écran. Ses sourcils épais projetaient des ombres sombres sur son front, et il avait l'air légèrement inquiétant.

— Salut. Je cherche les filles. Tu les as vues ?

Il posa une main derrière son oreille.

— Je les entends, ça s'est sûr, mais ça fait quelque temps que je ne les ai pas vues.

— Oh…, murmura Clare en sentant son cœur battre plus fort dans sa poitrine, et en se retournant vers le parc. Tu penses que… ?

Il y avait de la lumière ici, près des grandes maisons, mais dans les recoins du parc il faisait nuit noire.

— Tout va bien, ne t'inquiète pas. Ils sont tous ensemble.

Il lança un regard derrière son épaule, vers les portes du salon, puis lui fit signe d'approcher. Il désigna le banc sur lequel il était assis. Elle s'installa à ses côtés, sensible à la chaleur qu'il dégageait, à sa main qui entourait la bouteille de bière, à ses pieds nus si proches des siens sous la table. Elle respira furtivement son odeur et se laissa un instant aller à imaginer un autre monde, un univers parallèle où elle aurait rencontré quelqu'un comme Leo, l'aurait épousé et aurait eu des enfants avec lui. Un monde où elle se réveillerait chaque matin à côté d'un homme qui n'était pas malade. Où son mari aurait pu rester avec elle, avec ses filles, et où chaque jour serait doux, simple et prévisible. Adele se rendait-elle compte de la chance qu'elle avait ?

— Regarde, reprit-il en vérifiant que personne ne pouvait les entendre et en tournant l'écran de son ordinateur vers elle. Roxy Hancock. 12 Basildon Gardens, à Walthamstow. Et voilà son numéro de téléphone.

Clare ouvrit grand les yeux.

— Mais comment tu…

— Fastoche, l'interrompit-il. Je t'ai dit, je l'ai cherchée sur IMDb, puis j'ai tapé son nom sur Internet avec « Walthamstow ». Je suis tombé sur un site pour les professionnels du cinéma. Ça m'a pris une minute.

— OK, reprit-elle, incapable de détacher les yeux de l'écran. Mon Dieu.

Leo se pencha en arrière et s'étira. Son tee-shirt se souleva, découvrant une bande de ventre doux et poilu. Clare détourna le regard.

— Maintenant, tu sais où il vit.

— Oui, merci. Mais enfin, je ne sais pas si…

— Tu pourrais l'appeler, conseilla-t-il en reprenant sa position normale, cachant à nouveau son ventre. Ou lui écrire ? Je ne sais pas, c'est toi qui vois. Mais je pense que c'est important. Au cas où. Tiens, poursuivit-il en lui passant un morceau de papier. J'ai tout écrit là. Garde ça quelque part. Maintenant, je vais effacer mon historique. Parce que, dans cette maison, on n'est jamais à l'abri que quelqu'un tombe sur ce qui doit rester cacher.

Il s'exécuta puis lui sourit.

— Et voilà. Plus aucune trace.

Elle avait envie de le toucher. De poser sa main contre sa joue. De lui serrer le genou. D'embrasser ses doigts. Elle avait envie de le faire sien d'une façon ou d'une autre.

— Merci. C'est très gentil à toi.

Leo lui sourit avec douceur et bienveillance.

— Avec plaisir, Clare.

Le parc était devenu terrifiant. La végétation bruissait, craquait. Des formes passaient entre les arbres à toute allure.

Des ombres s'allongeaient, rapetissaient, s'étendaient à nouveau.

Pip sursauta.

— T'inquiète, c'est juste des chats, l'informa Tyler. Tu sais que ce sont des animaux nocturnes, non ?

Elles étaient assises au sommet de la colline, cachées sous la masse d'un grand châtaignier. Toutes les deux. Pip ne comprenait pas pourquoi. Ça avait été une soirée très étrange. Déjà, elle n'avait pas eu envie de sortir, mais Willow était venue la chercher et l'avait forcée à l'accompagner au feu de camp. Pendant un moment, elle s'était amusée. Ils avaient joué dans la tente avant de griller d'énormes marshmallows. Sa mère était également là, donc Pip avait passé un bon moment. Quand le feu s'était éteint et que sa mère était rentrée, l'atmosphère avait changé. Les plus grands étaient partis dans l'ombre, vers les bancs, et elle avait suivi Willow dans l'aire de jeux. Quelques minutes plus tard, Tyler les avait rejointes.

Tout se passait bien. Il faisait encore jour, Willow était avec elles, et Tyler avait accepté de jouer au jeu étrange et survolté qu'elles affectionnaient, dans lequel elles étaient des orphelines qui avaient trouvé refuge dans un cirque (c'était bien sûr un jeu inventé par Willow, qui était un peu folle et adorait Jacqueline Wilson, comme Pip). Willow avait fini par rentrer chez elle, et Tyler avait proposé à Pip d'aller s'asseoir plus loin. Et cela faisait déjà une heure qu'elles étaient là.

De temps en temps, Tyler se levait et se cachait contre le tronc du châtaignier pour épier les autres enfants assis sur les bancs, plus haut.

— Ils font quoi ?

— Rien de spécial. Ils traînent.

— Tu veux qu'on les rejoigne ?

— Non, on bouge pas.

Les épaules de Pip s'affaissèrent. Elle se sentait utilisée, mal à l'aise.

— Tu as un copain ? lui demanda Tyler soudainement.

— Hein ? Non, bien sûr que non ! J'ai douze ans. Et toi ?

— Plutôt mourir, répondit Tyler avec une grimace. Les mecs de mon âge sont des vrais losers.

— Sauf Dylan ?

— Ouais. Enfin, c'est ce que je pensais. Maintenant, je ne sais plus trop.

Elle se tritura les ongles et lança un regard furtif vers les bancs. Puis elle se retourna vivement vers Pip et la fixa.

— Grace t'a parlé d'elle et Dylan ?

— Non. Pas vraiment. Je lui ai demandé ce que c'était que cette photo sur Insta. Celle que tu m'as montrée. Elle m'a dit qu'ils n'étaient pas tout seuls dans la chambre. Genre qu'il y avait des copains du collège de Dylan aussi.

— Mais bien sûr…

— C'est ce qu'elle m'a dit.

— Dylan n'invite jamais personne chez lui. Il a trop honte. Tu sais, sa mère garde absolument tout et leur appart est tout petit et crado. Sa mère est vraiment bizarre et pas sympa. C'est sûr qu'ils étaient seuls, là-haut. Donc ta sœur est une menteuse, conclut-elle.

Cette accusation faisait mal. Pip aurait voulu pouvoir dire à Tyler qu'elle se trompait. Que Grace ne lui aurait jamais menti. Mais, ces derniers temps, elle n'en était plus sûre.

— Même si elle mentait, qu'est-ce que ça peut faire ? rétorqua-t-elle. Elle a douze ans. Lui, treize. C'est pas comme s'ils couchaient ensemble ou je sais pas quoi.

Tyler lui lança un regard vibrant de pitié.

— Putain, mais tu penses vraiment ce que tu dis ?

— Il est quelle heure ? demanda Pip, pressée de quitter Tyler et de retrouver sa mère et son lit.

Elle avait laissé son téléphone dans la tente et avait trop peur d'aller le chercher toute seule dans le noir. Tyler sortit son portable et y jeta un coup d'œil.

— Vingt-deux heures cinq.

— Merde, il faut que j'y aille. J'ai dit à ma mère que je rentrais pour 22 heures.

— Cinq minutes, ça va rien changer, la rembarra Tyler, avant de lui faire signe de se taire. Écoute, murmura-t-elle.

— Quoi ?

— Ils ne font plus de bruit. Viens.

— Hein ? chuchota-t-elle en se relevant le plus rapidement possible pour suivre Tyler. On va où ?

Tyler posa à nouveau un doigt devant sa bouche.

— Suis-moi.

Elles gravirent la colline sur la pointe des pieds.

— Stop ! souffla Tyler en tendant le bras devant Pip, le regard concentré, comme un chasseur qui vient de trouver une proie. Baisse-toi.

Pip tomba à genoux. Elles n'étaient plus qu'à quelques mètres des bancs.

— Regarde ! la pressa Tyler, les yeux brillants de triomphe et de douleur. Je te l'avais dit !

Il faisait encore plus sombre à cet endroit du parc. Les lumières des appartements ne parvenaient pas jusqu'ici et il fallut quelques secondes à Pip pour comprendre ce qu'elle était en train de voir. Puis elle comprit. Fern et Catkin étaient allongées sur l'herbe, à regarder les étoiles. Elles se passaient une cigarette, une petite tache lumineuse qui rougeoyait chaque fois que l'une d'elles inhalait. Plus haut, sur un banc, se trouvait une sorte de bête à deux têtes qui, constata progressivement Pip, était constituée de sa sœur chevauchant Dylan, les jambes repliées autour de ses hanches, le visage collé au sien, ses mains dans ses cheveux, leurs corps se balançant ensemble dans une sorte de danse.

Pip sentit son estomac se soulever, une vague de marshmallows fondus remontant vers sa bouche. Puis une décharge violente de quelque chose d'autre. Quelque chose de mauvais, d'interdit. Comme une sorte d'excitation. Elle détourna le regard et se releva.

— Tu vas où ? siffla Tyler.

— Chez moi.

— Tu ne vas rien dire ?

— Pour quoi faire ?

— Pour qu'elle sache que tu l'as vue. Que c'est une pute.

— C'est pas une pute !

— Bah..., reprit Tyler en faisant un signe de la tête vers les bancs.

— C'est pas mon problème. Je m'en fiche.

Tyler lui attrapa l'épaule et la força à la regarder.

— C'est dégueulasse, ce qu'ils font, rugit-elle. Les gens doivent savoir. Ce sont des *enfants*, insista-t-elle en appuyant un doigt entre les côtes de Pip. Des putains *d'enfants*.

Puis elle fit volte-face, les yeux pleins de larmes, ses petits poings rageurs pendant le long de son corps.

Pip lui courut après.

— Et *toi*, tu vas où ?

— Je sais pas ! s'écria-t-elle. Nulle part !

Pip la regarda s'éloigner, furibonde, vers les grilles du parc, sa fine queue-de-cheval se balançant à chaque pas. Elle la vit donner un coup de pied dans un tronc d'arbre et disparaître dans l'ombre. Puis elle entendit le grincement rageur de la grille.

Pip lança un coup d'œil aux silhouettes derrière elle. Quelqu'un passait la cigarette à Dylan. Pip commençait à se dire qu'il ne s'agissait peut-être pas d'une simple cigarette. Elle vit Dylan fumer puis la tendre à Grace, qui secoua la tête et descendit des genoux de Dylan.

Puis Pip remarqua un faisceau de lumière balayer l'herbe.

— Pip, c'est toi ?

La voix de sa mère. Pip jeta un regard vers le sommet de la colline pour voir si les autres l'avaient aussi entendue. Quelqu'un éteignit rapidement la cigarette, puis il y eut des chuchotements pressés, des corps qui se déplaçaient.

— Qu'est-ce que tu fais ici toute seule ?

— J'étais avec Tyler. Elle vient de partir. Il y a une seconde.

Sa mère l'avait rejointe. Pip se serra contre elle, se rassurant avec son parfum et son corps familier.

— Et Grace ?

— Elle est là-haut, je crois, indiqua-t-elle en pointant les bancs.

Clare l'appela et son aînée apparut immédiatement, les yeux grands ouverts, un sourire aux lèvres.

— Maman, désolée ! J'ai pas fait gaffe à l'heure.

— J'ai essayé de vous appeler toutes les deux. Pourquoi vous ne répondiez pas ?

— J'ai oublié mon portable dans la tente, expliqua Grace.

— Moi aussi.

Clare leur caressa les cheveux en secouant la tête.

— Si vous me désobéissez, faites au moins en sorte d'avoir vos téléphones avec vous.

Elles allèrent chercher les portables, puis rentrèrent chez elles en traversant le parc bras dessus bras dessous.

Ce soir-là, dans son lit, Pip se tourna vers sa sœur de l'autre côté de la chambre.

— Tu crois pas que t'es un peu jeune ?

Grace lui lança un regard sombre, comme si elle la mettait au défi de poursuivre.

— De quoi tu parles ?

— De ce que tu fais avec Dylan.

— Je ne fais *rien* avec Dylan.

— Si. Je t'ai vue.

— Tu nous espionnais ?

— Non, je vous *espionnais* pas. J'étais avec Tyler, elle m'a dit de regarder. J'ai vu ce que vous faisiez. Et j'ai arrêté de regarder. Je suis pas une perverse.

Grace souffla.

— Quelle conne, cette Tyler, grogna-t-elle. C'est quoi son putain de problème ?

— C'est un peu évident, non ? Elle est jalouse.

— Putain. De quoi ? C'est pas comme si elle sortait avec Dylan, merde.

— Non, mais c'est son meilleur ami.

— Et alors ? Ça change rien. Je les empêche pas d'être amis.

Pip se retint de dire ce qu'elle voulait dire, que Tyler aurait du mal à être amie avec Dylan si Grace passait son temps avec lui. Elle ouvrit un livre et fit mine de lire.

— T'en parles pas à maman, hein ? la pria Grace d'une voix inquiète.

— Bien sûr que non.

Pip avait toujours gardé les secrets de sa sœur, depuis qu'elle était petite, trop fière d'être jugée digne de confiance.

— Et pour le reste ?

— Quoi ?

— Tu sais, ce que les autres faisaient.

— La drogue, tu veux dire ? demanda Pip, choquée de prononcer ce mot.

— Oui. Je n'ai rien à voir avec ça, moi. Je fais pas ça. Je le ferai jamais.

Elle se retourna pour faire face à sa sœur.

— Tu sais que le cannabis peut causer des crises de schizophrénie paranoïde ?

Pip lui lança un regard dubitatif.

— Je suis sérieuse, Pip, c'est important. La maladie mentale, ça peut être héréditaire. Toi ou moi, on l'a peut-être dans notre ADN. Et si on fume de la drogue, ça pourrait la faire ressortir. Et ensuite, on l'aura pour toujours, poursuivit-elle avec sérieux. On ne doit jamais prendre de drogue, toi et moi. Jamais.

— Ouais, d'accord.

— Tu me le promets ?

— Oui, OK.

— Promets *vraiment*.

Pip leva les yeux au ciel, même si au fond elle était touchée par l'inquiétude de sa sœur.

— Je le promets vraiment. Promis. Promis. Promis !

Elle sourit à sa sœur, qui lui répondit.

— Mon petit génie, chuchota Grace.

— C'est toi, le petit génie !

Pip s'endormit cette nuit-là en se sentant légère, ce qui ne lui était plus arrivé depuis longtemps.

Chapitre 16

— Regarde-moi ça, madame H !

Adele se retourna au son de la voix tonitruante de Gordon. Elle garda la tête baissée, s'attendant à le trouver dans son fauteuil, mais dut lever les yeux car le vieil homme se tenait debout.

— Gordon, vous avez réussi à vous lever !

— Oui. Mme Machin, la kiné, a remarqué que j'avais perdu beaucoup de poids et m'a dit que je pouvais essayer les béquilles. En même temps, c'est fou, poursuivit-il en lui montrant la taille de son jean, qui était lâche. Je fonds !

Pour une fois, il n'avait pas l'air énervé mais triomphant. Adele remarqua aussi que son visage était d'un rouge moins soutenu et ne donnait plus tant l'impression qu'il allait exploser. Pour la première fois depuis des années, il était possible d'imaginer qu'il avait pu être beau lorsqu'il était jeune.

— C'est incroyable, Gordon ! C'est génial de vous voir de nouveau sur vos pieds ! Enfin, sur votre pied.

Il explosa de rire devant son air gêné.

— Oui, ça fait du bien d'être debout et de ne plus souffrir le martyre. Écoute, madame H, j'ai un petit service à te demander. Est-ce que tu vas aller faire les courses aujourd'hui ?

— Tout à fait.

— J'aurais besoin que tu m'achètes quelque chose.

— Bon, lui annonça-t-elle quelques heures plus tard en posant ses sacs de courses sur la table. Ils n'avaient pas celle que vous vouliez, donc j'ai pris ça.

Elle lui tendit la boîte.

— C'est marron ?

— Oui. Un peu plus clair que ce dont vous avez l'habitude. Mais je pense que ça vous ira mieux.

— Tant que c'est marron, j'en ai rien à foutre.

— Parfait alors. On s'y met ?

— Rien ne vaut le présent, madame H !

Elle alla chercher une vieille serviette dans le placard à linge, installa Gordon sur une chaise dans la cuisine et protégea ses épaules. Puis elle ouvrit la boîte de la coloration et lut les instructions. Elle n'avait pas été tout à fait honnête quand elle avait dit qu'ils n'avaient pas sa teinte en stock au magasin. Il y avait un grand choix de nuances qui entraient dans la catégorie « brun complètement artificiel et déstabilisant pour un homme de soixante-dix ans ». Elle avait choisi quelque chose de plus clair, de moins choquant.

Les filles étaient dans le parc ou dans leur chambre, les cours étaient finis pour la journée. Leo était encore au travail. Scout était allongé sous la table, à côté de Gordon. La radio de la cuisine était allumée. Adele prépara le mélange de la coloration, enfila des gants en plastique, puis, à l'aide d'un peigne, sépara les cheveux soyeux de Gordon au milieu avant de se mettre à appliquer la mixture sur ses racines blanches.

— C'est Affie qui s'en occupe, chez vous ?

— Bien sûr. Ou l'une de ses filles.

— Ses filles ? Mais elles sont très jeunes, non ?

— Onze ans.

Le premier mari d'Affie était mort alors qu'elle était enceinte de jumelles. Elles avaient un an quand Gordon l'avait rencontrée sur un site anglo-africain.

— Et elles doivent s'occuper de vos cheveux !

— C'est différent, là-bas. On ne met pas les enfants sur un foutu piédestal. On leur inculque le sens des responsabilités envers leur famille, le respect les anciens. Ce n'est pas une corvée pour elles de s'occuper de mes cheveux. C'est l'un de leurs rôles dans notre famille. Jamais elles ne lèvent les yeux au ciel ni ne soupirent comme ces foutus enfants occidentaux. Tu sais, tes filles... oui, elles sont très polies avec leurs « Bonjour, est-ce que tout va bien ? » et les cocktails qu'elles préparent pour les invités, mais elles te traitent comme leur esclave, madame H. Celle du milieu, là...

— Fern.

— Voilà. Fern. La dernière fois, je l'ai vue éplucher une mandarine et laisser traîner la peau. Elle en avait fait une jolie petite pile sur la table. Pour que son *esclave* puisse la jeter à la poubelle. Je te jure, si l'une des filles d'Affie faisait ça, sa mère lui filerait une raclée. Ou je le ferais.

Adele s'arrêta net, le pot de teinture suspendu au-dessus de la tête de son beau-père.

— Pardon ?

— Bon, peut-être pas une raclée, mais une bonne gifle tout de même. Évidemment.

— Mais, Gordon, ce ne sont même pas vos enfants. Comment est-ce que vous pouvez... ?

— Ce sont *mes enfants*, bien sûr, la contredit-il. Je les élève depuis qu'elles sont bébés. Je paie leur école, leurs vêtements, leur nourriture. Elles m'appellent « papa ». Bien sûr que ce sont mes filles.

— Et ça ne dérange pas Affie ?

— Hein ? Pourquoi ça la dérangerait ? Elle veut que je les punisse. Si je ne le faisais pas, elle se dirait que je les gâte. Et s'il y a bien quelque chose qu'on ne trouve pas souvent en Afrique centrale, ce sont des enfants gâtés. La mère de Leo, ma première femme, on peut dire qu'elle les a complètement pourris. Les trois. Moi, j'essayais de maintenir l'ordre dans la maison, mais c'était impossible avec elle. Si je levais la main sur l'un de ses précieux fils, elle ne me parlait plus pendant des jours.

Il laissa échapper un long soupir, comme s'il était accablé de problèmes.

— Mais ils s'en sont tous bien sortis. Vous savez, Gordon, quand on a des enfants, il y a le sprint et la course de fond. Le sprint, c'est réussir à faire de ses enfants des êtres supportables, que l'on peut sortir, qui se comportent bien en public. En fait, il s'agit de se simplifier la vie. Alors oui, c'est possible d'atteindre ce but avec des punitions, de la discipline, « une bonne gifle » ici ou là. Le but de la course de fond, c'est d'élever de bons êtres humains. Pour remporter un marathon, il n'y a aucun besoin de sprinter. Je pense sincèrement qu'on peut s'en passer. Que ce n'est pas nécessaire.

Il y eut un moment de silence chargé, pesant, avant que Gordon ouvre la bouche.

— Mais quel ramassis de conneries, madame H ! C'est pendant ce que vous appelez le « sprint » que les pires choses peuvent advenir. Tes chères filles soi-disant innocentes font les quatre cents coups en bas de chez toi, exactement comme mes fils avant elles, et tu sais bien comment ça s'est fini à l'époque.

— Rappelez-moi, demanda Adele en retenant son souffle.

— Tu sais bien, l'histoire avec la fille. Phoebe. Celle qui est morte.

— Mais ça n'avait rien à voir avec vos fils, avec Leo.

— Ah bon ?

— Non, bien sûr que non !

— Si tu le dis.

— Oui, je le dis. Enfin, Gordon, mais qu'est-ce qui vous prend ? s'énerva-t-elle en secouant la tête.

— Je te parle des enfants, madame H. Ces petites plaies atroces et insupportables. Ils ont tous leur côté sombre. Ils sont tous capables de faire le mal. Dès qu'on leur donne un peu de territoire, comme celui que tes filles ont avec le parc, c'est tout de suite *Sa Majesté des mouches*. Il ne faut pas les quitter des yeux une minute. Pas une seconde. Tu penses que tu gardes tes filles pures en sécurité dans cette cage dorée, mais, même si tu parviens à protéger tes enfants du monde extérieur, tu ne peux pas les protéger d'eux-mêmes.

Adele repassa mentalement et à toute vitesse le passage déstabilisant des mémoires de Rhea : les garçons Howes paradant torse nu, comme des petites frappes, des voyous avec leurs chaînes en or et leurs grosses stéréos. Et les filles, si jeunes, qui passaient de l'un à l'autre. Jusqu'à ce que l'une d'elles meure.

Elle secoua la tête pour chasser cette image et revint lentement au présent. Elle peigna les cheveux épais de Gordon couverts de coloration, et inspira la forte odeur chimique pour se réveiller. Elle couvrit sa tête d'une charlotte en plastique.

— Et voilà, Gordon. Dans vingt minutes, vous serez irrésistible.

Ce soir-là, sur la terrasse, Adele observait ses filles, encore remuée par les mots de Gordon. Depuis que Catkin jouait dans le parc et était capable de retrouver son chemin jusqu'à la maison toute seule, Adele utilisait l'endroit comme une baby-sitter gratuite. Ses filles y étaient en sécurité. Elle pouvait se concentrer sur autre chose. Préparer le repas. Faire le ménage. Téléphoner. Les années passant, ses filles avaient grandi, s'étaient fait des amis, et passaient de plus en plus de temps dehors. Adele avait eu de plus en plus besoin de l'espace que le parc lui offrait. Pour elle, c'était une extension de leur appartement. Il y avait d'autres gens, mais ils voulaient tous du bien à ses filles, comme elle voulait du bien aux autres enfants du parc. La mort de Phoebe, tant d'années auparavant, avait été un accident. Cela n'avait rien à voir avec leur communauté, ni avec les petits. Une jeune fille avait dépassé les bornes, c'était tout.

Elle reconnaissait cependant que c'était un écosystème précaire et que l'arrivée des filles de Clare avait été un bouleversement. Dylan et Tyler n'étaient plus aussi proches. Catkin prenait ses distances avec le groupe. Leur relation semblait plus fragile qu'elle ne l'avait jamais été. Était-il possible que quelque chose de sinistre soit à l'œuvre ? Que leurs jeux d'enfants, qui avaient progressivement évolué en moments de discussion, soient en train de devenir un espace de tension ?

Willow était à la maison avec une autre amie du parc, Sophie, et elles jouaient avec le chinchilla. Catkin était allongée au soleil au sommet de la colline, la tête posée sur son pull roulé en boule, lisant un livre qu'elle tenait au-dessus de sa tête. Fern était sur une balançoire, ses longues jambes pliées sous elle, et écoutait de la musique.

De l'autre côté du parc, il y avait Pip et Grace, assises sous un saule, en tailleur, lancées dans une discussion animée.

La scène était exactement comme elle l'avait imaginée : innocente, douce, paisible et calme. Elle baissa la main pour que Scout s'approche d'elle et caressa sa tête douce comme une houpette. Elle entendit la grille du parc se refermer brutalement, des rires, puis le bruit de roues de vélo sur les graviers. Un instant plus tard, Tyler et Dylan passèrent à toute vitesse devant la terrasse, en pleine course. Tyler était en danseuse, majestueuse, et Dylan était couché sur le guidon, le menton en avant, déterminé.

— Bonjour, vous deux ! leur cria Adele.

Mais ils ne l'entendirent pas.

Elle les regarda faire un tour entier du parc avant de s'arrêter, à bout de souffle, à côté de Catkin. Ils restèrent là un moment. Catkin posa son livre et se releva, se protégeant les yeux du soleil avec le bras en leur parlant. Fern les rejoignit de sa démarche traînante, comme si rien ne l'intéressait, et ils s'installèrent pour discuter. Adele observa Pip et Grace pour voir ce qu'elles allaient faire. Elles jetèrent un regard vers les autres et discutèrent de la marche à suivre. Pip secoua la tête. Grace haussa les épaules, se leva, et s'approcha du groupe tandis que Pip rentrait à l'appartement.

Tyler scrutait Grace qui s'approchait, et la regarda des pieds à la tête lentement, cliniquement. Dylan attrapa un instant la main de Grace avant de la relâcher. Tyler remarqua ce geste, s'approcha de son vélo, le releva et s'éloigna vers la sortie du parc.

— Tu vas où ? lui cria Fern.

— Chez moi.

Les quatre enfants la suivirent des yeux un moment, puis se tournèrent vers Dylan, qui haussa les épaules. Ils allèrent s'asseoir ensemble sur les bancs.

Voilà ce qu'il se passait. Grace et Dylan sortaient ensemble. Tyler était jalouse. Pip se sentait exclue à cause de cette tension. Rien de plus que des petits drames adolescents. Rien de sinistre.

Elle souleva Scout et le prit dans ses bras comme un bébé. Elle regarda au fond de ses yeux un moment. Elle fut soudain émue par l'innocence de son regard, son absence totale d'hypocrisie. Elle avait lu la même chose dans les yeux de ses filles quand elles étaient bébés, et c'était bouleversant.

Elle releva la tête en entendant la voix de Leo. Elle marcha jusqu'au portillon avec Scout dans les bras, et se pencha pour regarder vers le coin du parc. Il était à l'entrée. Il portait un sac de courses au bout de chaque bras et discutait avec Tyler. Il était penché vers elle et la regardait avec beaucoup d'attention. Puis il posa les sacs au sol et la prit dans ses bras. Elle enfouit son visage contre sa poitrine, les mains serrées contre son ventre. Il déposa un baiser sur le haut de son crâne et lui caressa les cheveux. Puis ils se séparèrent, et Leo posa un doigt sous le menton de l'adolescente pour lui faire lever la tête et essuyer la larme qui coulait sur sa joue. Elle lui sourit, l'air triste, et il l'imita. Ils discutèrent encore quelques secondes, puis Tyler se mit sur la pointe des pieds et l'embrassa sur la joue. Elle releva son vélo et quitta le parc.

Leo attrapa ses sacs de courses et lança un grand sourire à Adele quand il remarqua qu'elle l'attendait sur la terrasse.

— Bonjour, ma chérie !

Elle se força à sourire. Il avait toujours eu une relation très affectueuse avec Tyler. C'était ce genre d'enfants qui grimpaient sur les genoux de tout le monde sans y être invités, qui jouaient avec les cheveux des gens, qui faisaient des grimaces aux étrangers, qui essayaient naturellement de charmer et de conquérir les cœurs. Leo avait toujours été l'objet premier de son affection démesurée.

Maintenant, Tyler avait treize ans. Était-il encore acceptable que Leo maintienne un lien physique avec elle ?

— Qu'est-ce qu'elle a, Tyler ? demanda-t-elle en suivant son mari dans la cuisine pour l'aider à ranger les courses.

— Une affaire de cœur, j'ai l'impression. Elle ne voulait pas en parler.

Elle regarda Leo sortir les ingrédients puis se mettre à préparer une soupe. Soudain, un goût désagréable envahit sa bouche. Un relent des épices qu'elle avait mangées le midi et de l'acidité du grand verre de vin blanc qu'elle s'était servi une demi-heure plus tôt.

— Je la plains.

— Oui, renchérit Leo. Pauvre enfant.

CHAPITRE 17

Adele adorait l'entrée de l'immeuble de Rhea, avec ses doubles portes, son lambris, sa moquette bordeaux, l'odeur de cire d'abeille, les cliquetis et vrombissements de son vieil ascenseur aux portes en accordéon polies à la perfection. Elle prit les escaliers jusqu'au deuxième étage, où Rhea l'attendait à la porte.

— J'espère que tu pourras me pardonner, s'excusa-t-elle en désignant son polo orange vif, son jogging gris et ses vieux chaussons en peau de mouton. Je ne suis pas sur mon trente et un.

— Vous êtes très belle, Rhea. Comme toujours.

La vieille dame posa une main sur son cou et se toucha le lobe de l'oreille.

— Je me sens toute nue sans ma ferraille, reprit-elle en riant. Donne-moi une minute !

Elle invita Adele à passer dans le salon, où elle avait déjà posé sur la table des tasses et des soucoupes bordées d'un liseré doré, une assiette de cookies aux pépites de chocolat, une autre de petits soufflés au fromage et un bol d'amandes caramélisées.

Son lapin géant était installé dans un panier molletonné et fixait Adele en remuant le museau. Autour d'elle trônaient les trophées de la vie de Rhea. Des photos de famille tapissaient les murs. Il y avait au moins cinq clichés de cérémonie de remise de diplômes datant de trois décennies différentes, ainsi que des portraits formels et des sortes de collages aux couleurs passées. Toutes les surfaces étaient couvertes de napperons de dentelle, même le dos de ses fauteuils en velours. La moquette était surmontée d'un patchwork de tapis superfétatoires de tailles et textures diverses. Une baie vitrée donnant sur son balcon encadrait une vue magnifique du parc. D'ici, on le voyait presque en intégralité. Adele s'y avança et parcourut la pelouse des yeux.

Un groupe de jeunes mères avec leurs bambins étaient assises à l'endroit précis où vingt-trois ans plus tôt avait été retrouvé le cadavre de Phoebe.

Rhea revint dans le salon, une immense théière ornée de motifs dorés dans une main, un paquet de biscuits dans l'autre, son cou désormais orné de cordes d'or.

— Quel soleil ! s'exclama-t-elle. Ça ne va certainement pas durer.

— Il paraît qu'un été caniculaire nous attend.

— Ce serait agréable, pour une fois, commenta la vieille dame en posant la théière sur la table, la main tremblante, avant de s'asseoir à côté d'Adele en la regardant avec un air bienveillant. Comment va ta famille ?

— Tout le monde va bien, merci.

— Tes jolies jeunes filles ?

— En pleine forme.

— Ton beau mari ?

— Toujours aussi beau.

— Et ton beau-père ? J'ai entendu dire qu'il était chez vous.

— Oui, soupira Adele. Malheureusement.

— Cet homme-là… Tu sais, Adele, je dépasse peut-être les bornes en disant cela, mais je ne serais pas à l'aise avec cet homme chez moi. Si proche de mes filles.

Adele haussa les sourcils.

— Rhea, il n'est pas *si* mauvais. Oui, il a les yeux baladeurs, mais on est loin de l'inceste !

— Peut-être, mais tu devrais tout de même faire attention. Un porc reste *toujours* un porc. Et un léopard ne peut pas changer ses taches.

— Merci, mais je ne m'inquiète pas tant que ça.

— Tiens, prends de ces petites choses au fromage. Ce sont les meilleures que j'ai jamais goûtées. De Waitrose. Tu les connais ?

— Non, je n'en ai jamais mangé. Mais je n'ai pas faim maintenant, merci.

Rhea reposa l'assiette sur la table en haussant les épaules, avec un air de « tant pis pour toi ».

— Je voulais vous parler de quelque chose qui me trotte dans la tête depuis quelques semaines, depuis que j'ai lu vos mémoires.

La fossette profonde qui trouait la joue de Rhea disparut et elle eut l'air alarmée un moment.

— Oh… De quoi s'agit-il ?

— Je ne savais pas, avant de lire votre texte, que Leo et Cecelia avaient eu une histoire, cet été-là.

— L'été de Phoebe ?

— Oui, exactement. Et cela m'a beaucoup surprise parce qu'elle n'avait que treize ans et que Leo en avait presque dix-huit. C'était presque un adulte.

— Écoute, ce n'était peut-être pas vraiment une histoire. Je ne sais pas, Adele, confessa Rhea en haussant les épaules, l'air désolée d'avoir fait remonter à la surface cet événement.

— Il y avait bien quelque chose, si. J'en ai parlé à Leo, qui me l'a confirmé. Et je me demandais… Est-ce que vous avez déjà pensé… Enfin, bien sûr, c'est une théorie folle, mais pensez-vous que la mort de Phoebe puisse être liée d'une façon ou d'une autre à Leo et à ses frères ?

Rhea écarquilla ses yeux noirs et attrapa sa chaîne en or.

— Adele ! Mais quelle question…

— Je sais, mais… Hier, je discutais avec Gordon, et il a dit quelque chose d'étrange, laissant entendre que ses fils étaient responsables de sa mort, et que les enfants se comportaient comme des animaux dans ce parc.

— Là, je ne peux pas vraiment le contredire. Les enfants laissés en liberté peuvent devenir sauvages. Mais ton Leo aurait tué cette fille ?

— Ce n'est pas tout à fait ce que Gordon disait. Il voulait plutôt dire qu'il avait causé cette mort, avec ses frères.

— N'importe quoi ! Cet homme est complètement fou.

— Je sais, reprit Adele en hochant la tête. Vous avez raison. Mais, quand on y pense, il y a forcément une raison à la mort de cette jeune fille. Cet accident était peut-être lié à Leo et à ses frères, indirectement. À cause de leurs histoires ? Vous savez, les enfants réagissent tellement fort aux choses. À cet âge-là, tout semble insurmontable.

— Adele, lui souffla Rhea en posant sa main sur la sienne. Phoebe n'était pas une jeune fille de quinze ans comme les autres. C'était une véritable bombe à retardement. Personne n'aurait rien pu faire pour la sauver.

— Comment ça ? Le monde est bourré d'adolescents qui boivent, prennent de la drogue, couchent, et ils ne meurent pas à quinze ans.

— C'est vrai. Mais il y avait quelque chose d'autre chez elle, sous son apparence joyeuse, frivole, amusante. Une tristesse dans ses yeux. Comme si elle avait vu les pires choses du monde et avait abandonné tout espoir pour l'humanité. C'est un regard que j'ai déjà croisé, tu imagines bien...

— Oui, bien sûr, murmura Adele en posant sa main sur celle de Rhea. Pourquoi était-elle comme ça, selon vous ?

— À cause de sa mère. Oh, *cette mère*, s'indigna Rhea en levant les yeux au ciel.

Adele avait entendu parler de la mère de Phoebe et Cecelia à de nombreuses reprises depuis qu'elle habitait à Virginia Terrace. Leo, Gordon, et tous ceux qui l'avaient fréquentée parlaient d'elle. Elle s'appelait Marian et avait été la principale du collège privé pour filles du quartier pendant vingt ans. Son mari, Frank, était un ancien laitier qui avait dû prendre sa retraite à trente ans à cause d'une santé très fragile. Il était mort d'une crise cardiaque dix ans plus tard, alors que ses filles étaient encore petites. Marian s'était remariée rapidement, ce qui avait alimenté la rumeur selon laquelle cette relation avait commencé bien avant le décès de Frank. Le nouveau mari ne s'intéressait pas aux enfants. Et Marian s'occupait en priorité des élèves de son collège, laissant Cecelia et Phoebe seules dans le parc, jour et nuit.

— Quand Marian était à la maison, les cris, les pleurs, les coups, la casse commençaient, et le beau-père se mettait là, reprit Rhea en lui montrant une fenêtre à l'autre bout du parc, à fumer des cigarettes jusqu'à ce que cela se calme. Puis, « boum », on entendait la fenêtre se fermer, et tout redevenait calme. Une femme malheureuse. Un mari malheureux. Des filles malheureuses. Et maintenant...

Elle soupira.

— Cecelia. Qui répète ce qu'elle a vécu. Les erreurs de sa mère. Quand je vois sa fille, je lis dans ses yeux la même chose que chez Phoebe. Le regard du désespoir.

— Tyler ?

— Oui.

Adele pensa à cette adolescente étrange, nerveuse, affectueuse, énergique, difficile mais amusante, qu'elle connaissait depuis sa naissance.

— Vous ne pensez pas que… qu'elle pourrait avoir le même destin que sa tante, si ?

— Je n'espère pas, Adele. Vraiment pas.

Adele repensa à son mari qui levait le menton de Tyler la veille, et aux propos troublants de Gordon. Puis elle imagina Cecelia, treize ans, assise sur les genoux de Leo, portant sa chaîne, une bouche d'adulte sur des lèvres d'enfant. Elle eut la nausée, puis un vertige.

Clare tourna à gauche en sortant du métro et ouvrit Google Maps sur son portable. Sa tenue détonnait en ce jour chaud d'été. Elle portait un jean, une veste ample en coton noir qu'elle avait empruntée à l'une de ses filles, et ses cheveux blonds étaient dissimulés sous une casquette de base-ball. Elle était à Walthamstow et avait entré dans l'application l'adresse de Roxy la Gaga. Elle ne savait pas bien pourquoi. C'était certainement une mauvaise idée. Mais elle n'arrivait pas à se la sortir de la tête. Elle avait l'impression qu'elle devait faire cela pour Leo, pour sa gentillesse et son attention.

L'appartement de Roxy se trouvait dans une petite maison victorienne dans une rue banale. Le sol en ciment de la cour était émaillé de mauvaises herbes. Les poubelles des locataires étaient entreposées là. Il y avait trois sonnettes sur la porte principale. Clare passa devant la maison à quatre reprises. Elle espérait trouver une cachette d'où elle aurait pu observer, mais, dans une rue aussi calme, elle se serait immédiatement fait remarquer. Il était 11 heures. Roxy devait être au travail. Si Chris était là, il devait certainement faire profil bas. Elle allait s'avancer vers la maison pour la cinquième fois quand elle entendit une porte se fermer à l'intérieur. Puis elle vit une ombre se dessiner derrière la vitre opaque de la porte d'entrée. Elle inspira fort et fit quelques pas en arrière, puis plongea la main dans son sac comme si elle cherchait quelque chose. Du coin de l'œil, elle vit une jeune femme apparaître dans l'embrasure de la porte. Elle était toute petite, très fine, avec un carré court brun. Elle portait une robe noire asymétrique avec des bottes en cuir qui remontaient à mi-mollet, et ses bras étaient amplement tatoués. Elle parlait à quelqu'un dans le couloir. Clare pouvait voir une grande main agripper le cadre de la porte, un genou dans un jean noir délavé, une grande chaussette. Elle entendit un homme tousser.

Elle s'approcha furtivement.

— Je reviens dans une ou deux heures, annonça la femme. Trois, s'ils me gardent pour le deuxième entretien.

Et soudain, elle entendit la voix de son mari, puissante comme celle d'un comédien qui joue sur scène, et ses cheveux se hérissèrent sur sa tête.

— Ça marche, Rox. Bonne chance. Enfin, pas que tu en aies besoin.

Elle vit Roxy se pencher vers Chris et l'enlacer rapidement. Elle aperçut un instant des cheveux, plus courts qu'ils ne l'avaient jamais été, une grosse barbe, un pull à capuche gris. Puis Roxy fit volte-face, son mari referma la porte, et Clare resta plantée là, les pieds comme pris dans le trottoir. Pendant que Roxy s'éloignait d'elle, elle se répétait : *Mon mari est dans cette maison, mon mari est dans cette maison, mon mari est dans cette maison. En chaussettes.* Elle ne put bouger pendant une bonne minute. Quand, enfin, elle parvint à s'extirper de sa torpeur, elle se mit en route lentement vers le métro.

— Maman ?

Pip était installée sur l'une des chaises hautes de la cuisine, avec ses devoirs. Elle avait rebouché son stylo et fermé son cahier d'exercices.

— Quand est-ce qu'ils vont nous dire où est papa ?

Clare sursauta. Cela faisait quelques jours que sa fille n'avait pas parlé de Chris. Quelle étrange coïncidence qu'elle le mentionne le jour même où Clare l'avait vu, en chair et en os, avec des cheveux courts et une barbe, habitant chez une femme tatouée nommée Roxy au fin fond de l'est londonien.

— Je ne sais pas.

— Tu peux leur demander ?

— Pourquoi ?

— J'ai des choses à lui envoyer.

— Quelles choses ?

— Des lettres. C'est bizarre de lui écrire sans pouvoir les envoyer. C'est comme s'il avait disparu de la surface de la planète. Comme s'il n'existait plus.

Clare pensa à nouveau à la grande main posée sur le cadre de la porte, à cette voix puissante.

— Je t'assure qu'il est encore là, quelque part, et qu'il essaie de se soigner.

— Mais, maman, ça fait plus de six mois. Qu'est-ce qu'ils lui font, là-bas ? Hein ? Pourquoi est-ce qu'il ne va pas déjà mieux ? Je ne comprends pas.

— Moi non plus, tu sais.

— Tu peux les appeler, alors ? S'il te plaît… Pour comprendre ce qu'il se passe. Tu peux le faire maintenant ?

— Pip, il est tard. Les médecins sont déjà rentrés chez eux.

— Alors est-ce que tu pourras appeler demain ?

— Je vais essayer.

— Pourquoi « essayer » ? Pourquoi est-ce que tu peux pas le faire, simplement ? C'est pas juste. C'est mon père, et je sais que tu es encore très énervée contre lui, et que tu as peur et tout, mais moi je l'aime, et ça fait tellement longtemps que je ne l'ai pas vu, et je comprends pas pourquoi j'ai pas le droit !

Clare soupira et se passa la main dans les cheveux.

— Tu as raison. Parfaitement raison. Ce n'est pas juste. Et j'appellerai demain pour voir ce qu'on peut faire. Mais ça ne donnera peut-être rien, tu comprends ?

Le visage de sa fille s'adoucit, puis lui sourit.

— Oui.

Clare jeta un coup d'œil à l'heure inscrite sur le four. Les lasagnes seraient prêtes dans quinze minutes. Elle s'approcha derrière Pip et entoura son ventre de ses bras, rassurée par ce corps solide, par la douceur de sa peau, par la chaleur qu'elle dégageait.

— Qu'est-ce que je ferais sans toi ?

— Tu mourrais, je pense, lui répondit-elle sérieusement.

— Oui, sans doute.

— Je t'aime, maman.

— Je t'aime aussi, répliqua Clare avec un sourire. Allez, je ferais mieux d'aller chercher ta sœur.

— Tu ne peux pas juste l'appeler ?

— Je pourrais, mais j'ai envie de prendre l'air. Il fait si bon dehors. Tu fermes derrière moi ?

Pip leva les yeux au ciel.

— Franchement, maman, tu penses qu'il va se passer quoi ?

— Je ne sais pas, mais je ne sortirais pas en te laissant ici avec la porte d'entrée ouverte, donc pourquoi je le ferais avec la porte de la cour ?

Pip secoua la tête et suivit sa mère dans le salon pour fermer derrière elle.

Clare inspira profondément en s'engageant sur la pelouse. Elle utilisait Grace comme prétexte, espérant en réalité tomber sur Leo pour lui raconter qu'elle avait vu Chris chez Roxy et lui demander conseil sur ce qu'il convenait de faire. Il n'y avait aucune trace du petit groupe en haut de la colline, alors elle prit un sentier qui menait vers Virginia Terrace. Elle les trouva tous assis sur la terrasse des Howes : Tyler, Max, les sœurs, Leo et, désagréable surprise, Grace, assise sur les genoux de Dylan. Le garçon entourait son ventre de ses bras. Sa fille se redressa, horrifiée, en voyant sa mère. Elle se libéra rapidement de l'étreinte de Dylan et glissa à côté de lui.

— Salut ! lança Clare, qui se sentait trahie et stupide.

— Clare ! s'exclama Leo. Viens, rejoins-nous.

— Oh, ça ira, merci, reprit-elle en secouant la tête. Je venais dire à Grace que le repas était prêt, ajouta-t-elle avec un sourire faux.

— T'aurais pu m'appeler, rétorqua Grace.

— Oui, concéda Clare d'une petite voix, mais j'avais envie de prendre l'air.

Elle regardait Dylan du coin de l'œil, ce garçon qu'elle avait repéré dès le début avec ses yeux verts, sa peau parfaite, et ce comportement qui lui donnait l'air d'un adolescent plus âgé que ses treize ans. Elle l'avait remarqué, ses filles également, mais Clare n'avait jamais pensé que l'une d'elles finirait assise sur ses genoux. *Qui es-tu ?* voulait-elle lui demander. *Qui es-tu et est-ce que tu fais désormais partie de ma vie ?*

Il vit qu'elle l'observait et détourna rapidement le regard, sans qu'elle soit certaine de ce que cela signifiait. Était-ce de l'évitement, de la culpabilité, de la timidité, du dédain ? Était-ce de la *connivence* ?

— Bref, c'est prêt. Tu peux venir maintenant, ou venir manger plus tard quand ce sera froid. C'est toi qui vois.

— OK, soupira Grace. Je rentre bientôt.

— Bien, lui dit Clare en se retournant pour traverser le parc, les joues en feu.

Est-ce qu'ils s'embrassaient ? Est-ce qu'ils se touchaient ? Elle pensait à ce qu'elle lisait dans les journaux, que les jeunes garçons demandaient des fellations à tout bout de champ de nos jours. Mais Grace ? Est-ce que son bébé, pas encore treize ans, avait fait ça ? Elle revit Dylan, avec ses yeux verts se détournant, ses épaules larges et ses pommettes dessinées. Quel genre de garçon était-il ? Elle n'en savait rien.

— Hé, attends !

Elle se retourna et vit Leo qui courait à sa suite.

— Ça va ? lui demanda-t-il.

Sa main se posa à nouveau sur son bras, ce qui lui apporta le même sentiment de soulagement suivi de peur qu'elle ressentait dès qu'il la touchait.

— Oui, pardon. Les *ados*, tu sais bien.

Il lui adressa un sourire amusé.

— En effet, je sais bien.

— Je n'étais pas au courant pour Grace et Dylan…

— Ah, dit-il en hochant la tête, l'air embêté. Je pensais que…

— Non. Pas du tout. Elle a douze ans, c'est tout.

— Vraiment ? Je pensais qu'elle était plus âgée…

— Non. Elle a l'air plus grande. En fait, c'est le cas pour mes deux filles, mais non, elle n'a que douze ans. Je ne suis pas sûre qu'elle soit prête. En tout cas, je suis sûre que moi, je ne suis pas prête et…

Elle frissonna.

— Je ne me sens pas très bien.

Il reposa sa main sur son bras.

— Écoute, commença-t-il en plongeant son regard dans le sien, si ça peut te rassurer, je connais Dylan depuis qu'il est bébé et c'est un garçon génial. Il est très mature. Très attentionné. Tu devrais voir comme il s'occupe de son frère…

— Il a un frère ?

— Oui. Rob. Il est beaucoup plus grand que lui et il a des besoins spécifiques, donc il vit dans une résidence spécialisée. Mentalement, c'est encore un enfant. Dylan s'est toujours occupé de lui, l'a toujours protégé. Rob revient toujours ici pour les vacances, et parfois le week-end, et Dylan l'inclut dans toutes ses activités. C'est un garçon très gentil. Bon, évidemment, moi je suis un vieux schnock qui n'a pas grande idée de ce qui se passe précisément avec les jeunes de nos jours, reprit-il en se désignant, mais, si j'étais toi, je les laisserais tranquilles. Ce genre de choses ne dure jamais. Ce sera sans doute déjà terminé la semaine prochaine.

Clare hocha la tête en soupirant.

— Tu as déjà eu à affronter ça, avec tes filles ?

— Ah, souffla-t-il en baissant la tête. Non, enfin, pas que je sache. Il y a eu un garçon américain, il y a deux ans, qui passait beaucoup de temps avec Catkin, mais je crois que ce n'est jamais allé plus loin que ça. Fern vit dans son propre petit monde. Et Willow est encore un bébé. Et puis, tu sais, elles ont une vie assez protégée. Donc, non, je n'ai pas encore eu à gérer ça. Mais j'espère que, quand ça arrivera, je pourrai rester calme, conclut-il avec un sourire. Bon, et sinon, comment ça va ?

Clare pensa aux lasagnes dans le four en se demandant si Pip aurait l'idée de les sortir quand le minuteur sonnerait. Elle décida de prendre le risque.

— Je suis allée à Walthamstow aujourd'hui, murmura-t-elle. Je l'ai vu.

Leo haussa les sourcils en ouvrant grand la bouche.

— Incroyable. Ton intuition était la bonne.

— Oui, on dirait bien.

— Et alors ? Tu lui as parlé ?

— Non, je l'ai vu rapidement, même pas en entier, juste des morceaux de lui.

— Des morceaux ?

— Oui, son genou, sa main, le côté de son visage.

— Et ?

Elle haussa les épaules.

— Il avait l'air en forme. Normal. Elle sortait pour aller à un entretien ou quelque chose comme ça. Il lui a souhaité bonne chance et l'a prise dans ses bras. Et maintenant…

Elle chercha des mots pour exprimer les sentiments contradictoires qu'elle avait ressentis toute la journée.

— Je ne sais pas… Sa voix…

Elle leva les yeux vers Leo, qui la regardait, captivé.

— Sa belle voix. Je l'avais oubliée. Si douce, si profonde. Et il portait des chaussettes.

— Des chaussettes ?

— C'est bête, hein ? reprit-elle en souriant. Des chaussettes. Ses grands pieds dans des chaussettes. Il avait l'air complètement normal. La dernière fois que je l'ai vu, il était fou. Tellement fou.

Elle secoua la tête.

— Maintenant, je ne sais plus. Je ne sais pas quoi faire. Est-ce que c'est complètement irresponsable de ne rien faire alors que je sais où il est et qu'il pourrait représenter une menace pour les filles et moi ? Ou est-ce de la compassion ? On ne sait pas, peut-être que sa prochaine crise s'annonce, et il sait où on habite, mais…

— C'est un être humain.

— Oui, exactement ! Pendant si longtemps, dans ma tête, c'était juste un monstre.

Leo acquiesça.

— Tu sais, reprit-il d'une voix douce, peut-être que tu pourrais parler à Roxy ?

— Tu penses ?

— C'est elle qui pourra le mieux te dire qui il est aujourd'hui. Te parler de son état mental.

— Oui, mais elle est *amoureuse* de lui. Et elle n'a pas d'enfants. Elle est sans doute prête à tout pour le protéger. Même à mentir.

— Tu as raison, soupira Leo. Tout à fait. Écoute, j'ai un ami qui travaille dans un centre psychiatrique à Islington.

Je pourrais peut-être lui poser quelques questions, de façon discrète. Est-ce que ça t'aiderait ?

— Oh oui, c'est une bonne idée.

Leo sourit en touchant à nouveau son bras. Et cette fois, Clare posa la main sur la sienne et la serra fort.

— Très bien, reprit Leo sans retirer sa main. Je m'en occupe.

Doucement, elle lâcha sa main et il éloigna son bras. Un court silence gênant, délicieux, s'ensuivit jusqu'à ce que Clare se reprenne.

— Bon, je ferais mieux d'aller sauver nos lasagnes avant qu'elles crament dans le four.

Leo sourit simplement, hocha la tête et la regarda s'éloigner.

Virginia Park
Fête de l'été

Maquillage !
Concert de jazz !
Tombola !
Concours animalier !
Ferme pédagogique !
Courses et tir à la corde !

Samedi 5 juillet
À partir de 14 heures
Entrée libre !

Chapitre 18

Par la vitre de la porte du salon, Clare voyait les pics blancs des toiles des chapiteaux que le comité d'organisation se démenait à monter depuis tôt le matin. Le soleil brillait dans un ciel dépourvu de nuages. Le parc bruissait du bruit de ces efforts et de l'excitation des voisins. Aujourd'hui se tenait la fête de l'été de Virginia Park.

Et c'était aussi le jour de l'anniversaire de Grace.

Elle avait organisé une petite fête dans leur cour plus tôt : des cocktails sans alcool, des ballons gonflés à l'hélium, un grand Red Velvet avec treize bougies, ses amis du parc qui avaient tous chanté *Joyeux anniversaire*, rien d'extravagant.

Maintenant, elle empilait les gobelets en carton collants, ramassait les pailles colorées décorées de fruits de papier en accordéon, les serviettes roulées et les morceaux de papier cadeau déchiré, les enveloppes ouvertes, pour tout rassembler dans un sac plastique. Elle regroupa les cartes éparpillées dans le salon et les déposa sur la table, à côté des cadeaux de Grace. Tyler lui avait offert un pull à capuche qui ressemblait à ceux que la jeune fille portait aussi, les sœurs un roman de John Green et un arrangement de papillons de soie dans un cadre, sa grand-mère de l'argent et un parfum qui ne sentait pas bon, elle lui avait offert des vêtements, Pip un bracelet à strass dans une boîte en daim, et Dylan… Eh bien, Clare ne savait pas ce qu'il lui avait offert. Grace avait emporté le cadeau dans sa chambre sans l'ouvrir dès la fin de la fête, le gardant pour plus tard.

Les enfants étaient partis. Grace s'était changée et avait mis le débardeur à fleurs et le short satiné que Clare venait de lui offrir, avait ajouté du maquillage à son visage resplendissant, et était sortie au parc.

Clare emporta le sac-poubelle dans l'entrée et ouvrit la porte. Elle s'arrêta net en voyant Leo dans la rue, marchant avec sa démarche avenante habituelle, des sacs de courses dans les mains.

— Salut ! lui lança-t-il en souriant largement. L'anniversaire est terminé ?

— Oui, je fais un peu de rangement.

— Ça s'est bien passé ?

— Oui. Ils sont nourris et abreuvés, prêts pour la fête de l'été.

Leo hocha la tête et avec ce geste fit tomber les lunettes de soleil qui tenaient en haut de sa tête sur le trottoir. Clare lâcha le sac plastique dans l'allée et courut pour les ramasser.

— Rien de cassé, annonça-t-elle en les essuyant avant de les faire glisser au sommet de son crâne.

— Merci.

Cet instant semblait particulièrement intime, ses doigts dans ses cheveux, et il s'étendait, encore et encore. Clare se sentit rougir et recula d'un pas.

Il baissa les yeux vers ses sacs de courses.

— On fait un barbecue tout à l'heure. Il y aura assez pour toi et les filles. Si tu veux venir ?

— Oh…, murmura Clare, qui ne s'attendait pas à une telle invitation. Vers quelle heure ?

— Quand tu veux. On sera sur la terrasse tout l'après-midi. Quand tu veux.

Clare hocha la tête.

— Super. Merci. Qu'est-ce que je dois apporter ?

Leo sourit.

— Toi, c'est tout.

Adele était en train de transformer une bambine angélique en un squelette terrifiant quand ses filles apparurent avec Grace et Dylan. Depuis la fin de l'anniversaire, ils traînaient sans but, sur leur territoire, en faisant mine de s'amuser.

— Joyeux anniversaire, Grace ! La fête t'a plu ?

— Oui, lui répondit l'adolescente avec ce sourire insondable. Merci pour les cadeaux.

— Mais de rien. Ce n'était pas grand-chose et je suis contente qu'ils t'aient plu.

— Je peux t'aider ? demanda Catkin en souriant à la sinistre enfant assise devant sa mère.

Elle déplia une chaise et attrapa quelques pinceaux. Adele leva les yeux de son petit squelette et sourit à sa fille. Fern fit de même et appela la petite fille qui voulait être maquillée en lapin. Willow agissait comme leur assistante, nettoyant les pinceaux, passant les pots de maquillage.

Adele prit une éponge humide et étala les cercles noirs autour des yeux de l'enfant. Puis elle éloigna son visage de celui de la petite fille pour voir si ses parents étaient dans les environs. Elle aperçut Dylan et Grace, les fronts collés tandis qu'ils observaient quelque chose dans le petit sac de Grace, avant de se sourire, de refermer le sac et de s'avancer vers les grilles du parc. Grace jeta un coup d'œil par-dessus son épaule, comme pour vérifier que personne ne les avait vus.

Chapitre 19

En s'approchant de la terrasse des Howes cet après-midi-là, Clare se sentait de plus en plus anxieuse. Il y avait beaucoup trop de monde assis autour de la table.

—Clare, Pip ! Vous voilà, parfait ! s'exclama Leo en se levant et en approchant des chaises pour elles. Clare, je te présente ma belle-sœur Zoe.

Il fit un geste vers une belle femme aux cheveux noirs qui ressemblait beaucoup à Adele.

—John, son mari.

Un homme à l'air sympathique avec une barbe blonde et des lunettes épaisses se leva pour lui serrer la main.

—Et ces petits anges sont ma nièce et mon neveu, Darcy et George. Je vous présente Clare, notre nouvelle voisine d'en face. Et Pip, sa fille.

—L'une de mes filles. Je ne sais pas trop où est passée l'autre.

—Je l'ai vue il y a quelques minutes, avec la bande.

Clare soupira.

—Bien, bien, tu sais ce qu'ils trafiquent ?

—Pas du tout, répondit-il d'un air détaché. Ils traînent, discutent. Ils font leurs petites affaires.

Il souleva une bouteille de vin.

— Rouge, blanc ? Ou tu préfères un Pimm's ? Il reste du Pimm's ? s'interrogea-t-il en balayant la table des yeux. Non, je pense qu'on a tout bu. Désolé.

Il lui servit un verre de vin blanc et tendit à Pip un gobelet de sirop.

— Adele est là ? demanda Clare, se sentant un peu mal à l'aise sans la maîtresse de maison pour faire le lien entre eux.

— Elle range l'atelier de maquillage. Elle l'a laissé aux filles pendant une heure, et apparemment le stand s'est fait réquisitionner par un groupe de petits enfants qui ont fait n'importe quoi, raconta-t-il en riant et en posant sa main sur son ventre. Il paraît qu'il y a un petit gars qui court tout nu dans le parc, couvert des pieds à la tête de peinture marron. Sauf son zizi. Il est censé être déguisé en crotte.

— Leo, appela Gordon depuis le salon. Tu me passes une chaise pliante ? Je vais réserver ma place pour le jazz.

Leo leva les yeux au ciel avec bienveillance.

— Je vais le faire, papa. Ne bouge pas.

Leo sortit une chaise en bois à tissu rayé du cabanon de la terrasse en jetant aux invités un regard complice.

— Non, je n'ai pas envie de faire la causette. Je vais plutôt aller me promener. Mets-moi au premier rang, au centre, ordonna-t-il en faisant un geste du menton vers la chaise.

Clare regarda le vieil homme sortir dans le parc. Une masse immense. Une façon de se mouvoir forcée, particulière. Des cheveux marron teints. Une chemise aux motifs exubérants. Il s'arrêta un moment au centre du parc, tournant la tête autour de lui, l'air à la fois perdu et impérial. Comme un roi destitué.

— Pip, murmura-t-elle à l'oreille de sa fille. Tu veux bien me rendre un service et aller voir ce que fait Grace ?

Je voudrais juste savoir où elle est, tu n'as pas besoin de lui parler.

— D'accord, j'y vais, soupira la jeune fille.

— Elle a quel âge ? demanda la sœur d'Adele en regardant Pip s'éloigner.

— Douze ans. Tout juste.

— Vraiment ? Elle est très grande.

— Oui. Son père fait un mètre quatre-vingt-dix.

— Waouh ! Et vous êtes si petite !

Clare jaugea son verre. Elle en avait déjà bu la moitié. Il faudrait discuter avec beaucoup de gens aujourd'hui. Elle aurait besoin de plus de courage que ce que lui donnait son petit verre habituel.

Pip revint un moment plus tard et se laissa tomber sur sa chaise, tendant immédiatement la main vers le bol de chips devant elle.

— Alors, tu l'as trouvée ? demanda discrètement Clare.

Pip hocha la tête en enfournant une chips dans sa bouche.

— Qu'est-ce qu'elle faisait ?

— Je sais pas. Elle est avec Dylan et Tyler, ils discutent.

Clare scruta le visage de sa fille, qui semblait avaler les chips les unes après les autres pour se donner une contenance bien plus que pour se sustenter.

— Tout va bien ?

Pip acquiesça et tendit à nouveau le bras vers le bol. Sa mère l'arrêta.

— Tu es sûre ? Est-ce qu'il faut que j'aille voir moi-même ?

— *Non*, répondit sa fille avec force. N'y va pas. Il n'y a pas de problème. Laisse-les tranquilles.

Clare eut un mouvement de recul. Elle remarqua que Leo les observait avec attention.

— Ça va ?

Elle lui fit un signe de tête, puis attrapa le verre qu'on venait de lui servir et avala deux grandes gorgées.

Adele était là. Elle leur avait annoncé qu'elle se sentait collante et avait besoin d'une douche, puis était revenue sur la terrasse cinq minutes plus tôt, toute pimpante dans une robe à fleurs agrémentée d'un châle noir, les lèvres rehaussées de rouge et les oreilles ornées de boucles étincelantes. L'heure dorée approchait et le groupe de jazz avait commencé à s'accorder : des notes solitaires de saxophone, les vibrations profondes de la contrebasse, les éclats sonores de la trompette. Le retour aigu de la sono. « Un deux, un deux. » Les participants s'étaient rapprochés et regroupés devant la maison voisine. Ils s'étaient installés sur des couvertures, avaient ouvert de nouvelles bouteilles de vin, ajusté leurs lunettes de soleil pour se protéger des derniers rayons. Zoe et John étaient allés s'asseoir avec leurs jeunes enfants sur les genoux devant le portillon de Leo et Adele.

— Tu ne veux pas regarder ? lui demanda Adele.

— Je n'aime pas trop le jazz, répondit Clare en secouant doucement la tête.

— Moi non plus, confessa Adele en riant. J'aime la musique avec de vraies mélodies.

Leo était rentré dans l'appartement pour préparer la nourriture pour le barbecue. Adele et Pip, assises l'une à côté de l'autre, dessinaient.

« Ils sont à l'aise avec les enfants. »

Clare se souvenait qu'une de ses filles lui avait dit cela.

Elle soupira et attrapa son verre, posé sur le rebord de la fenêtre, pour l'emporter dans la cuisine.

Leo était en train d'ouvrir des barquettes de saucisses et de morceaux de poulet, qu'il arrangeait sur un grand plateau. Il leva la tête et lui sourit.

— Je suis venue boire un peu d'eau. J'ai besoin de faire une petite pause.

Il lui fit une grimace.

— Une petite pause ? Pourquoi diable ? C'est samedi, c'est l'été, c'est la fête !

— Je sais, je sais. Mais je suis toute seule avec les filles. Je suis la seule responsable. Ce n'est pas sérieux…

— Oh, allez. Pip et Grace sont grandes. Ce n'est pas la peine de te faire des cheveux blancs pour elles. Quoique ce ne serait pas très différent de ta couleur actuelle.

Clare lui sourit avec un air désolé en touchant ses cheveux clairs. Elle pensa à la chevelure auburn luxuriante d'Adele, l'imaginant retirer son élastique à la fin de la journée pour laisser les mèches tomber en vagues sur ses épaules, le long de son dos hâlé.

Il la dévisagea en penchant la tête sur le côté, comme s'il pouvait lire dans ses pensées. Puis il lui servit un verre d'eau et le lui passa.

— Ce dont tu as besoin, c'est de manger un bout. Tu vas rester, n'est-ce pas ? Apparemment, j'ai eu les yeux bien plus gros que le ventre, reprit-il en se retournant vers le plateau.

Clare hocha la tête.

— Il est revenu, murmura-t-elle rapidement après avoir jeté un coup d'œil derrière elle.

— Chris ? demanda Leo en s'interrompant.

— Oui. Cet après-midi. Un nouveau sac avec des cadeaux pour Grace.

Elle frissonna en repensant à sa mère, dans le couloir, brandissant le sac devant elle. *« J'ai trouvé ça devant ta porte.* » Elle avait menti. Raconté que ça venait d'une amie du collège, que la maman avait dit qu'elle le laisserait là. Puis elle l'avait posé dans la cuisine, résistant à l'envie brûlante de l'ouvrir jusqu'au départ de sa mère.

C'était une grande mallette de maquillage en métal, avec un shampoing et un après-shampoing « pour des boucles irrésistibles », un livre écrit par une blogueuse beauté connue (si l'on en croyait la quatrième de couverture), et une jolie carte, les chiffres 1 et 3 ornés de paillettes, avec un billet de cinquante livres glissé à l'intérieur.

Ma Grace chérie,
Le jour de ta naissance fut le plus heureux de ma vie. C'est difficile de croire qu'aujourd'hui tu es si grande, et c'est encore plus difficile de ne pas être là pour vivre ce jour avec toi. J'espère que tu comprends les raisons de mon absence. Et j'espère qu'un jour je pourrai à nouveau faire partie de ta vie magnifique et extraordinaire.
Je t'aime, et je pense à toi aujourd'hui et tous les jours.
Bisous,
Papa

Comment savait-il, s'était demandé Clare, que l'enfant potelée, un peu ronde, aux bonnes joues qu'il n'avait pas vue depuis plusieurs mois était devenue une adolescente fine, élancée, qui portait des minishorts et du maquillage ? Comment savait-il que tout avait changé ?

— Tu l'as vu ? lui demanda Leo.

— Non. En fait, je ne sais même pas si c'était vraiment lui. Il a peut-être envoyé Roxy.

— Et ça allait, le cadeau ? poursuivit-il en se lavant les mains.

— Oui, c'était très bien, même. Parfait. Elle va l'adorer.

— Et la carte ?

— Très belle. Avec un mot touchant.

Elle soupira. Leo sortit un filet de courgettes du bac à légumes et fixa Clare un moment.

— Tu sais, je trouve qu'il s'en sort très bien. On dirait qu'il va mieux, non ?

— Comment ça ? demanda Clare en fronçant les sourcils.

— Peut-être qu'il n'est plus malade.

— Bien sûr, il n'est plus en crise. Sinon ils ne l'auraient pas laissé sortir. Le problème, ce n'est pas ça. Le problème, c'est ce que je ressens par rapport à ce qui est arrivé. Je suis encore en plein dedans. *Vraiment*. Il a brisé quelque chose en moi ce soir-là, et je ne suis pas sûre de pouvoir un jour lui pardonner.

— Ta confiance ?

— Oui, et ma conviction que, quoi qu'il se passe, peu importe la gravité de la crise, il ne mettrait jamais sa famille en danger. Je sais que ce n'était pas lui ce soir-là. Que c'était le fait d'un déséquilibre. Mais tu sais, on est tous le résultat d'un cocktail chimique. C'est tout. Et si c'était le vrai lui ? Et si l'autre, reprit-elle en tendant le bras vers son appartement, celui qui envoie de beaux cadeaux à ses filles pour leurs anniversaires, celui qui prend ses médicaments, était le faux ? Dans ce cas, est-ce que j'aurais épousé un monstre ?

Elle avait commencé à pleurer vers la fin de cette tirade. Le vin. Les émotions de la journée. Lui. Il traversa la cuisine et s'approcha d'elle en ouvrant les bras. Elle se blottit contre lui et enfouit son visage dans sa poitrine. Elle entendait les battements de son cœur. Elle sentait la chaleur de sa peau. La profondeur de son âme. Et, plus que tout, elle avait envie de l'embrasser. Mais elle savait qu'elle devait lutter de toutes ses forces. Qu'il était marié à une femme exceptionnelle. Qu'elle n'était pas en pleine possession de ses moyens.

Il fit un pas en arrière et, pendant un moment terrible, suspendu, elle eut l'impression que c'était lui qui allait l'embrasser, et elle essaya de décider comment elle devrait réagir. Mais elle n'en savait rien, parce qu'elle avait bu deux grands verres de vin, qu'elle était triste et qu'il était si gentil, si beau. Elle sentait le sang lui monter au cerveau et de la panique pure inonder son corps, puis, petit à petit il s'éloigna d'elle et se tourna vers ses légumes, la laissant sonnée, brisée.

— Non, reprit-il froidement, en attrapant une courgette et en la coupant en rondelles, comme s'il ne s'était rien passé. Tu n'as pas épousé un monstre. Bien sûr que non. C'est tout à fait normal que la confiance soit rompue, et il est possible que tu ne la retrouves jamais. Mais ce qui compte vraiment, au fond, ce sont les filles.

Elle hocha la tête vivement, comme si elle n'avait pensé à rien d'autre depuis le début de la discussion.

— Peut-être qu'il est temps que tu les laisses le voir. Ou au moins que tu le leur proposes ?

Elle acquiesça à nouveau. Elle serait d'accord avec tout ce qu'il pourrait bien dire, tant qu'il continuerait à lui parler de cette voix stable, calme, tant qu'il continuerait à s'intéresser à elle.

— Dans un environnement complètement contrôlé, bien entendu. Ici, si tu veux. Ou tu pourrais en parler avec Cece ? Elle est assistante sociale, après tout. Elle aura sans doute de bonnes idées.

— Elle vient ce soir ? demanda Clare en couvrant sa gorge qui rougissait.

— Oh, je ne pense pas, répondit-il en lui souriant. Elle est allergique aux personnes sympathiques. Elle préfère traîner avec les paumés et les rebuts de l'humanité.

— Vraiment ?

— Oui. Elle en fait collection. À mon avis, elle pense que ça la rend authentique. Passer du temps avec nous, c'est participer à une farce bourgeoise, pour elle. Elle fait tout pour nous éviter, au cas où un peu de bonté la contaminerait et lui rappellerait qu'elle aussi fait partie de la classe moyenne… *Dieu nous en garde*, commenta-t-il avec un sourire triste. Donc non. Elle évite la fête de l'été comme la peste et il est hors de question pour elle de venir manger avec nous de la viande bio et des kebabs aux légumes. On ne la verra pas, c'est sûr.

Tandis qu'il parlait, Clare regardait la lame étincelante du couteau qui coupait une autre courgette et remarqua que les jointures de ses mains blanchissaient de plus en plus. Elle vit ses mâchoires se crisper et comprit qu'elle devait partir.

— Merci, conclut-elle en posant son verre vide sur la table de la cuisine. Merci d'avoir écouté mes pleurnicheries. Merci pour l'eau, merci pour ton soutien.

Il reprit sa contenance habituelle, ses yeux brillèrent à nouveau, et il relâcha sa pression sur le couteau.

— Quand tu veux, Clare. N'hésite pas.

Elle sortit sur la terrasse, où Pip et Adele dessinaient encore, et se servit un nouveau verre de vin.

Chapitre 20

La terrasse était bondée : tous les adolescents étaient là, assis en tailleur sur des coussins, avec des assiettes en carton barbouillées de ketchup sur les genoux. Leo était debout, près de son gigantesque barbecue au gaz dont émanaient des odeurs d'herbes et d'épices grillées, préparant la prochaine tournée de poulet. Adele tendit à Gordon une serviette en papier. Ses joues étaient luisantes de graisse et il avait des traces de mayonnaise au coin des lèvres. Elle mima le geste de s'essuyer la bouche et il leva les yeux au ciel, mais s'exécuta.

Au-delà de la terrasse, le parc se vidait. Le concert de jazz était terminé et le groupe était en train de ranger la sono. Des voix fusaient depuis les grilles, les parents rassemblant leurs enfants, disant au revoir à leurs amis. Virginia Park allait redevenir le jardin de ses habitants. Les petits sortaient en pyjama, certains avec des biberons de lait chaud, d'autres avec les cheveux fraîchement lavés.

La fête avait été une réussite. Le temps avait été splendide. Et ici, sur leur terrasse, la soirée continuait. Une quantité extraordinaire d'alcool avait été consommée par les adultes, et la conversation autour de la table était maintenant forte, déclamatoire, sans doute assez gênante pour les voisins qui avaient moins bu et essayaient de passer une soirée calme, les fenêtres ouvertes.

Clare, en particulier, s'était révélée. Désinhibée par le vin blanc, elle discutait à bâtons rompus, s'épanchant un peu trop, écoutant Leo avec un intérêt trop prononcé dès qu'il ouvrait la bouche, riant à gorge déployée et posant sa main sur la sienne à chaque bon mot. Ou plutôt : à chaque mot.

Elle avait maintenant du mal à articuler, et Gordon se moquait d'elle.

— Un autre verre de vin pour vous, ma p'tite dame ? demanda-t-il en penchant une bouteille vers elle. Ou est-ce qu'on vous apporte directement un abreuvoir ?

Une fois le repas terminé, les adolescents sortirent à nouveau dans le parc. Willow décida de rester à la maison, pour se mettre en pyjama et jouer. Elle entraîna Pip à sa suite dans sa chambre sans lui laisser le choix, et soudain, tandis que le ciel s'assombrissait et que le parc se vidait, il ne resta plus que les adultes sur la terrasse.

Clare se leva en s'appuyant sur la table.

— Je vais aux toilettes, bafouilla-t-elle. Je reviens tout de suite.

Adele se précipita pour l'aider à trouver le chemin. Dans le couloir, Clare se tourna d'un coup vers elle, ses yeux de biche écarquillés, et lui attrapa les bras.

— Tu es tellement, tellement belle, déclara-t-elle d'une voix sincère. Et je le pense vraiment. Et une si bonne mère.

Elle lâcha les bras de son hôtesse et posa une main sur son cœur, tout en titubant à un point tel qu'Adele dut la soutenir.

— Une si bonne mère. J'aimerais être aussi bonne, moi aussi. Mais je suis une mère de merde.

— Oh non, Clare. Pas du tout.

— Si. Vraiment. J'ai épousé un mec pourri. Un mec dangereux. Oui, ça je l'ai fait. Je leur ai fait ça, à elles. Et maintenant, je suis inutile. Enfin, franchement, regarde-toi. Tes filles, tu leur fais cours. Tu donnes tout pour elles. Et moi, qu'est-ce que je fais pour mes filles ? Quel genre de modèle je suis pour elles ?

— Clare, s'il te plaît ! Tu es seule. Tu fais tout ce que tu peux. Et tes filles t'adorent. Sois moins dure avec toi-même.

— Je les mérite pas. Je mérite pas mes enfants.

— Mais si, Clare. Bien sûr. Tu dis ça à cause du vin. Je vais te faire un bon café, et pendant ce temps on va discuter.

— Tu es tellement gentille. Et Leo aussi. Tu as de la chance de l'avoir. Tu sais ça ? Tu le sais ?

Adele sourit.

— On a tous les deux de la chance.

— Tu sais, Adele…

Clare tanguait légèrement et dut s'appuyer contre le mur. Elle plissa les yeux vers son interlocutrice et la pointa du doigt.

— Je suis presque jalouse de toi.

Elle se pencha à nouveau, et cette fois manqua de tomber. Elle se redressa.

— Vraiment *presque jalouse*. Mais je peux pas l'être, parce que tu es tellement *gentille*, putain.

Adele lui prit le coude et la guida vers la salle de bains. Clare s'immobilisa d'un coup et se tourna vers elle.

— Avant, j'étais comme toi, Adele. J'avais un grand mari fort et beau et une maison pleine de vie, d'objets et de gens. J'étais comme toi.

Elle appuya entre les côtes d'Adele avec son petit doigt pointu et tituba dans la salle de bains.

Adele resta un moment derrière la porte, se demandant ce qu'elle devait faire. Devait-elle entrer avec elle dans la salle de bains pour s'assurer qu'elle allait bien ? Quelque chose dans la voix de son invitée l'en avait découragée, une intonation dure, méchante. Elle avait eu l'impression, un moment, que Clare la détestait.

Elle décida de la laisser seule et s'avança vers la cuisine pour lui faire un bon café bien fort.

En sortant à nouveau sur la terrasse, elle passa devant Pip et Willow.

— Où est-ce que vous allez, toutes les deux ?

— Aux jeux, lui répondit Willow en enfilant ses pieds nus de vieilles baskets sales.

Derrière elle, Pip souriait sans conviction. Elle donnait l'impression de n'avoir aucune envie d'aller à l'aire de jeux avec Willow.

— On va jouer au cirque.

— Super, commenta Adele en souriant. Mais souviens-toi bien que Pip est ton invitée. Assure-toi que c'est ce dont elle a envie, elle aussi.

— Bien sûr que c'est ce qu'elle veut, affirma Willow en attrapant la main de Pip et en la tirant dehors.

Sur la terrasse, Adele posa la tasse de café à la place vide de Clare et s'installa à côté de Leo.

— Pas très en forme, lui chuchota-t-elle à l'oreille. Je crois que tu vas devoir la ramener chez elle bientôt.

Leo hocha la tête d'un air entendu et passa son bras autour de ses épaules. Il la serra affectueusement. *Mon homme*, pensa Adele, brusquement, étrangement, violemment. *Mon homme à moi*.

Même en tenant compte du fait que Willow était toujours hyperactive, ce soir, elle allait un peu loin. Le jeu du cirque s'était enrichi de détails surréalistes et avait pris des tangentes inquiétantes, accueillant de nouvelles règles et sous-règles complexes qui jaillissaient de son esprit à un rythme effréné et inarrêtable. Pip essayait de suivre, mais sa tête tournait et elle commençait à en avoir assez de recevoir des ordres.

— Non ! la réprimanda Willow. Quand le dresseur de lion retire son chapeau, il faut que tu sautes comme ça.

Elle bondit pour l'exemple.

— Et que tu dises « Je m'appelle Delilah Detroit et je suis ta fille. » Puis tu dois sauter à nouveau et courir vers les cracheurs de feu !

Pip avait atteint ses limites et alla s'asseoir sur un banc.

— Je suis fatiguée, maintenant, lui annonça-t-elle avec un petit sourire. Je n'ai plus envie de jouer.

— Mais si ! s'écria Willow, désespérée. Ou on n'arrivera pas à la fin de l'histoire !

— Willow, je crois qu'il n'y a pas vraiment de fin à cette histoire.

Elle sourit encore, l'air désolée. Elle avait un petit peu peur de cette fille.

Mais, avant qu'elle puisse essayer de la convaincre, Fern arriva. Elle avait l'air perturbée, mal à l'aise. Elle ne prononça pas un mot et s'assit sur un autre banc en regardant le vide.

— Fern, tu veux jouer avec moi ? lui demanda sa sœur en la dévisageant. On joue aux orphelines du cirque et tu peux être le M. Loyal.

Fern leva la tête vers elle.

— Euh, non merci.

— S'il te plaît, Fern ! Allez !

Fern ne répondit pas, se leva, regarda une grande haie vers le sommet de la colline et se rassit.

Un instant plus tard, Tyler apparut. Son visage pointu semblait aiguisé comme un couteau et ses yeux brillaient d'une rage terrifiante.

— Tyler, tu veux jouer avec moi ? pépia Willow.

L'adolescente ne lui répondit même pas. Elle s'assit à côté de Fern et les deux filles commencèrent à discuter à voix basse avec empressement, en se retournant régulièrement pour regarder derrière elles.

— Qu'est-ce qu'il se passe ? leur demanda Pip.

— Rien, répondit Tyler.

— Qu'est-ce qu'il se passe ? demanda Willow à sa sœur.

— *Rien*, répéta Fern. Va jouer.

Les deux filles reprirent leurs messes basses. Des mots isolés s'échappaient du brouillard impénétrable de leur conversation. « Salope. Bitch. Pute. »

— Oh, on ne parle pas comme ça, mesdemoiselles !

Les quatre filles se retournèrent d'un coup vers Gordon. Il se tenait à la porte de l'aire de jeux, appuyé sur son étrange canne, un sourire inquiétant aux lèvres.

— Qu'est-ce que vous faites ici ? demanda-t-il en plissant les yeux. Vous m'avez l'air bien louches.

— Rien, Papou, répondit Fern. On discute, c'est tout.

— Vraiment ? Eh bien, je vous recommande de ne pas faire de bêtises, jeunes filles. Vos parents sont ronds comme des queues de pelle, complètement inutiles. Faites pas les marioles.

Il agita son doigt enflé vers elles et reprit son chemin, se retournant une dernière fois au bout de quelques pas pour leur lancer un regard amusé, ses yeux se posant sur Pip un peu trop longtemps.

Elle frissonna. Elle pensa à ce que Tyler lui avait dit, que selon elle c'était Gordon qui avait tué Phoebe. Elle se souvint que Rhea l'avait giflé parce qu'il se comportait mal avec sa fille. Puis elle l'observa tandis qu'il traversait le parc en claudiquant, s'arrêtant régulièrement pour s'essuyer le visage et reprendre son souffle. *Un vieux papi sans défense*, se dit-elle en frissonnant à nouveau. *Juste un vieux papi sans défense avec une prothèse.*

Son interruption avait brisé la glace avec les plus grandes, et, quand il s'éloigna, Tyler se tourna vers Willow en lui souriant.

— Vas-y, explique ton jeu.

Pip resta assise sur le banc un moment à regarder Tyler et Fern jouer aux orphelines du cirque avec Willow, jusqu'à ce que le jeu devienne si tordu et perché (les deux filles avaient réussi à persuader Willow qu'elles étaient des enfants proxénètes qui avaient infiltré le cirque pour voler des orphelins et les enfermer à l'arrière d'un camion pour les prostituer à Los Angeles) qu'elle se sentit mal à l'aise. Tyler était devenue violente avec Willow, lui criant au visage qu'elle allait avoir ce qu'elle méritait, lui tordant le bras dans le dos en faisant mine de la jeter dans le fond du camion.

Personne ne remarqua le départ de Pip, qui se dirigea vers la terrasse de Leo et Adele. Personne ne lui dit au revoir. D'ici, elle entendait la voix de sa mère, forte, éraillée, émoussée comme si elle lui parvenait de la coque d'un bateau chaviré.

— Pip ! lui lança-t-elle en la voyant approcher. Écoute. On a tous bien discuté, et c'est décidé. Leo va être ton nouveau papa.

Elle passa les bras autour des épaules de Leo, qui avait l'air particulièrement gêné, et le tira vers elle.

— Ça te ferait plaisir, Pip, n'est-ce pas ? Tu voudrais que Leo soit ton nouveau papa, non ?

Pip haussa les épaules en se balançant d'un pied sur l'autre.

Leo se défit de l'étreinte de Clare.

— Il est temps de rentrer à la maison, je crois, lui dit-il d'une voix douce.

— Je peux m'en occuper, proposa Pip. Je peux la ramener à la maison.

C'était la première fois qu'elle voyait sa mère ivre. L'une des premières fois qu'elle la voyait boire de l'alcool. Elle voulait mettre un terme à cette situation immédiatement et s'éloigner des regards des voisins et des invités. Elle tendit la main vers sa mère.

— Viens. On va se coucher.

Sa mère lui adressa un sourire de travers, vaseux, mais reconnaissant, et lui prit le bras.

Après

Chapitre 21

La lumière d'une aube pluvieuse rampait lentement le long des murs de la salle d'attente, les faisant passer du gris funèbre au rose nacré. Clare s'extirpa de sa position fœtale et s'étira. Elle n'avait pas dormi, pas vraiment, mais avait passé la nuit à effleurer la profondeur vaporeuse située juste sous la surface de la conscience, là où des fragments de rêve apparaissaient furtivement, là où il était possible de croire pendant quelques secondes que tout allait bien.

Pip était déjà réveillée. Elle sourit courageusement en s'approchant, et posa ses mains sur les siennes.

— Tu as bien dormi ?

— Pas vraiment, non. Et toi ?

Pip secoua la tête. Elle avait l'air d'un fantôme, le visage hanté, les yeux cernés.

— Et ta tête ?

Clare acquiesça.

— Ça va.

Elle n'était pas sûre que cela soit le cas. Son cerveau lui donnait l'impression d'être un morceau de roche volcanique en fusion, proche de l'explosion. Son estomac faisait le grand huit. Ses mains tremblaient. Elle était en sueur et perdue. Elle repensait au moment où Pip avait fait irruption dans sa chambre et l'avait secouée de toutes ses forces en criant :

— Maman ! Réveille-toi ! Il est arrivé quelque chose à Grace ! *Réveille-toi* !

Clare avait du mal à se souvenir de l'enchaînement des événements. Elle avait cherché ses chaussures, sans succès, puis s'était mise à courir pieds nus dans le parc, l'adrénaline annulant sur le coup les effets de l'alcool. Elle se souvenait des silhouettes aux fenêtres, du cercle de voisins au sommet de la colline, sombre, inquiétant, d'une main sur son bras. « *Elle respire.* » Comme s'ils avaient pensé pendant un moment que ce n'était pas le cas. Puis : « *L'ambulance arrive.* »

Elle se revoyait, poussant les gens pour l'atteindre. Son bébé. En sang. Le nez, les lèvres, la bouche. Sa peau était cadavérique. Son souffle saccadé. Ses yeux immenses, vitreux. Puis il y avait eu la lumière bleue et la sirène, quelqu'un avait ouvert la porte du parc. « *Ils sont là* », crié par une voix forte. Les pas étouffés et les vestes fluorescentes des secours, le masque à oxygène, le faisceau des lampes torches. « *Reculez, s'il vous plaît.* » Des mains bienveillantes sur ses épaules. Puis, à un moment, lors du trajet en ambulance, l'adrénaline avait disparu. Elle avait eu la nausée, et vomi dans un sachet.

Quelle honte.

Elle essayait de se rappeler la suite des événements, mais ses souvenirs refusaient de s'aligner dans le bon ordre. Ce dont elle était sûre, c'était que sa fille était en soins intensifs. Il était possible qu'elle ait un traumatisme crânien. Elle était dans le coma. « *On viendra vous chercher quand vous pourrez la voir. Non, pas encore, malheureusement. Pas encore.* »

La police était venue la veille au soir, en même temps que l'ambulance. Ils avaient pris les noms, les adresses, et devaient revenir au matin pour parler à Clare et à Pip.

Elle était terrifiée à l'idée de devoir avouer sa négligence. Pourtant, elle était obsédée par la sécurité de ses filles depuis leur arrivée au parc. Et… la première fois qu'elle baissait la garde, qu'elle pensait d'abord à elle, qu'elle se montrait égoïste… Les conséquences étaient si lourdes.

Un homme entra dans la salle. C'était M. Darko, le médecin référent qui suivait Grace. Il était en costume et avait l'air très sérieux. Le ventre de Clare se contracta si fort qu'elle dut le masser du poing.

— Bonjour. Pas de changement, malheureusement. Grace est stable, mais toujours dans le coma. Pour le moment, elle reste en soins intensifs. Rien de nouveau sur ce plan-là. Mais…

Clare appuya fort sur son ventre.

— Il y a de nouveaux développements. Madame Wild, est-ce que nous pourrions discuter tous les deux ? demanda-t-il en lançant un regard vers Pip.

Clare hocha la tête et sa fille sortit de la pièce. Il s'assit et indiqua à Clare de faire de même.

— Les clichés de l'IRM faite hier soir ne montrent aucun signe de traumatisme crânien qui pourrait expliquer l'état comateux dans lequel se trouve Grace. Il y a une heure, nous avons eu les résultats de l'analyse sanguine et…

Il baissa ses lunettes sur son nez et regarda ses notes.

— Grace avait-elle accès à des somnifères ? Chez vous ?

— Non, je ne pense pas. Enfin, j'ai des comprimés pour m'aider à dormir, mais…

— Je parle de somnifères sur ordonnance. Du Stilnox, du Zolpidem, ce genre de choses. Lourdes. À petite dose, ça donne un sentiment d'euphorie. À dose plus importante, ça peut créer de la somnolence. Dans le cas d'une overdose, reprit-il avec une grande inspiration, ça peut causer un coma. C'est aujourd'hui notre situation, madame Wild. Grace a fait une overdose.

Clare hocha la tête, comme si ce qu'il racontait était raisonnable. Puis le sens de ses mots lui apparut et elle secoua vivement la tête.

— Vous voulez dire qu'elle a essayé de se suicider ?

— Non, non. C'est possible, mais peu probable.

Il s'arrêta. Elle voyait qu'il réfléchissait aux prochains mots à employer.

— Madame Wild, en plus de ses usages médicaux et récréatifs, ce médicament est parfois utilisé dans un autre but. Il fait partie de ce qu'on appelle, de façon assez galvaudée, les drogues du violeur.

Clare plaqua ses mains serrées contre sa bouche.

— Violeur, murmura-t-elle.

— Cela ne veut pas dire que votre fille a été violée, madame Wild. Mais cela fait désormais partie du domaine du possible. J'ai besoin de votre accord pour que nous recourions à une infirmière spécialisée. Une infirmière médico-légale. Qui pourra déterminer si Grace a subi ou non une agression sexuelle. Vous pouvez être présente durant l'examen, bien sûr.

— Mais, est-ce qu'il y a des signes ? reprit-elle, les mains serrées contre sa poitrine. Enfin, je veux dire, certainement que si c'était un viol, il y aurait des signes. Du sang. Quelque chose.

— Pour le moment, nous avons concentré nos recherches ailleurs. Maintenant que l'état de Grace est stable, nous pouvons étudier d'autres pistes. On m'a dit que cela s'était passé dans votre jardin. Est-il possible que quelqu'un soit entré, quelqu'un que vous ne connaissiez pas ?

— Ça n'est pas arrivé dans le jardin, murmura-t-elle. Notre appartement donne sur un parc privé que l'on partage avec les voisins. Il y avait une fête.

Il hocha la tête d'un air entendu.

— Je vois. Dans ce cas, c'est possible qu'un motif d'agression sexuelle ait suscité cette overdose. Est-ce que vous voulez que je vous laisse du temps pour réfléchir ? Ou que je vous envoie un médecin qui pourra vous expliquer le déroulement de l'examen ? Les étapes. Quoique, reprit-il après une pause, je vous recommande d'agir le plus rapidement possible. Dans ce type de cas, il ne faut pas perdre de temps. Si l'on veut des preuves valables.

Clare hocha la tête. Puis la secoua. Elle aurait aimé que Chris soit là. Pas le Chris de la maison en feu, mais celui de l'appartement de Roxy, celui en chaussettes. Que ferait-il ? Que dirait-il ? Est-ce que cela se serait produit si Chris avait été là ?

Durant l'année qui avait précédé sa crise finale, elle avait parfois rêvé de vivre seule avec ses filles, de les soustraire à la présence dysfonctionnelle et inquiétante qu'il pouvait représenter. Et maintenant, elle se retrouvait dans cette situation. Mère célibataire. Elle aurait tout donné pour que Chris rentre dans la pièce, avec l'odeur qu'il avait quand il était encore à moitié endormi, et la prenne dans ses bras si fort qu'il aurait pu lui briser une côte.

Elle dirait : « Chris, quelqu'un a fait du mal à Grace. » Et son grand visage bienveillant se contracterait et se froncerait. « Qui ? » Elle répondrait : « Je ne sais pas, ça pourrait être n'importe qui. Le garçon sur qui elle était assise l'autre jour. Son grand frère qui a des difficultés d'apprentissage. Le grand-père lubrique de ses nouvelles amies qui vient d'être amputé du pied. Un inconnu caché dans les fourrés qui a attendu le moment propice toute la journée. »

Et Chris ne lui poserait pas d'autres questions. Il attraperait sa veste, irait à Virginia Park et commencerait à frapper aux portes. « Qu'est-ce que vous avez fait à ma fille ? » gronderait-il avec cet accent bourgeois qu'il assumait complètement et qui lui avait déjà valu de recevoir un coup de poing dans un pub à deux reprises. « Qu'est-ce que vous avez fait ? »

Mais cette option n'existait pas. Elle devait tout gérer seule. Et Clare ne s'était jamais sentie aussi petite, aussi impuissante de sa vie.

Le visage de M. Darko passa de l'inquiétude à l'impatience. Il avait d'autres vies à sauver. D'autres mères dans d'autres pièces. Il avait besoin d'une réponse. Elle acquiesça.

— D'accord. Vous pouvez faire l'examen.

Il eut l'air soulagé.

— Bien, commenta-t-il en souriant et en refermant son carnet. Je pense que vous prenez la bonne décision. Je vais voir si on peut organiser cela aujourd'hui, mais il y a plus de chance que ce soit pour demain matin. Bien évidemment, nous ne saurons ce qu'il s'est effectivement passé qu'au réveil de Grace, mais nous pouvons commencer à reconstituer le fil des événements, progressivement.

Le réveil de Grace.

M. Darko se leva et Clare attrapa son bras.

— Elle va se réveiller ?

M. Darko eut l'air content qu'elle lui pose une question à laquelle il avait une réponse claire et positive.

— Oui. C'est certain. On ne sait pas quand, mais elle va se réveiller.

Elle lui lâcha le bras et s'écroula sur le canapé.

— Merci. Merci.

Chapitre 22

Le lundi matin, deux policiers en uniforme sonnèrent chez les Howes. Une femme petite avec un chignon roux clair et des yeux bleu pâle, et un homme de taille moyenne à la calvitie naissante malgré son air juvénile. Ils semblaient avoir tous les deux autour de trente ans.

— Bonjour. Madame Howes ? Je suis l'agent Michaelides, se présenta le jeune homme. Et voici ma collègue, l'agent Cross. Nous sommes rattachés au commissariat de West Hampstead et venons vous voir dans le cadre de l'enquête sur les événements qui se sont produits dans le voisinage samedi soir. Vous êtes sans doute au courant.

— Grace ?

— Oui. Grace Wild. Une voisine, il me semble. Selon sa mère, Clare, Grace est une amie de vos filles. Serait-il possible d'entrer pour discuter avec vous un moment ? Nous pouvons aussi revenir plus tard, si c'est plus pratique pour vous.

— Mon mari n'est pas là. Est-ce que vous préférez revenir quand nous serons tous les deux à la maison ?

L'agent Michaelides jeta un coup d'œil à son carnet, parcourant la page du bout du doigt.

— Oui, Leo Howes. En effet, nous devons aussi lui parler. Mais pas forcément en même temps que vous, précisa-t-il en haussant les épaules. C'est vous qui voyez.

Adele jeta un coup d'œil derrière elle. Les filles étaient plongées dans leurs devoirs, silencieusement. Gordon faisait la sieste.

— D'accord, décida-t-elle en ouvrant plus grand la porte. Venez, entrez. Comment va-t-elle ? Le téléphone de Clare est éteint et je n'ai pas réussi à avoir de nouvelles. Elle va mieux ?

— Elle est encore dans le coma, mais son état est stable.

— Est-ce qu'on a une idée de… ?

L'agent Cross secoua la tête.

— Pas encore. Ils font des radios, des analyses sanguines, je crois qu'ils commencent à avoir des pistes. Mais, aux dernières nouvelles, rien de certain.

Adele les fit entrer dans la cuisine, où elle leur prépara un thé sous le regard curieux de ses filles.

— Vous n'êtes pas en cours ? leur demanda l'agent Cross d'une voix légère.

— Si ! répondit Willow. On fait l'école à la maison.

— Oh, s'exclama la policière, qui ne s'attendait pas à ça. Quelle chance !

Adele les voyait analyser leur appartement, cette pagaille savamment organisée. Des placards qui n'allaient pas ensemble, des vaisseliers de récupération remplis de plats anciens, des piles de documents un peu partout, le vieux parquet et la table couverte de dessins et de gravures. Et ses filles : Fern, encore dans son grand pyjama en polaire avec ses cheveux asymétriques moitié marron moitié turquoise, qui passait son doudou sur ses lèvres ; Willow, qui se balançait sans arrêt sur sa chaise en bois tout en les dévisageant avec une fascination non dissimulée ; et Catkin, royale, distante, dans une robe d'été d'occasion, les épaules blanches et décharnées, les cheveux emmêlés, ses chaussons scandinaves sales et usés.

— Vous êtes là pour parler de Grace ? s'enquit Willow.

Si franche, si confiante. Et précoce. Adele avait voulu élever ses filles de telle façon qu'elles se sentent invulnérables, les égales de toute autre personne qu'elles rencontraient, contrairement à elle, qui avait été élevée pour devenir une gentille fille qui se fondait dans la masse et devait d'abord mettre les autres à l'aise. Aucune de ses trois filles ne s'était montrée particulièrement polie et déférente, et elle n'avait pas essayé de le leur apprendre. S'il vous plaît, merci, désolée, c'est à peu près tout ce qu'elle tenait à leur enseigner à ce niveau-là. Elle essayait de donner l'exemple, pensant que, si ses filles la voyaient traiter les autres avec respect, elles l'imiteraient en grandissant.

— Exactement.

— On était là, poursuivit Willow. On a passé la soirée avec elle. Vous pouvez nous poser des questions aussi.

Adele rit, nerveuse.

— Je pense qu'on peut laisser les policiers faire leur travail comme ils l'entendent, Will.

— Mais tu as raison, il est très probable qu'on aura besoin de parler avec vous trois aussi. On va interroger autant de personnes que possible.

— Cool ! s'exclama Willow en sautant de sa chaise et en se mettant à se trémousser.

Catkin lui lança un regard horrifié.

— Will ! siffla-t-elle. Arrête !

— Les filles, on va aller discuter dans le salon, d'accord ? annonça Adele en tendant leurs tasses aux policiers. Continuez vos devoirs. Et n'écoutez pas à la porte, les avertit-elle en lançant un regard appuyé à Willow.

Les policiers s'arrêtèrent au seuil du salon et Adele vit leur langage corporel évoluer face à l'étrangeté du lieu. Ce qui lui semblait beau paraissait parfois curieux aux autres. Le désordre habituel de sa famille et un peu de poussière passaient pour de la crasse, des signes de fainéantise. Il y avait le canapé psychédélique élimé des années 1960, le plafond haut avec des moulures et d'anciennes toiles d'araignées, dont certaines étaient plus vieilles que ses filles, le mélange d'œuvres d'art, la magnifique tapisserie chinoise, si belle mais déchirée par endroits, tachée à d'autres, les bandes de papier crépon poussiéreuses qui pendaient au chandelier des années 1970, les traces de main sur les vitres des immenses fenêtres, la peinture qui s'écaillait en rubans colorés. Et une odeur sans doute, elle n'en était pas sûre, mais certainement des effluves de chien, d'adolescent, de renfermé, de poussière. Elle détestait découvrir sa maison, ses enfants, sa *vie* à travers les yeux neufs des techniciens ou livreurs divers qui parfois entraient chez eux : le choc de l'objectivité était si violent.

— Entrez, asseyez-vous, proposa-t-elle en chassant le chien du canapé comme s'il n'avait pas normalement le droit de se trouver là, ce qui était complètement faux.

L'agent Cross s'approcha de la grande fenêtre et observa le parc.

— C'est magnifique, cet endroit.

Adele hocha la tête, ravie que l'attention se détourne d'elle.

— Oui, répondit-elle. Nous avons beaucoup de chance.

— Il fait quelle superficie ? demanda l'agent Michaelides, la tasse de thé dans les mains.

— Un peu plus d'un hectare.

— C'est immense !

— Oui. C'est incroyable d'avoir autant d'espace dans le centre de Londres.

— Alors, commença l'agent Cross en consultant son carnet. Samedi. Il y avait une grande fête dans le parc, n'est-ce pas ?

— Oui, on en organise une chaque été. C'est une tradition depuis une trentaine d'années.

— Qui est responsable de l'organisation ?

— Il y a un comité, qui est présidé par mon mari. On fait une réunion quelques semaines avant et on se répartit les tâches, c'est un travail collectif. En général, je m'occupe de l'atelier maquillage avec mes filles.

— C'est ce que vous avez fait cette année ?

— Oui. En tout cas, au début, parce que, après, les filles ont pris l'atelier en main. Elles sont si grandes, maintenant, et nous avions des invités. Je les ai laissées au bout de deux heures. Et je suis revenue plus tard pour les aider à ranger.

— Pendant ce temps-là, vous étiez à l'appartement ?

— On a passé la journée sur la terrasse.

— « On » ?

— Moi, Leo, mon mari, Gordon, mon beau-père, ma sœur Zoe et son mari John. Avec leurs deux petits. Puis à un moment, vers 17 heures, la mère de Grace, Clare, nous a rejoints avec sa fille Pip, au moment du concert de jazz.

— Pendant ce temps-là, vos filles s'occupaient de l'atelier maquillage ?

— Oui. À partir de 14 heures, je dirais, quand les portes du parc ont ouvert, jusqu'à 17 h 30, 18 heures.

— Vous savez où était Grace pendant ce laps de temps ?

— Non. Pas au maquillage, en tout cas. Elle était dans le parc, je pense.

— Et, selon vous, est-ce qu'il y avait quelqu'un d'autre dans le parc, qui aurait pu passer du temps avec Grace ?

— Ils sont tout un petit gang…

L'agent Cross la regarda avec un intérêt accru.

— Les enfants qui vivent autour du parc ont tous grandi ensemble, depuis qu'ils sont nés. Donc quand je parle de « gang », je ne l'entends pas dans le sens de quelque chose de criminel, je veux simplement parler de leur groupe d'amis. Ils sont très proches. Ils passent beaucoup de temps ensemble.

— Quels sont les enfants qui composent ce groupe ?

— Il y a mes trois filles, une voisine qui s'appelle Tyler et habite de l'autre côté du parc.

— Une fille, Tyler ?

— Oui. Tyler Rednough. Sa mère s'appelle Cecelia Rednough.

— C'est un prénom original pour une fille, non ? Quel âge a-t-elle ?

— Treize ans.

— Comme Grace ?

— Oui. Et comme ma cadette, Fern. Il y a encore Dylan, qui a aussi treize ans. Presque quatorze. Il vit au dernier étage de cette maison.

— Et son nom de famille ?

— Maxwell-Reid. Sa mère s'appelle Fiona.

— Merci. Il y a d'autres enfants ?

— Il y avait aussi Robbie à la fête. C'est le demi-frère de Dylan. Il a dix ans de plus que lui. Il a un retard mental assez important, et vit la plupart du temps dans une structure spécialisée. Samedi, il était là pour la fête. En général, il passe son temps avec Dylan. Ils sont inséparables.

— C'est parfait, merci, madame Howes. Est-ce que vous pourriez maintenant nous donner un déroulé des événements de samedi, de votre perspective ?

— À partir de quelle heure ? Du début de la fête, ou… ?

— Disons à partir de 17 h 30, quand vous avez aidé au rangement de l'atelier maquillage.

— D'accord. J'ai dit aux filles qu'elles pouvaient y aller, parce qu'il y avait des petits qui avaient mis la main sur le stand et ça devenait un vrai chaos. Je leur ai dit que j'allais ranger. Elles sont sorties dans le parc, au sommet de la colline. C'est en général là où ils passent leur temps.

— Par « ils », vous voulez dire le gang ?

— Oui. Oh, et Max. J'ai oublié Max.

— Qui est-il ?

— Il est plus petit, il a neuf ans, je pense. Il est assez solitaire, mais il reste toujours dans les parages au cas où quelqu'un aurait envie de jouer au foot avec lui. Je crois que c'est tout ce qui l'intéresse. Je ne connais pas son nom de famille, et je ne suis pas sûre d'où il habite, mais sans doute en face, à Virginia Terrace. Ses parents sont américains, si je ne me trompe pas.

— Donc, vers 17 h 30 ils étaient tous dans le parc, sans supervision ?

— Oui. J'ai rangé le stand et j'ai mis la table pliante et la tente au centre du parc. C'est là qu'on laisse tout pour le van qui vient chercher les affaires le lendemain matin. Il les emporte dans un box. Vers 18 heures, j'ai rejoint nos invités ici. Leo faisait le barbecue. Les enfants sont rentrés vers 19 heures et ont passé une petite heure avec nous, pour manger. Puis ils ont à nouveau disparu.

— Y compris Grace ?

— Oui. Sa petite sœur Pip, par contre, est restée avec nous sur la terrasse. Elle est très proche de sa mère et ne cherche pas particulièrement à s'intégrer à la clique.

— La clique ?

L'agent Cross leva à nouveau le regard vers elle et la fixa de ses yeux translucides pénétrants.

— Oui, la bande. Vous savez. Bref. Après, on a rangé le barbecue. Continué à boire. Discuté. Vers 21 heures, il était devenu évident que Clare, la mère de Grace, avait un peu trop bu. Je pense que ça ne lui arrive pas souvent. Et elle est toute menue, expliqua-t-elle en riant nerveusement. Elle ne tenait plus très bien debout, et Leo a proposé de la raccompagner chez elle, mais Pip a dit qu'elle pouvait s'en charger.

— Pip, la sœur de Grace.

— Oui. Douze ans. Une petite fille très raisonnable. Ça, c'était vers 21 heures. Ensuite, j'ai demandé à Leo d'aller vérifier qu'elles étaient bien rentrées, parce que j'étais un peu inquiète, je n'étais pas sûre que Pip puisse gérer ça toute seule. Il a sorti le chien et est allé chez elles, il a parlé à Pip…

— C'était vers quelle heure, ça ?

— Juste après 21 heures, je pense.

— Merci.

— Leo est revenu une vingtaine de minutes plus tard, puis ma sœur est partie avec sa famille. Ses enfants s'étaient endormis dans le canapé, dans leur pyjama. Ils ont pris un taxi jusqu'à Willesden.

— Et ensuite ?

— On a rangé, avec Leo. On est ressortis sur la terrasse. On s'est servi un autre verre de vin.

— Vous avez vu les enfants pendant ce laps de temps ?

—Oui, on les a vus descendre la colline vers l'aire de jeux. À environ 21 h 45.

—Vous leur avez parlé ?

—Non, je leur ai fait signe, mais ils ne m'ont pas vue.

—À ce moment-là, Grace était avec eux ?

On y était. Au point noir dans la mémoire d'Adele, au moment qu'elle se rejouait depuis deux jours jusqu'à en devenir presque folle. Elle avait vu les enfants, une masse imprécise qui avait l'air d'être à peu près au complet. Mais elle ne parvenait pas à se rappeler qui faisait partie du groupe. Rien de précis.

—Je ne sais pas, malheureusement, répondit-elle en sentant son visage rougir, son pouls s'accélérer, et un sentiment inexplicable de culpabilité l'envahir.

—Ce n'est pas grave, madame Howes. C'est bien. On va réussir à assembler les pièces du puzzle en parlant à d'autres résidents. Vous nous avez déjà donné beaucoup de grain à moudre. On va y aller, maintenant, et sonner chez quelques voisins. Si nous voulons discuter avec votre mari ou vos filles, quand pouvons-nous revenir ?

—Eh bien, normalement, Leo revient vers 18 heures, sauf s'il est avec des clients, et dans ce cas ça peut être bien plus tard. Je peux l'appeler, si vous voulez, pour vérifier avec lui ?

—Non, ne vous inquiétez pas. On repassera après 18 heures et, s'il n'est pas là, on lui demandera de venir au poste.

—Au poste ?

—Oui, comme ça il viendra quand ça l'arrangera. Enfin, ce qui sera le plus simple pour vous.

L'agent Cross posa la tasse de thé qu'elle avait à peine touchée sur la table basse, installa son beau sac à main en cuir sur son épaule, échangea un regard avec son collègue et se leva pour partir.

Une fois dans le couloir, elle passa la tête par la porte de la cuisine.

— Au revoir, les filles, à bientôt !

Elles levèrent les yeux de leurs cahiers et de leurs livres, puis Willow sauta de sa chaise et courut jusqu'à la porte.

— Vous allez revenir nous poser des questions ?

— C'est possible, lui répondit-elle. Selon le développement de l'enquête.

— S'il vous plaît, venez nous interroger. Ce serait tellement intéressant !

Adele soupira.

— Willow, Grace est à l'hôpital. Dans le coma. Tu lui manques de respect, là.

— Non, je suis *très* respectueuse. Je veux aider la police à trouver qui lui a fait du mal. En quoi c'est un manque de respect ?

Adele regarda les policiers avec un air désolé.

— Essaie, peut-être, de rester un peu calme de temps en temps. Ce n'est pas le moment d'être surexcitée.

— Vous savez que Grace a un petit copain ? demanda-t-elle aux policiers, en parlant avec tout autant d'entrain qu'avant.

Les policiers s'arrêtèrent et se tournèrent vers elle.

— Ah bon ? demanda l'agent Cross. Quel genre de petit copain ?

— C'est Dylan, confia Willow, les yeux brillants. C'est notre ami. On le connaît depuis, genre, toujours.

La policière se tourna vers Adele.

— C'est le Dylan dont nous parlions tout à l'heure ?

— Oui, j'imagine. Mais, petit copain, à cet âge-là…

Adele rit.

— Enfin, vous voyez, ce n'est pas *vraiment* une relation, c'est…

Willow lui coupa la parole.

— Si, assura-t-elle en s'appuyant contre le cadre de la porte et en se hissant avec ses pieds en face jusqu'à ce qu'elle se retrouve suspendue au milieu du passage – ce qu'elle faisait tout le temps, mais qui avait l'air particulièrement bizarre face à deux policiers. C'est une vraie relation. Ils sont a-mou-reux.

Catkin et Fern levèrent les yeux au ciel en secouant la tête, l'air terriblement gênées. Adele prit la main de Willow et la tira délicatement pour qu'elle quitte son perchoir. Quand elle glissa vers le bas, son tee-shirt se souleva, révélant deux gros hématomes en bas de son dos.

— Ce sont des sacrés bleus, que tu as là, remarqua l'agent Cross.

Adele observa ces hématomes avec horreur. Ils étaient sombres, récents, causés par une chute de la balançoire samedi soir. Willow était tombée sur le dos, sur le jouet en plastique d'un enfant, et était rentrée chez eux en pleurant comme si elle avait cinq ans. Adele lui avait mis du baume, lui avait fait des câlins, et l'avait laissée ressortir jouer un moment plus tard.

— Je suis tombée de la balançoire, expliqua Willow en haussant les épaules avant de retourner s'asseoir devant son cahier. Ça m'a pas fait mal.

— Tu es très courageuse, alors, commenta la policière en souriant, balayant du regard la cuisine, l'enfant blessée d'Adele, ses choix, son mode de vie, avant de leur dire une nouvelle fois au revoir.

Adele referma la porte derrière les deux policiers et s'y adossa lourdement un instant plus tard. Elle tremblait légèrement et avait l'impression d'avoir été prise la main dans le sac, même si c'était complètement irrationnel. Elle avait accepté qu'ils parlent aux filles plus tard, mais seulement si Leo était là. Après le coup d'éclat inattendu de Willow concernant la relation de Grace et Dylan et la révélation de ses horribles bleus qui donnaient l'impression qu'on lui avait donné des coups de pied dans le dos avec une chaussure cloutée pendant qu'elle se protégeait en boule sur le sol, Adele ne voulait pas assister à une nouvelle rencontre sans un autre adulte dans la pièce.

Gordon entra dans le couloir à ce moment-là, sa prothèse à la main, s'appuyant lourdement sur sa canne africaine.

— Qu'est-ce qu'ils voulaient, ceux-là ?

— Ils essaient de comprendre ce qu'il s'est passé samedi soir, lui expliqua-t-elle en essayant de se ressaisir. Ils font une enquête de voisinage. Ils reviendront plus tard pour parler avec vous.

— Et pourquoi ils voudraient me parler à moi ? marmonna-t-il en sautillant vers la porte du salon. Je sais que dalle, moi.

Il grimaça.

— Donnez-moi un coup de main avec ce foutu engin, madame H. Ils me répètent que c'est facile à mettre, mais ils mentent comme des arracheurs de dents, ces gens-là. J'aimerais bien les y voir.

Elle le suivit dans le salon et cala sa jambe en hauteur sur un pouf.

— Ils reviennent à quelle heure ? s'enquit-il après un silence.

— Vers 18 heures, répondit-elle en relevant son pantalon, émerveillée par la bonne santé de ce qui restait de sa jambe inférieure.

Là où autrefois se trouvait de la chair en putréfaction nécrosée, il y avait maintenant un moignon rose brillant.

— Je sais pas pourquoi ils se cassent la tête. Personne ne saura rien. Et ceux qui savent ne diront rien. Si c'était un crime, on serait déjà au courant. Mais ces choses-là arrivent. Comme avec la petite Rednough. Des petites idiotes qui ne connaissent pas leurs limites. Voilà à quoi ça mène. Hein ?

Il secoua lentement sa tête, et Adele dut résister à l'envie de donner un coup de prothèse sur son gros crâne avant de sortir en claquant la porte. Même là, alors qu'une jeune fille était à l'hôpital, reliée à des machines, avec sa mère dans la pièce attenante, sans doute incapable de manger ou de réfléchir à quoi que ce soit d'autre que la survie de sa fille, même dans cette situation cet homme horrible était incapable de trouver une once de décence en lui, un seul iota d'empathie.

Elle lui enfila sa prothèse dans un silence glacial puis rejoignit ses filles dans leur cuisine qui servait de salle de classe, en ayant le sentiment que tous les aspects de sa vie parfaite étaient sortis de leurs gonds, avaient été dénaturés, puis abandonnés en un tas informe et méconnaissable sur le sol.

Chapitre 23

La policière revint à l'hôpital le lundi matin. Elle s'était présentée la veille, mais Clare n'arrivait pas à se souvenir de son nom.

— Quel âge a Grace ?

— Treize ans. Depuis samedi. C'était son anniversaire. C'est tout récent.

— Et si vous deviez la décrire, vous diriez que c'est quel genre d'enfant ?

— Eh bien, vous savez, un peu caractérielle, qui boude souvent, capable d'effusions affectives imprévisibles.

La policière planta ses yeux arctiques dans les siens.

— Mature pour son âge ?

— Physiquement oui, on peut dire ça. Elle est grande et formée. Vous voyez ce que je veux dire.

— Oui, d'accord, acquiesça l'agent en prenant des notes.

Clare ne comprenait pas pourquoi.

— Beaucoup d'amis ?

— Quelques amis, oui. Elle a changé de collège en janvier, et elle n'a pas encore créé de liens très forts. Mais dans le parc, oui, elle fait partie de la bande d'enfants. Elle passe beaucoup de temps avec une famille qui habite en face. Ils ont trois filles d'à peu près le même âge qu'elle.

— Vous parlez des Howes ? demanda la policière en feuilletant son carnet.

— Tout à fait. Leo et Adele.

Clare pâlit en se souvenant de son comportement lors de la soirée.

— Je suis allée les voir tout à l'heure. Ils m'ont dit que vous étiez chez eux samedi soir. De 17 à 21 heures ? s'enquit-elle en posant un doigt sur l'une de ses notes.

— C'est vrai.

— Et vous étiez avec votre plus jeune fille ?

— Oui, la plupart du temps.

— Pendant que Grace était avec les autres adolescents ?

— Exact.

Clare ne savait que ce que Pip lui avait rapporté. Elle n'avait même plus pensé à Grace à partir de son troisième verre de vin.

— Quand avez-vous vu Grace pour la dernière fois, avant qu'on la retrouve ?

La réponse à cette question était coincée dans la gorge de Clare.

— Je l'ai vue un peu pendant le barbecue, chez les Howes. Elle est restée là quelques minutes, pas longtemps. Avant ça, la dernière fois que je lui ai vraiment parlé, c'était aux alentours de 14 heures, confia-t-elle en baissant le regard.

— Vers 14 heures ?

— Oui. J'avais organisé une petite fête pour son anniversaire. Enfin, plutôt un rassemblement qu'une fête. Dans notre cour. On avait des cocktails sans alcool, des cadeaux, un gâteau.

— Je vois. Qui a participé ?

— Mes filles et moi, bien sûr. Les trois sœurs. Une autre ado du parc, Tyler. Et un garçon, Dylan.

— Maxwell-Reid ! s'exclama la policière en écrasant du doigt un nom sur son carnet.

— Quoi ? Pardon ?

— Dylan Maxwell-Reid.

— Peut-être…, répondit Clare, confuse. Je ne sais pas. Enfin, il était là. Et ma mère, aussi.

— Personne d'autre ?

— Non.

— Le père de Grace ?

— Non, répondit-elle avec précaution. Nous ne sommes plus en contact.

— D'accord. Que s'est-il passé à 14 heures ? La fête s'est terminée ?

— Oui. La fête était finie. Les plus grands sont partis. Avec ma plus jeune, on a rangé. Puis Pip est sortie dans le parc aussi pour assister à une sorte de concours animalier. Ma mère est partie quelques minutes plus tard, et je me suis installée dans la cour avec un livre. Pip est revenue, elle voulait que je sorte et aille voir les animaux avec elle, il y avait une sorte de ferme pédagogique, ou je ne sais quoi. On a cherché Grace à ce moment-là, mais je ne l'ai vue nulle part. Donc je l'ai appelée…

— C'était aux environs de quelle heure, cet appel ?

— Je ne suis pas sûre. Seize heures, sans doute. Elle était chez Tyler.

La policière regarda à nouveau son carnet.

— Tyler Rednough ?

— Je ne connais pas son nom de famille.

— Où vit cette Tyler ?

— Juste à côté de chez nous. Un grand bâtiment sur la droite de notre appartement.

— Grace a l'habitude d'aller chez Tyler ?

Clare secoua la tête.

— Non. Je pense que c'était la première fois. De ce que je sais. Son appartement ne donne pas sur le parc. Il faut sortir par la grille et remonter un peu la rue. Je pensais que Grace savait qu'elle n'avait pas le droit de faire ça.

— Apparemment pas.

— En effet, commenta Clare en baissant la tête. Je lui ai dit que je n'étais pas contente. Mais vous savez, c'était son anniversaire. Je ne voulais pas la forcer à rentrer à la maison. Je ne voulais pas lui gâcher la journée.

— Je comprends, reprit la policière avec empathie. Bien entendu. Est-ce que vous avez une idée de ce qu'elle a fait entre ce moment-là et 19 heures, quand elle est arrivée au barbecue ?

— Elle était à l'atelier maquillage, si j'ai bien compris. Puis, vers 18 heures, j'ai envoyé Pip la chercher et elle m'a dit qu'elle était en haut de la colline avec les autres, là où ils traînent tout le temps.

— Je reprends, annonça la policière d'un ton administratif. Vers 14 heures, elle sort de votre appartement. À 16 heures, elle est chez Tyler. À 18 heures, dans le parc avec ses amis. À 19 heures, chez les Howes pour le barbecue. Donc, nous cherchons à découvrir ce qu'il s'est passé pendant ce laps de temps entre 19 h 30 et 22 heures, quand votre plus jeune fille l'a retrouvée. Pouvez-vous me raconter ce que vous faisiez à ce moment-là ?

— J'étais chez les Howes jusqu'à environ 21 heures. Puis nous sommes rentrées, avec Pip, et je me suis couchée.

— À 21 heures.

— Je ne me sentais pas très bien, commença Clare, la bouche sèche.

Elle attrapa le gobelet en plastique posé sur la table devant elle et renversa de l'eau sur son tee-shirt en buvant. Elle l'essuya du dos de la main.

— J'étais malade.

Pas d'intérêt à mentir. La police allait parler à tout le monde. Quelqu'un allait forcément mentionner le fait qu'elle avait eu du mal à tenir debout et que sa fille avait presque dû la porter chez elles.

— Oui, madame Howes m'a dit que vous n'étiez pas dans votre assiette. Et votre fille ? Qu'a-t-elle fait pendant que vous dormiez ?

Clare fit tomber le masque. Elle n'avait plus la force de lutter. Elle laissa sa tête tomber dans ses mains, puis elle la releva et regarda la policière.

— Aucune idée, répondit-elle sincèrement, avec un sourire triste. Je dormais.

— Elle était chez vous ?

— Je pense. Elle m'a dit qu'elle était restée assise au bord du lit un moment, puis qu'elle avait essayé d'appeler Grace pour lui dire de rentrer, mais apparemment le portable de sa sœur était éteint. Elle m'a aussi dit que Leo Howes était passé voir comment on allait, un peu après notre retour. Puis, à un moment, elle est sortie pour chercher Grace.

Elle haussa les épaules, comme pour dire : « Jetez-moi aux oubliettes, jetez-moi dans l'eau avec un boulet aux pieds, je suis la pire mère qui ait jamais existé. »

— Nous allons retourner chez les Howes un peu plus tard pour interroger leurs filles. Elles ont passé la majeure partie de la soirée avec Grace et pourront sans doute nous éclairer concernant ces heures cruciales. Et nous discuterons avec M. Howes. Selon vous, est-ce que Grace avait des problèmes dans le parc ? Y a-t-il quelqu'un qui aurait pu lui vouloir du mal ? Avait-elle des relations compliquées avec ses amis, ou ce genre de choses ?

— Non, bien sûr que non… Ce sont des enfants, juste des…

— Enfants, l'interrompit la policière. Vous avez raison. Mais parfois, la limite de l'enfance est difficile à déterminer, non ?

Elle regardait Clare froidement.

— Ma nièce est passée en quelques mois du stade où elle jouait avec ses Barbie à celui où elle hurlait sur sa mère parce qu'elle ne la laissait pas porter de soutien-gorge push-up.

Elle cligna des yeux et s'interrompit un moment, comme si elle pensait que Clare allait rire et lui dire que, bien sûr, elle avait raison, et s'excuser de sa naïveté.

— C'est un âge difficile, oui. Un entre-deux. Mais non, ils sont tous amis.

— Vous pensez vraiment ? Parce que l'une des filles Howes, la plus petite…

— Willow.

— Voilà. Bien entendu, elle est très jeune, et je ne sais pas bien quel sens de la vérité peut avoir un enfant de cet âge, mais elle m'a dit que Grace et Dylan Maxwell-Reid sortaient ensemble.

Clare soupira.

— Oh, c'est pas vrai. Enfin, oui, je les ai vus ensemble. On dirait qu'ils sont assez proches. Mais ils ont treize ans ! Ce n'est pas comme s'ils allaient à des dîners aux chandelles. C'est juste quelque chose d'innocent, d'enfantin…

— Willow prétend qu'ils sont amoureux, que c'est sérieux.

Clare rit, ou plutôt laissa échapper une sorte de cri qui semblait ne pas provenir d'elle.

La policière rit également. Referma son stylo.

— Les enfants…

— Vous en avez, vous ?

— Hein. Moi ? Oh non. Pas encore. On verra plus tard.

Clare hocha la tête. La policière devait avoir trente ans. Elle était à peine plus jeune qu'elle.

— Nous attendons donc les résultats de l'examen médical complet. Une infirmière médico-légale est en route, si j'ai bien compris. Nous allons continuer notre enquête, interroger les gens, remplir les blancs, et nous aurons une meilleure idée de ce qu'il s'est passé. Vous voyez. Une image globale.

Elle rangea son carnet dans son petit sac en cuir et le remonta sur son épaule en souriant.

— Que s'est-il passé, selon vous ? demanda-t-elle d'une voix amicale, en dehors de l'interrogatoire.

Clare sourit péniblement. Elle avait du mal à relever la tête.

— Je ne sais pas. Je devrais savoir, mais je n'en ai aucune idée. Je suis tellement désolée.

La policière la regardait, debout, et lui lança un sourire encourageant.

— On va découvrir ce qu'il s'est passé. Ne vous en faites pas. Une adolescente de treize ans dans un parc rempli de gens au centre de Londres ? On va trouver.

Quand elle sortit de la pièce, Clare se prit la tête dans les mains et se mit à pleurer.

Chapitre 24

Quand Pip revint dans la salle d'attente, sa mère pleurait. Elle essaya de cacher ses larmes et se força à sourire en la voyant, ce qui la rendit très triste.

— Pip, commença-t-elle en tendant les mains vers sa fille. Écoute. C'est très, très important. Vraiment. La police est venue me voir, et ils vont sans doute vouloir discuter avec toi aussi. Il faut qu'on parle toutes les deux de ce qui s'est passé samedi soir. Dans les moindres détails. Parce que M. Darko m'a dit hier que le coma de Grace n'avait pas été induit par un traumatisme crânien, et que les blessures sur son visage étaient superficielles. Apparemment, reprit-elle d'une voix tremblotante, Grace a fait une overdose de drogue.

Pip se raidit. Elle sentit ses veines se gorger d'adrénaline. Elle n'avait pas encore raconté que le tee-shirt de Grace était relevé, que son short était baissé. Elle avait rhabillé sa sœur avant que les autres n'arrivent au sommet de la colline. Elle avait trop honte pour en parler. Elle avait eu peur de créer des ennuis si elle le faisait.

— À cause de ça, la police nous envoie une infirmière spécialisée, poursuivit-elle en serrant les mains de Pip. Bientôt, elle va examiner Grace pour essayer de comprendre ce qui lui est vraiment arrivé. Après, on aura sans doute une idée plus précise. En attendant, ma chérie, je voudrais que tu essaies très fort de te rappeler ce qu'il s'est passé samedi soir. D'accord ?

Elle avait encore les larmes aux yeux. Pip acquiesça et se força à parler.

— Quand je l'ai trouvée, son débardeur était relevé.

Sa mère lui lâcha les mains et la regarda avec angoisse.

— C'est-à-dire ?

— Il était remonté, expliqua Pip en levant légèrement le bas de son tee-shirt. Mais plus haut.

— Jusqu'à son soutien-gorge ?

Elle hocha la tête et déglutit.

— Ça aussi, c'était relevé.

— Au-dessus de sa poitrine ? demanda Clare, à bout de souffle.

— Oui. Son soutien-gorge était… Je sais pas…

Elle mit ses mains dans son dos.

— *Tourné*. Tu vois. Comme s'il n'avait pas été dégrafé. Juste relevé. Et son short aussi. Il était un peu *baissé*.

Sa mère poussa un petit cri de douleur.

— Pas jusqu'en bas, poursuivit Pip. Jusque-là, environ.

Elle montra un point sur le haut de sa cuisse.

— Et sa culotte ?

Pip hocha la tête et baissa le regard.

— Pip, mon ange. Pourquoi tu ne m'en as pas parlé plus tôt ?

— Je ne sais pas. Je l'ai rhabillée quand je l'ai trouvée. Je ne voulais pas que les autres la voient comme ça. Je pensais qu'elle serait super énervée si c'était le cas. Puis tout le monde est arrivé, et il y a eu la police. Personne ne m'a rien demandé, et après on a appris qu'elle était dans le coma… Je pensais que ce n'était peut-être pas important, reprit-elle en haussant les épaules. Je suis désolée. Je suis vraiment désolée.

— Non, ma chérie, se lamenta Clare en ouvrant les bras. S'il te plaît, mon ange. Ne sois pas désolée. Tu ne savais pas. Comment aurais-tu pu savoir ? C'était à moi de savoir, et je n'étais pas là.

Pip laissa sa mère la prendre dans ses bras, et s'enveloppa dans son odeur aigre. Puis Clare la lâcha et la tint par les épaules.

— Est-ce qu'il y a autre chose ? Quelque chose que j'ai raté ? Il faut que tu me dises tout, Pip. Absolument tout.

Pip repensa à cette journée. Puis aux jours et semaines qui l'avaient précédée. Elle se remémora tous les moments au cours des six derniers mois qui ne lui avaient pas semblé normaux, et elle regarda sa mère, sans savoir par où commencer. Puis un souvenir s'imposa. Le garçon aux yeux fous sur la colline. La façon dont il l'avait regardée.

— Il faut que quelqu'un parle à Max.

— Max ?

— Oui. Tu sais, le garçon roux. Celui qui joue toujours au foot. Il était là.

— Où ?

— Sur la colline. Quand je suis allée chercher Grace. Il était en train de descendre et il avait l'air très bizarre.

— Il a quel âge, Max ?

— Neuf ans.

— Trop petit pour être lié à ça, non ?

— Oui. Mais il a peut-être vu quelqu'un. Ou ce qu'il s'est passé. Et il faut parler à Rhea. La vieille dame qui a un lapin. Elle habite dans l'un des appartements tout en haut de la colline, et son balcon donne sur l'endroit où j'ai trouvé Grace. Et Gordon, le grand-père de Willow. Il était dans le parc aussi, quand je jouais avec Tyler, Willow et Fern. Il se promenait. Il a peut-être vu quelque chose. Et Dylan. Il faut absolument qu'ils parlent avec Dylan. Il a passé toute la journée et toute la soirée avec elle.

Des bribes de souvenirs tournoyaient dans sa tête, jusqu'à ce qu'une image forte, irréfutable, les chasse.

— Leo. Il faut qu'ils interrogent Leo. Je crois que…

Elle sentit son corps se glacer en parlant, se figer sous l'effet de l'énormité de ce qu'elle allait proférer.

— Je crois que c'est Leo.

— Quoi ?

— Il était là. Tu sais ? Avant que ça se produise. Et, reprit-elle après une hésitation, il y a quelque chose de bizarre chez lui.

Sa mère la dévisageait, la bouche ouverte.

— Leo ? *Notre* Leo ?

— C'est pas *notre* Leo, souffla Pip. C'est exactement ce que je veux dire. Tout le monde pense qu'il est génial. *Il* pense qu'il est génial. Grace pense qu'il est génial. Mais c'est faux. Il est bizarre. Tu sais, poursuivit-elle en parlant à toute vitesse, une fois, il y a longtemps, la première ou la deuxième fois où je suis allée chez eux, je suis passée devant la chambre de Willow, et il y avait Leo, assis sur le lit. Il serrait Tyler dans ses bras. Il lui tenait les mains.

Elle s'arrêta un moment, pour que ses mots fassent leur effet.

— Je te jure, c'est ce que j'ai vu.

Clare posa une main sur la jambe de sa fille, rangeant une mèche de cheveux bouclés derrière son oreille de l'autre.

— Pip, il y avait des dizaines de personnes présentes dans le parc samedi soir, et, s'il s'avère que Grace a été victime d'une agression sexuelle, la police lancera une enquête de grande ampleur, et si c'est le cas tu ne peux vraiment, vraiment pas dire des choses pareilles sur nos voisins. Leo est un homme très bon, Pip…

— Et Phoebe ? s'écria-t-elle. Phoebe Rednough. Leo était son *petit ami* quand elle est morte. D'une *overdose*. Dans le même parc. Presque au même endroit. Ça ne te saute pas aux yeux ? L'histoire se répète. C'est évident !

— Qui est Phoebe Rednough ?

— C'était la sœur de la mère de Tyler. Tu sais, la jeune fille qui a été retrouvée morte dans le parc quand elle avait quinze ans.

Clare acquiesça, pensant au banc de la roseraie où était inscrit le nom de la jeune fille, puis se souvint brusquement de quelque chose que sa mère lui avait raconté la première fois qu'elle était venue leur rendre visite dans l'appartement, l'histoire d'une jeune fille morte dans un parc communal des années auparavant. Est-ce qu'elle parlait de Virginia Park ?

La porte de la salle s'ouvrit et une infirmière apparut avec une autre femme, la cinquantaine, un peu ronde, qui portait une veste en coton et une tunique bleue. L'infirmière fit un geste vers la femme et sortit.

— Bonjour. Madame Wild ? Je m'appelle Jo Mackie. Je suis l'infirmière médico-légale. Je crois qu'on vous a prévenue de mon arrivée ?

Clare se redressa et hocha la tête.

— Je ne pensais pas que vous arriveriez si vite.

— On a de la chance, expliqua-t-elle avec un doux accent écossais. J'étais déjà dans les parages. Et, si je comprends bien, l'agression s'est produite il y a déjà quelque temps.

— Trente-six heures.

— En effet. Il n'y a pas une minute à perdre.

Elle se tourna vers Pip en souriant.

— C'est ta sœur, n'est-ce pas ? demanda-t-elle d'une voix douce.

Pip acquiesça.

— Bien. J'ai parlé à M. Darko, et il m'a dit qu'elle était dans un état assez stable pour que je commence tout de suite. Si vous êtes d'accord ? vérifia-t-elle auprès de Clare, qui hocha la tête.

Jo Mackie disparut.

Pip ne savait pas ce qu'était une infirmière médico-légale, mais elle savait ce qu'était la police scientifique et ce qu'était un examen médical, ce qui lui permettait de se faire une petite idée.

Elle pensa à nouveau au débardeur relevé, au short baissé, et à Leo sur le lit de Willow, qui lui avait lancé ce regard intense, sombre, et elle supplia Jo Mackie dans sa tête : *S'il vous plaît, ne trouvez rien sur ma sœur. S'il vous plaît. Faites que tout soit absolument normal.*

Chapitre 25

Deux heures après le départ des policiers, la sonnette retentit à nouveau. Depuis leur visite, Adele n'était pas parvenue à se concentrer sur le cours des filles. Elle leur avait fixé un objectif de lecture et les avait laissées s'installer dans divers coins de l'appartement tandis qu'elle restait assise à la table de la cuisine, perdue dans ses pensées. Gordon était dans le parc avec sa kiné. Elle les voyait marcher l'un à côté de l'autre. Il y avait d'autres gens assis au soleil, profitant de cette belle journée. Elle avait l'impression que l'été était maintenant devenu l'affaire des autres, que cela ne la concernait plus. Elle se leva lourdement et traversa le couloir pour aller ouvrir.

— Encore moi ! s'exclama l'agent Michaelides, seul, cette fois-ci. Je suis désolé de vous déranger à nouveau, madame Howes. J'ai reçu un appel de l'agent Cross, qui a discuté avec Mme Wild à l'hôpital, et il semblerait qu'il y ait eu un nouveau développement. Au sujet de Grace. Je me demandais si je pouvais vous parler un instant. Ça ne prendra pas plus de cinq minutes.

— Son état ne s'est pas dégradé, n'est-ce pas ?

— Pas de changement à ce stade.

Il essuya ses pieds sur le paillasson, malgré le temps sec et ensoleillé, et suivit Adele dans la cuisine.

Il déclina la boisson chaude qu'elle lui proposait, arguant qu'il avait déjà bu assez de thé et de café en une matinée pour pouvoir se raccorder au réseau d'électricité. Une fois assis à la table, il fit courir son doigt machinalement sur les gravures du vieux bois.

— On a eu les résultats des analyses de Grace. L'IRM et l'examen sanguin. Apparemment, il n'y a aucune trace de traumatisme crânien ou d'une blessure qui pourrait expliquer sa situation actuelle. Cela étant, reprit-il en la fixant de son regard chocolat, ils ont trouvé des traces de drogue. Et d'alcool.

— Quoi ?

— Oui, on ne s'y attendait pas. Du tout. Elle est si jeune. Enfin, si l'on en croit votre fille, peut-être qu'elle est assez mature pour son âge… ?

Adele acquiesça, puis secoua la tête.

— Quel genre de drogues… ?

— Des somnifères. Apparemment. Que l'on n'obtient que sur ordonnance. Lourds.

Elle secoua la tête avant même qu'il ne puisse poser sa question.

— Il n'y a rien de ce genre, ici. Pas chez nous. Je suis contre tous ces médicaments non essentiels. Vous voyez, les antidouleurs, les antispasmodiques, les décongestionnants et toutes ces choses. On traite ce type de problèmes légers avec de l'homéopathie. Ou des remèdes naturels.

— Des herbes et ce genre de choses ?

— Oui. Si quelqu'un a du mal à dormir, je lui donne de la camomille et des huiles essentielles, et trente minutes de méditation à faire avant de se coucher.

Elle poussa un rire trop fort, trop forcé.

— Je vois, reprit-il en souriant. Peu de chance que les somnifères viennent d'ici, alors ?

— En effet. C'est même impossible.

— Très bien. Vous pourriez tout de même demander à vos filles si elles pensent à quelqu'un qui aurait pu avoir accès à ce genre de médicaments. Des adolescents un peu plus âgés, par exemple ? Et pour l'alcool, est-ce qu'elles ont vu quelqu'un donner à boire à Grace ? Vous voyez, ce genre de choses.

— J'ai vu quelque chose, moi, murmura Adele tandis qu'un souvenir remontait dans sa conscience. Quand je maquillais les petits. Autour de 14 heures. J'ai vu Grace et Dylan sortir du parc tous les deux. Ils avaient l'air d'être en train de manigancer quelque chose. Elle avait un sac en bandoulière et ils regardaient dedans. Sur le coup, je me suis dit qu'ils allaient sans doute au supermarché pour s'acheter des bonbons, ou quelque chose comme ça. Mais, si ça se trouve, c'était de l'alcool qu'ils cherchaient. Ou quelque chose de pire.

L'agent Michaelides pianota sur la table puis se leva prestement.

— Bien, c'est tout pour le moment. J'ai d'autres visites à faire, et nous serons de retour tout à l'heure pour discuter avec votre mari et vos filles, et si…

Il s'interrompit et tourna la tête vers la cacophonie qui provenait de la terrasse. Gordon et sa kiné apparurent dans l'embrasure de la porte.

— Tiens, tiens, lança Gordon en avançant sa mauvaise jambe dans la cuisine et en regardant le policier d'un air détestable. Déjà de retour ?

Adele vit l'agent dévisager Gordon, avec sa couleur de cheveux improbable, sa chemise bariolée, son gros ventre, et, cerise sur le gâteau, sa prothèse.

— Bonjour, monsieur. Je suis l'agent Michaelides. C'est un sacré pied que vous avez là.

— Oui, concéda Gordon. Absolument fantastique. Ça prend un peu de temps pour s'y habituer, mais, bordel, ce qu'ils arrivent à faire de nos jours ! Je vous dis, si j'avais perdu mon pied, même il y a quinze ans, j'aurais rien eu d'autre qu'une foutue jambe de bois.

— C'est récent, alors ?

— Oui, oui.

Gordon boitilla jusqu'à la table et se laissa tomber sur le banc.

— Foutu diabète. Il a fallu couper. Ils allaient me le faire en RCA – c'est là que je vis –, mais je me suis dit : putain, j'adore ce pays mais vous m'amputerez pas avec une machette. Je suis rentré direct auprès de la reine. Ils m'ont fait ça le mois dernier. C'est le plus grand soulagement de ma vie. La douleur que j'avais à la fin… C'était innommable.

— Alors vous vivez ici ?

— Ah, oui et non. Enfin, c'est mon appartement, je suis propriétaire…

— De la moitié, Gordon, l'interrompit Adele.

— Oui, de la moitié. Oui. Mais en ce moment je *réside* ici avec mon fils et sa famille pendant que je me remets de l'opération et m'habitue à cette chose.

— En parlant de ça, Gordon, en profita la kiné en tapotant sa montre, il nous reste dix minutes.

Gordon soupira et se leva difficilement sur son pied.

— Le devoir m'appelle, marmonna-t-il avant de s'éloigner en boitant.

— Vous étiez ici samedi soir, monsieur ?

— Tout à fait.

— Dans ce cas, est-ce que cela vous dérangerait de discuter avec nous plus tard, quand nous reviendrons pour parler à votre fils et à vos petites-filles ?

— Pas du tout, j'ai rien à cacher.

— Parfait, monsieur. Merci. À ce soir, alors.

Quand Gordon fut parti, l'agent se retourna vers Adele en souriant.

— C'est un sacré personnage.

— On peut dire ça, oui.

— Bien. Je vous ai déjà pris assez de temps aujourd'hui. Désolé du dérangement. Je reste dans le quartier, si vous pensez à autre chose. Si vous vous souvenez de quoi que ce soit. Maintenant, je vais voir…

Il jeta un coup d'œil à son carnet.

— Fiona Maxwell-Reid, la mère de Dylan. Elle vit à l'étage, n'est-ce pas ?

— Oui, confirma Adele en aplatissant la jupe de sa robe d'été. Mais je ne sais pas bien ce qu'elle pourra vous dire. Elle est très timide. Elle ne sort que rarement. Et elle ne fait pas partie de la vie du parc. Ni de grand-chose d'autre, d'ailleurs.

— Merci pour la mise en garde. On verra bien.

Il sortit de l'appartement et s'arrêta devant l'escalier qui menait aux étages. Puis il regarda Adele en souriant.

— À tout à l'heure.

— Oui, bon après-midi.

— Gordon, l'interpella Adele un instant plus tard, alors qu'il sortait des toilettes, un journal froissé à la main et sa braguette pas tout à fait relevée.

Quelque chose lui était apparu quand elle l'avait entendu discuter de son pied avec le policier. Quelque chose qu'elle avait failli dire, mais qu'elle avait retenu, car elle savait que si elle prononçait les mots qu'elle avait sur le bout de la langue, elle ne pourrait plus revenir en arrière.

— Oui, madame H, que puis-je pour vous ?

— Je me demandais… Quand vous avez eu votre opération, avant et après, est-ce que vous aviez du mal à dormir ?

— Un peu, mon neveu. Essaie de dormir avec une plaie ouverte à la place du pied, toi.

— Et ils vous ont donné quelque chose pour vous aider ?

— Mes petites douceurs, tu veux dire ?

— Des somnifères ?

— Absolument. Et heureusement.

— Il vous en reste ?

— Bah alors, ma jolie, tu vas pas me dire que tu as enfin compris que tes vieilles potions de hippie ne fonctionnent pas ? s'enquit-il, le visage rayonnant. Après, tu vas te mettre à dire que tes filles devraient aller à l'école pour recevoir une vraie éducation. Ahah !

Il lui attrapa une main et la serra avec un air complice.

— J'en fais mon affaire, madame H. Je reviens tout de suite.

Elle le regarda boitiller jusqu'à sa chambre.

— Ah, c'est le début de la fin ! poursuivit-il avec entrain. Bientôt, ce sera des frites au micro-ondes au dîner ! Ahah !

Elle se mordit l'intérieur des joues en l'attendant. Il ne revenait pas et, plus le temps passait, plus elle serrait fort, enfonçant la peau entre ses dents du doigt. *Allez, Gordon*, psalmodiait-elle à voix basse. *Allez.*

Il revint enfin, l'air confus et agité. Au creux de sa main, il tenait deux petites pilules bleu et blanc.

— Madame H, je crois que nous avons un problème, commença-t-il d'une voix solennelle. La dernière fois que j'en ai pris, la boîte était à moitié pleine. Maintenant, il ne reste que ces deux pauvrettes, reprit-il en les remuant dans sa paume. On dirait bien que quelqu'un a volé mes petites douceurs.

— Bien, commença Jo Mackie. Aucun signe de choc ou de blessure. L'hymen est intact.

Une immense vague de soulagement déferla sur Clare. Elle s'appuya contre le mur derrière elle.

— Pas d'hématomes, pas de griffures. J'ai fait un prélèvement, mais je pense qu'on peut déjà dire que Grace n'a pas été victime d'agression sexuelle. Il n'y a aucun signe de viol vaginal ni anal. De plus, votre plus jeune fille nous ayant indiqué que le tee-shirt de Grace était relevé, j'ai examiné sa poitrine, mais aucun signe de violence à cet endroit non plus. Et j'ai fait des prélèvements dans cette zone.

Une image atroce passa devant les yeux de Clare, une vision tellement insoutenable qu'elle dut cligner des paupières plusieurs fois pour la chasser.

— Et aussi de l'intérieur de sa bouche. Malheureusement, vu le temps qui s'est écoulé depuis l'agression de votre fille, il est possible que les traces de sperme potentiellement présentes aient été détruites par les amylases, mais nous aurons peut-être de la chance. Cela ne fait pas tout à fait quarante-huit heures, et je vais apporter ces prélèvements moi-même au laboratoire et attendre les résultats. On va aller le plus rapidement possible.

Clare cligna à nouveau des yeux. Du sperme. Sur sa fille. Dans sa fille. Non.

— C'est probable, selon vous ? Enfin, dans ce genre de cas. Ça arrive ?

Jo Mackie lui sourit.

— Tout peut arriver, Clare. Mais, puisqu'il n'y a pas de traces d'agression sexuelle externe, il est possible que ce ne soit pas le cas pour Grace. Je dois tout de même suivre la procédure.

Une petite bulle d'espoir se forma dans la poitrine de Clare. Une procédure. Pas de sperme. Simplement une procédure.

Jo Mackie referma le couvercle de la boîte métallique dans laquelle elle avait rassemblé les prélèvements effectués.

— Je devrais pouvoir vous communiquer les résultats dans quelques heures. Qui, dans l'idéal, ne révéleront rien. En tout cas, je reviens vous voir très vite.

— D'accord. Merci.

— D'ici là, vous pouvez y aller, l'informa-t-elle en lui tenant la porte du petit bureau où elles étaient en train de discuter, un sourire calme sur les lèvres.

Clare lui lança un regard interrogateur.

— Vous pouvez la voir.

— Vraiment ?

— Oui, j'ai demandé à l'infirmière. Elle est prête.

— Oh…, murmura Clare en posant sa main sur son cœur.

Elle n'avait pas vu sa fille depuis plus de trente-six heures.

— Je peux y aller avec Pip, à votre avis ?

— Allez-y toute seule, d'abord. Habituez-vous. Prenez ce temps-là pour vous. Bien, il faut que j'y aille, conclut-elle en attrapant la boîte en métal. À tout à l'heure.

Clare regarda Jo Mackie quitter la pièce avec ce récipient rempli de l'ADN de sa fille, puis se dirigea vers les soins intensifs en essayant de respirer calmement.

Grace était magnifique, endormie. Les hématomes sur son visage, des bleus dont Clare avait du mal à se souvenir, s'étaient estompés en nuages d'orage au crépuscule. Elle n'avait pas de plaie ouverte. Clare se demandait d'où était venu tout ce sang. Une petite bosse au niveau de l'os nasal lui fit penser qu'elle avait seulement saigné du nez. Elle se souvenait de la peur d'une hémorragie cérébrale, d'une hémorragie interne ou de blessure irréparable au visage qui l'avait saisie dans l'ambulance. Avant que les résultats des analyses ne leur parviennent, elle s'était bêtement raconté que Grace était tombée d'un arbre.

D'un arbre !

Comme une gamine casse-cou !

Elle pensait encore à Grace comme à une petite fille.

Maintenant, elle ressemblait à une jeune adulte, avec sa peau de craie et son visage sans maquillage. Clare remercia l'infirmière qui lui tendait en silence un gobelet d'eau. Elle le posa sur la table de chevet et tendit la main vers sa fille.

— Je peux la toucher ?

— Bien sûr, lui répondit l'infirmière chaleureusement. Et parlez-lui. Ça lui fera du bien.

— Elle m'entendra ?

Elle repensa aux mois où Grace était encore dans son ventre et où ils lui parlaient, avec Chris. On leur avait dit de faire ça. Que cela permettrait au bébé de reconnaître immédiatement ses parents à la naissance. Que c'était une bonne chose. À l'époque, cela lui avait semblé assez abstrait. Elle était enceinte pour la première fois et n'avait aucune notion de la réalité du lien qui se crée entre un bébé et ses parents. Aujourd'hui, cette personne qui avait grandi dans son ventre pendant neuf mois était coincée dans son propre corps, et une fois de plus on demandait à Clare de parler à quelqu'un qui ne l'entendait pas, de concrétiser cette relation abstraite.

Comment était-il possible qu'elle connaisse si peu la personne qui avait grandi en elle ? Cette enfant qu'elle avait allaitée et qui avait dormi tant d'heures contre sa poitrine ? Qui, pendant longtemps, lui faisait chaque jour un compte-rendu complet de ce qu'elle avait fait à l'école, sans oublier le moindre détail. Aujourd'hui, il était possible qu'elle ait été agressée et que son corps ait été violé.

Elle prit sa main. Elle était chaude, vibrante.

— Bonjour, ma chérie. Je suis désolée de ne pas être venue te voir plus tôt. Je n'en avais pas le droit. Mais j'étais là tout le temps. Avec ta sœur. On était là toutes les deux. Et, pour l'instant, les nouvelles sont bonnes. Tu n'as pas de blessure à la tête. Et une gentille dame est venue faire des analyses sur d'autres parties de ton corps et dit que tu n'as pas été blessée là non plus. J'espère qu'elle ne t'a pas dérangée. Ton visage est toujours très beau. Pas de cicatrice. Des bleus, c'est tout. Et maintenant, on n'attend plus que ton réveil, mon ange. On attend que tu te réveilles et que tu nous racontes ce qui est arrivé.

Elle serra la main de Grace tendrement. La caressa. La retourna et toucha son pouce du bout du doigt.

Ce petit cochon est allé au marché…

Grace avait adoré ce jeu, petite.

Clare essaya de trouver autre chose à dire, mais n'y parvint pas. Une certitude s'imposa cependant à elle avec force. *Chris, j'ai besoin de toi.*

Chapitre 26

L'appartement lui paraissait étrange. Souvent, les lieux où l'on retourne après les avoir quittés un moment nous font ressentir cette perte déstabilisante de familiarité.

Clare alla directement dans sa chambre pour prendre des affaires.

Pendant ce temps-là, Pip passait de pièce en pièce, essayant de se repérer dans l'appartement. Il y avait encore des restes de la fête d'anniversaire de Grace çà et là. Les ballons attachés aux chaises de la terrasse dansaient dans le vent, les cartes étaient disposées sur la table, à côté de ses cadeaux. Pip touchait tous les objets qui lui tombaient sous la main, dans une tentative pour se les réapproprier. Elle entendait sa mère fouiller dans l'armoire de sa chambre, le bruit des cintres se heurtant les uns aux autres.

— Va te changer, Pip, lui lança-t-elle. Et prépare une tenue que je puisse prendre avec nous. Dépêche-toi, s'il te plaît !

La jeune fille entra dans sa chambre. Ici résonnaient les plus forts échos des heures passées avant l'agression. Les vêtements que Grace avait portés à la fête d'anniversaire, puis jetés au sol quand elle avait choisi de mettre ses nouveaux habits pour la soirée. Son maquillage empilé sur le tapis. L'emballage du cadeau que Dylan lui avait offert. Celui qu'elle avait dissimulé ici, refusant de l'ouvrir devant les autres. Pip fouilla dans la chambre, espérant le trouver, se demandant si cela pouvait être un indice expliquant ce qui était arrivé ensuite. Mais il n'y avait rien, sauf un petit carton où il avait écrit :

13!
Bisouxxx

Comme si treize ans, c'était un âge très avancé. Comme si avoir treize ans voulait dire quoi que ce soit.

Elle alla dans la cuisine jeter un coup d'œil par la fenêtre. Elle découvrit, à moitié étonnée, qu'il y avait des gens dans le parc. Que la vie continuait.

— Pip, dépêche !

Elle voyait Catkin qui lisait. Pendant un moment, elle eut la tentation de se ruer vers elle et de lui crier : « Comment est-ce que tu peux rester là à lire un livre alors que ma sœur est dans le coma et que c'est certainement à cause de ton taré de père ? »

Elle détourna le regard pour le diriger sur le bâtiment tout en haut de la colline, plissant les paupières pour voir si Rhea était assise sur son balcon. Non, aucun signe d'elle. Puis elle leva les yeux vers les minuscules ouvertures de l'appartement au dernier étage de la maison des Howes. Est-ce que Dylan était là ? Est-ce qu'il avait demandé à ne pas aller en cours aujourd'hui parce que sa « copine » était dans le coma ? Ou est-ce qu'il était en train de déconner avec ses copains bourges comme si aujourd'hui était un jour comme les autres ? Est-ce qu'il s'en fichait complètement ?

Son regard dévia vers le bâtiment où vivait Tyler. Tyler, avec ses bras écorchés et sa tête de petite terreur. Que savait-elle de Leo et de Grace ?

— Pip, ma chérie, s'il te plaît, on doit retourner à l'hôpital. Ta sœur peut se réveiller d'une minute à l'autre!

Pip allait rejoindre sa mère dans le couloir quand elle aperçut un éclair de cheveux roux, le mouvement de jambes blanchâtres, l'arc évanescent d'un ballon dans lequel on venait de taper.

Max.

Elle courut dans le parc, le rattrapant à l'entrée du jardin secret, là où son ballon s'était arrêté. Il la vit et s'éloigna immédiatement d'elle.

— Max! l'apostropha-t-elle d'une voix tranchante, car, dans ce nouveau monde sens dessus dessous, elle pouvait se permettre de se montrer brutale.

Il fit mine de ne pas l'entendre.

— Max, réitéra-t-elle, plus fort.

Elle le rattrapa et le prit par le bras. Il se libéra et lui lança un regard noir.

— Quoi?

— Tu sais très bien quoi.

— Je sais rien du tout.

— Si. Quand je t'ai croisé sur la colline samedi soir, tu avais vu quelque chose. C'est sûr. C'était quoi?

— Rien. J'ai rien vu. Que ta sœur, comme ça.

— Alors pourquoi est-ce que t'es pas allé appeler à l'aide? Pourquoi est-ce que t'as rien fait?

— C'est ce que j'allais faire. Et puis t'es arrivée.

Pip le regarda avec un air perçant.

— T'as vu Leo?

— Hein?

— Leo. Le père des filles. Tu l'as vu?

Il la regarda, sans comprendre.

— Non, nan.

Les épaules de Pip s'affaissèrent. Elle le croyait.

— Raconte-moi tout ce que tu as vu. Ma sœur est dans le coma. Pour de vrai. Quelqu'un l'a droguée. C'est très sérieux. Et tu l'as trouvée. Donc tu es un témoin, Max. La police va te parler. Autant que tu me racontes aussi.

Elle le vit se replier sur lui-même, son torse fin prenant une forme concave. Il était en train de perdre sa détermination à ne pas parler.

— J'ai rien vu. Mais j'ai entendu des choses, reprit-il après un soupir.

— Quel genre de choses ?

— Une dispute. Une engueulade.

— C'étaient les voix de qui ?

— Je sais pas. D'enfants.

— Qu'est-ce qu'ils disaient ?

— Je sais pas. J'écoutais pas. J'allais juste chercher ma balle.

Il baissa les yeux vers le ballon dans ses mains, le faisant tourner avec un sourire triste entre ses paumes, comme s'il lui rappelait des temps meilleurs.

— Combien de voix ?

— Quelques-unes. Beaucoup.

— Des garçons ? Des filles ?

— Les deux. Je ne sais pas. Et aussi d'autres bruits, des gens qui marchaient, qui couraient.

— Est-ce que… ? Quand tu as vu Grace, est-ce qu'elle était habillée ?

Le visage rond de Max rougit immédiatement. Il ne quittait pas des yeux son ballon.

— Plus ou moins.

— Quoi ? Qu'est-ce que ça veut dire ?

— Elle était un peu habillée, un peu déshabillée, expliqua-t-il en lui lançant un regard atterré. J'ai essayé de lui parler. Mais elle répondait pas. J'allais chercher de l'aide quand je t'ai croisée. J'allais le dire aux gens. Je te jure.

— À ton avis, c'était qui ? s'enquit-elle d'une voix douce. Qui se disputait dans la roseraie ?

— Je sais pas, je te jure. Je me souviens de rien d'autre.

— D'accord, reprit-elle en lui tapotant l'épaule. Merci, Max.

— J'espère qu'elle va bien, dit-il, gêné.

— Oui. Moi aussi.

— Leo, murmura Adele d'une voix pressante au téléphone. Il faut que tu rentres à la maison.

— Hein ? Pourquoi ?

— Il s'est passé quelque chose. La police est revenue, ils ont eu les résultats de l'examen sanguin de Grace. Elle a fait une overdose.

— Quoi ?

— Je sais. Mais écoute : ils m'ont dit que c'était dû à des somnifères, donc, au début, j'ai dit qu'on n'avait pas de ça ici, ce qui est vrai. Mais après, Gordon est arrivé et a commencé à parler de son pied, et soudain je me suis dit : « Merde, bien sûr qu'il a des somnifères. » Je lui ai demandé plus tard s'il voulait bien m'en donner un, il est allé les chercher, et ils avaient disparu.

— Pardon ? Comment ça ?

— Les somnifères de Gordon ! répéta-t-elle d'une voix irritée. Il lui restait la moitié d'une boîte et maintenant il n'en reste plus que deux.

— Adele, excuse-moi, mais je ne comprends pas ce que tu veux dire.

— Je te dis que quelqu'un a drogué Grace samedi soir avec des somnifères, et que presque tous ceux de Gordon ont disparu. Il faut que tu rentres. Maintenant. Il faut qu'on en parle aux filles avant que la police n'arrive.

— Quoi ? Tu penses que l'une des filles est à l'origine de cette overdose ?

— Non !

— Quoi, alors ?

— Je ne sais pas, Leo. Mais la police sera là dans quelques heures, ils poseront des questions, et il faut absolument qu'on parle aux filles avant. Donc il faut que tu rentres !

— Je ne peux pas, Adele. Je vais commencer une réunion qu'on attend depuis mai, là.

— OK, alors rentre après. S'il te plaît, Leo.

— Oui. Je pars dès que possible. D'ici là, va parler aux voisins. On ne sait jamais, peut-être qu'eux aussi ont des somnifères à la maison.

Adele attendit jusqu'à ce qu'elle entende le bruit de la grille du parc qui claquait et courut jusqu'à la fenêtre de sa chambre pour vérifier que c'était bien l'agent Michaelides qui partait. Elle le vit s'arrêter un moment sur le trottoir, jeter un coup d'œil à son carnet, puis tourner à droite. Sans doute vers chez Cece. Il n'avait aucune chance de la trouver chez elle.

— Willow, appela-t-elle en frappant doucement à la porte de la chambre de sa fille. Je sors une minute. Catkin est au parc, Fern et Papou sont dans la cuisine. Je n'en ai pas pour longtemps.

Willow leva la tête de son livre en souriant.

— C'est de la merde, ce livre ! s'exclama-t-elle avec son ton enjoué habituel. Il faut vraiment que je le lise ?

Adele soupira. C'était *Les Quatre Filles du docteur March*.

— Tu es sérieuse ?

— Oui. Absolument. Je ne comprends toujours pas pourquoi ce n'est pas Jacqueline Wilson à sa place dans le programme. C'est totalement ridicule.

Elle jeta le roman à côté d'elle sur le lit, croisa les bras et souffla.

— Tu sais quoi, lis ce que tu veux. Demande à Fern de te choisir quelque chose. Je dois sortir maintenant. À tout à l'heure.

À l'interphone, la voix de Fiona Maxwell-Reid lui parut fatiguée et incertaine.

— C'est Adele, de l'appartement du bas. Ça te dérange si je monte une minute ?

Elle entendit Fiona soupirer.

— Non, bien sûr, viens.

Adele était à bout de souffle en arrivant au dernier étage. Fiona avait laissé la porte ouverte, et Adele la voyait s'activer dans le coin-cuisine.

— Entre. Désolée du bazar.

Fiona était une grande bourgeoise sans le sou. Le père de Robbie lui avait laissé l'appartement, mais aucun revenu. Sa mère lui avait légué une maison éloignée de tout, dans le Cumbria, qu'elle louait à des randonneurs. Elle travaillait à temps partiel à la station essence de Finchley Road pour payer ses factures, et donnait parfois des cours de flûte. Les frais de scolarité de Dylan étaient en partie pris en charge par une bourse, le reste revenant au père de Fiona, qui n'y consentait que parce qu'il ne jurait que par l'enseignement privé, et que cela l'aidait à accepter l'idée qu'il avait un petit-fils métis.

Adele suivit Fiona dans son minuscule salon, avec son plafond en soupente oppressant et des piles de boîtes, de vêtements, de vieux journaux, pour découvrir avec surprise que Dylan s'y trouvait aussi.

— Ah, Dylan. Tu ne vas pas en cours, aujourd'hui ?

Il secoua la tête, et Adele remarqua qu'il avait pleuré. Fiona regarda son fils, puis Adele, avec un air désabusé.

— Tu as vu Grace ? demanda-t-il d'une voix rauque.

— Non, mon chat. Je n'arrive pas à joindre Clare et je ne voudrais pas y aller et les déranger.

Il hocha la tête, puis se frotta le bout du nez.

— Je me sens tellement mal, reprit-il en fixant Adele de ses yeux verts brillants. J'aurais dû rester avec elle.

— Qu'est-ce qu'il s'est passé, au juste ? demanda-t-elle en essayant de trouver un endroit où s'asseoir.

Fiona enleva des papiers d'une chaise, et Adele s'installa.

— Je ne sais pas. On était en haut de la colline tous ensemble, on discutait. Puis Tyler et Fern sont allées vers l'aire de jeux, et il ne restait plus que Grace, Robbie et Catkin, mais Robbie voulait rentrer, donc je l'ai raccompagné à l'appartement puis, quand je suis ressorti, tout le monde était aux jeux, sauf Grace, et comme sa mère n'était plus chez vous j'ai pensé qu'elles étaient rentrées. Je lui ai écrit « bonne nuit », elle n'a pas répondu donc je me suis dit qu'elle dormait sans doute déjà. Je lui ai écrit que je l'aimais, poursuivit-il en rougissant, et à ce moment-là Pip est sortie pour la chercher et...

De nouvelles larmes jaillirent de ses yeux, qu'il cacha avec la paume de ses mains. Fiona leva les yeux au ciel et tendit à son fils un mouchoir.

— Je vois, commenta Adele en essayant d'assembler les pièces du puzzle. Quand tu es rentré avec Robbie, tu as laissé Grace seule au sommet de la colline ?

— Non, elle était avec Catkin.

— Et quand tu es redescendu, Grace n'était plus là, et Catkin était aux jeux ?

Dylan acquiesça, renifla et se frotta à nouveau les yeux.

— Alors..., reprit-elle en pressant le bout de ses doigts sur ses tempes. Tu es parti combien de temps avec Robbie ?

Il haussa les épaules.

— Je ne sais pas vraiment.

— Tu l'as raccompagné à 21 h 15, indiqua sa mère. Je dirais que tu es resté ici une petite demi-heure avant de ressortir.

Adele se retourna vers Dylan pour qu'il confirme.

— Oui, c'est sans doute ça, dit-il en hochant la tête.

— Est-ce que tu es retourné en haut de la colline pour chercher Grace ?

— Non. J'ai vu que tout le monde était aux jeux, je suis allé là directement. J'ai demandé où elle était, mais personne ne le savait. Ensuite, j'ai vu Leo sur votre terrasse et je lui ai demandé s'il l'avait vue, il m'a dit qu'elle m'avait attendue à la grille du parc, mais qu'elle avait dû se lasser et rentrer.

Fiona lança un regard interrogateur à Adele.

— Ils t'ont dit, pour l'overdose ? demanda-t-elle, ses bras tachetés croisés sur son ventre imposant.

Adele acquiesça.

— Et l'alcool ?

Elle réitéra son geste.

— C'était juste du champagne ! s'écria Dylan d'une voix plaintive. C'était mon cadeau. Ça, et une bague.

Les sourcils d'Adele se haussèrent sous l'effet de la surprise.

— Où est-ce que tu as trouvé ce champagne, Dylan ?

— Je peux pas te dire.

Sa tête était baissée au point qu'elle touchait presque ses genoux.

— Tu l'as dit à la police ?

Il hocha la tête. Fiona le regarda avec les lèvres pincées.

— Tu ferais mieux de lui dire, Dylan. Ce n'est pas comme si ça allait changer quoi que ce soit maintenant.

Il leva ses yeux humides vers Adele.

— J'ai donné cinq livres à Tyler pour qu'elle me le prenne.

— Le prenne ?

— Oui. Qu'elle le vole.

— Oh mon Dieu, souffla Adele en s'enfonçant dans sa chaise.

— Je sais. J'ai voulu l'acheter moi-même, mais tout le monde me demandait ma carte d'identité. J'ai demandé à des gens plus grands, au collège, mais ils voulaient pas. Tyler m'a dit : « File-moi cinq balles et je m'en occupe. »

Il haussa les épaules.

— Je savais pas qu'elle allait le voler.

Adele se redressa.

— Bon. Tu as donné le champagne à Grace pour son anniversaire. Quand est-ce que vous l'avez bu ?

— On avait laissé la bouteille chez Tyler. Elle m'avait dit qu'elle pouvait la mettre au frais parce que sa mère était sortie et ne s'en rendrait pas compte. Le plan, c'était qu'elle me la descende quand il ferait noir, et qu'on puisse la boire tous ensemble sur la colline.

— Ah, soupira Adele en commençant à comprendre. C'est là que vous alliez, tous les deux. Je vous ai vus sortir du parc à un moment.

— C'était censé être un beau cadeau. Tu vois. C'est pas comme si Grace était le genre de fille à se bourrer la gueule. Elle est pas comme ça. Et je me disais, elle a treize ans, ce serait cool de faire un truc de grands. Mais à la place il s'est passé quelque chose d'horrible, et maintenant Tyler est dans la merde et Grace dans le coma, et je regrette tellement d'avoir fait ça. J'aurais dû lui offrir des chocolats.

Il se remit à pleurer. Sa mère lui tendit un autre mouchoir.

— Du champagne, commenta-t-elle d'une voix sèche. À treize ans. C'est n'importe quoi.

— C'était censé être romantique, maman ! s'écria-t-il. Mais ça, bien sûr, tu peux pas le comprendre.

Fiona soupira en levant les yeux au ciel.

— Qui en a bu ?

— Moi, Tyler, Grace et Catkin. Fern a goûté dans le verre de Grace, mais elle n'a pas aimé. Willow n'en voulait pas. Et Robbie non plus, bien sûr.

— Donc vous avez bu quoi, un verre et demi chacun ?

Il acquiesça.

— Tyler un peu plus, je pense, parce qu'elle a bu son premier verre plus vite que nous.

Adele soupira. Même pour des enfants si jeunes, ça ne faisait pas beaucoup. Pas de quoi faire un esclandre. C'était même plutôt mignon. Elle pensa à autre chose.

— Le champagne, vous l'avez bu dans quoi ?

— Des gobelets en plastique. Jetables.

— Ils venaient d'où ?

— C'est Catkin qui les a apportés. Donc de chez vous.

— Et qui a servi le champagne ?

— Moi.

Adele hocha la tête. Elle n'avait plus de questions. Le champagne, si malvenu qu'il soit, n'était a priori pas lié aux somnifères.

— Dylan, tu sais que si peu d'alcool ne peut pas avoir fait de mal à Grace ?

— Le policier a dit qu'elle était dans le coma à cause de l'alcool et de médicaments.

— Oui, c'est ce que les analyses ont montré. Mais il faut boire beaucoup plus de champagne que ça pour faire un coma, Dylan. Ne sois pas trop dur avec toi-même. C'était romantique, tu as raison. Malavisé, oui, mais romantique. J'aurais bien aimé avoir un petit ami comme toi quand j'avais treize ans.

— Non, la contredit-il, les yeux soudain sombres. Tu n'aurais pas voulu, crois-moi, *vraiment pas.*

Chapitre 27

Jo Mackie revint à l'hôpital trois heures plus tard. Elle invita Clare à la suivre dans la pièce où elles avaient discuté plus tôt, disposa des documents devant elle sur la table, puis plongea son regard dans celui de Clare. Qui sut immédiatement qu'il y avait quelque chose dans les prélèvements. C'était écrit dans la douceur forcée de l'expression de Jo Mackie.

— Comment ça s'est passé, avec Grace ? demanda Jo en déplaçant une feuille, cherchant une note en particulier.

Clare faisait courir ses doigts sur les parois du gobelet en carton qui contenait son café.

— Elle avait meilleure mine que ce à quoi je m'attendais. La dernière fois que je l'avais vue, elle était couverte de sang, et je pensais qu'elle avait un traumatisme crânien. Alors c'était plutôt un soulagement.

— Bien, commenta Jo Mackie avec un air de compassion terrifiant. On a eu les résultats des analyses très rapidement et, comme je m'en doutais, nous n'avons rien trouvé d'inhabituel dans les prélèvements vaginaux et rectaux.

Clare était assise au bord de sa chaise, consciente qu'elle venait d'entendre la bonne nouvelle et que la mauvaise allait suivre.

— Rien au niveau de la poitrine non plus. Mais…

Clare avala sa salive difficilement.

— Nous avons trouvé des traces de sperme.

L'estomac de Clare se retourna.

— Dans sa bouche.

Elle lâcha les bords de la chaise pour plaquer ses mains sur sa bouche.

— D'une seule source.

Clare gémit. Était-ce sa faute ? se demanda-t-elle. Parce qu'elle avait offert à sa fille ce minishort, ce débardeur décolleté ?

— Mais il n'y a pas de trace d'agression autour de sa bouche non plus. Pas d'hématome, pas de plaie.

— Mais... son nez ? La bosse ?

Jo Mackie hocha la tête, comme si c'était aussi une option qu'elle avait explorée avant de l'abandonner.

— Non, sa blessure au nez semble plutôt être le résultat d'une chute violente.

— Vous me dites que la personne qui l'a agressée l'a fait quand elle était inconsciente, c'est ça ?

— Eh bien, pas tout à fait, non. En réalité, Clare, il existe encore la possibilité qu'elle n'ait pas été agressée.

Clare se recula sur son siège, regardant Jo Mackie avec dégoût.

— Pardon ?

— Et ce n'est pas ce que je dis, pas du tout. Mais, pour l'instant, il n'y a pas de certitude. Pour la police scientifique, en tout cas. Est-ce que Grace a un petit ami ?

— Elle a douze ans ! s'écria Clare sans réfléchir.

Jo Mackie lui lança un regard confus.

— Je pensais qu'elle en avait treize, non ?

— Pardon, oui. C'est récent. C'était son anniversaire samedi.

— Clare, écoutez. Je suis mère, moi aussi. J'ai des enfants de huit et cinq ans. Je ne peux pas imaginer qu'ils grandissent. Je ne peux pas imaginer un monde dans lequel mes enfants se seraient détachés de moi, auraient des secrets et feraient des choses réservées aux adultes. Mais Grace avait bu ce soir-là. Elle était avec ses amis, d'autres adolescents. On ne peut pas écarter la possibilité que ce qui est arrivé à Grace soit le résultat d'une relation consentie.

— Mais on l'a *droguée* ! Pourquoi est-ce qu'on aurait fait ça, si elle s'offrait sur un plateau ?

— Ça, je ne sais pas Clare. Je ne peux que vous parler des éléments tangibles que j'ai analysés. Une enfant sans trace physique d'agression, mis à part un nez cassé, ce qui a pu arriver à un autre moment et n'est pas forcément lié.

— Mais les somnifères ? Hein ?

Jo Mackie soupira et se recula sur sa chaise.

— Jusqu'à ce que Grace se réveille, la police va continuer son enquête. Quand ils auront découvert la provenance de ces médicaments et la façon dont elle les a ingérés, ils pourront considérer la possibilité d'une agression. Pour le moment, Clare, il vaudrait peut-être mieux que vous rentriez chez vous pour discuter avec les amis de votre fille. Découvrir ce que vous savez vraiment d'elle.

— Rhea, c'est Adele, annonça-t-elle dans l'interphone. Ça vous dérange si je monte un instant ?

Elle était aussi passée chez Cecelia, mais personne n'avait répondu, comme elle s'y attendait.

— Non, bien sûr. Je t'ouvre.

Rhea l'attendait à la porte de son appartement, vêtue d'un long caftan, son chat fixant la visiteuse avec un air menaçant depuis le couloir.

— Entre, entre. Thé ? Café ?

Elle revint un instant plus tard dans le salon avec un sachet de ses soufflés au fromage préférés et une grande bouteille de Coca.

— Ce n'est pas la peine d'ouvrir le paquet pour moi, Rhea, je n'ai pas très faim.

— Non, j'imagine, répondit tristement Rhea en reposant le sachet. Moi non plus.

— La police vous a parlé ?

— Oui, répondit-elle d'une voix pensive en s'asseyant à côté d'elle et en lissant le tissu de sa tunique. Un jeune Grec, très agréable. Il vient de partir.

— Il a dit où il allait ensuite ?

— Oui, chez Cece, encore. Je lui ai dit qu'il ne la trouverait pas. Qu'elle travaillait à temps plein. Mais… il s'en rendra bien compte, conclut-elle en haussant les épaules.

Elle commença à ouvrir le bouchon de la bouteille. Adele sourit et la lui prit des mains. Elle leur servit un verre chacune, mais ne toucha pas au sien. Elle n'avait pas bu de Coca depuis ses dix-sept ans, depuis qu'on lui avait montré un tour où on laissait une pièce dans un verre pendant une nuit et qu'elle se désintégrait.

— Qu'est-ce qu'ils vous ont dit ?

— Ils m'ont dit pour l'overdose. Mon Dieu. Je pensais qu'elle avait perdu connaissance en tombant. Je n'aurais jamais imaginé… Mon Dieu.

— Autre chose ?

— Non, il n'était pas vraiment là pour me donner des informations, plutôt pour poser des questions. Adele…, reprit-elle en lui prenant la main, je dois être honnête avec toi. J'ai vu quelque chose samedi soir. Et vraiment, ce n'était rien. Mais le gentil policier semblait trouver ça important. Il m'a posé beaucoup de questions. *Beaucoup*.

Adele ne disait rien, attendant que Rhea poursuive son récit.

— Vers 21 h 15, j'étais au balcon et j'ai vu Leo qui promenait votre chien, comme tous les soirs. Vers la roseraie. Il y est entré, ce que j'ai remarqué parce que le chien n'en avait pas envie, de toute évidence. Il tirait sur sa laisse. Leo a été obligé de le forcer.

Adele hocha la tête, les mains jointes sur ses genoux.

— J'ai raconté au policier que Leo et le chien étaient restés dans la roseraie environ cinq minutes, mais je ne suis pas sûre. En tout cas, ça a certainement duré plus qu'une minute. Puis il est sorti et a descendu la colline, vers chez vous. J'avais un peu froid, alors je suis rentrée dans mon salon.

Adele hocha à nouveau la tête pour l'encourager à continuer.

— C'est tout.

Adele plissa les yeux.

— Et le policier trouvait ça intéressant ?

— Oui. Très. Il voulait le détail de tous les horaires.

— Vous savez pourquoi ?

— Non, mis à part que la jeune fille a été retrouvée juste à côté de la roseraie quarante minutes plus tard. J'imagine qu'ils veulent connaître les faits et gestes de tout le monde.

— Quand Leo était dans la roseraie, où étaient les enfants ? Vous pouviez les voir ?

— Quels enfants ?

— À cette heure-là, Grace et Catkin, j'imagine.

— Oui, murmura Rhea, dont le visage s'éclaira. Elles étaient dans la roseraie, oui. Je les ai vues y aller, quand le garçon et son frère sont partis.

— Dylan et Robbie ?

— Exactement.

Adele se tourna vers le balcon.

— Je peux jeter un coup d'œil… ?

— Bien sûr, vas-y.

Adele s'avança dehors et observa le parc. D'ici, elle pouvait voir la partie la plus éloignée de la roseraie, là où se trouvait le portillon en bois, mais pas la partie la plus proche, avec les bancs.

— Vous les voyiez, les filles ? demanda-t-elle à Rhea, qui s'était approchée.

— Non, pas d'ici. Et en plus, il commençait à faire sombre, presque nuit.

Adele promena son regard sur le parc.

— Grace et Catkin étaient dans la roseraie, puis Leo y est entré avec Scout, et il est sorti. Les filles y étaient encore ?

— Je ne les ai pas vues sortir, Adele. Ensuite, je suis rentrée à l'intérieur.

Adele fronça les sourcils.

— Je ne vois pas pourquoi ça l'intéressait tant que ça. Enfin, si Catkin était là, rien de mal n'a pu se passer, n'est-ce pas ?

— Ça m'a aussi surprise. Tu sais, Adele, j'ai aussi parlé au policier de quelque chose d'autre. De Phoebe. Et de Gordon. Et je lui ai aussi dit que j'avais vu Gordon dans le parc, ce soir-là. Après le concert. Il se promenait, avec son nouveau pied. À un moment, il m'a vue, et m'a dit : « Comment va votre charmante fille ? » Et j'ai répondu : « Elle a cinquante-six ans et un petit-fils ». « Et moi, j'ai sept petits-enfants et un seul pied, mais quel est le rapport ? » il a répondu.

Rhea leva les yeux au ciel théâtralement.

— Je sais que tu dis qu'il a changé, Adele, mais je n'ai pas l'impression, moi. Enfin, voilà, tu es au courant. Le policier n'avait pas l'air trop intéressé par Gordon. Ni par Phoebe, d'ailleurs. Mais Leo, par contre…, reprit-elle avec des yeux humides, ça, ça l'intéressait beaucoup. Et, bien sûr l'idée, la possibilité que ton adorable mari soit lié d'une façon ou d'une autre à ce qui…

Elle secoua la tête.

— C'est ridicule. Mais je voulais te le dire. Pour que tu ne sois pas surprise.

— Merci, Rhea. C'est gentil.

Adele entra dans le parc par les grilles de Virginia Terrace. Elle baissa ses lunettes de soleil sur son nez et se déplaça rapidement, discrètement, pour éviter toute conversation avec d'éventuels voisins fouineurs. Elle aperçut Catkin, étendue sur la pelouse devant leur appartement, avec un livre et le chien. Elle irait lui parler plus tard. Avant ça, elle gravit la colline jusqu'au sommet. Elle s'assit un moment sur l'un des bancs où Grace, Dylan et ses filles avaient passé une partie de la soirée samedi. D'ici, on voyait la pente de la colline, vers chez elle, et l'aire de jeux. Face à elle se trouvait l'entrée de la roseraie. Derrière, il y avait un mur qui séparait le parc des arrière-boutiques des magasins de la rue principale. Il était haut de trois mètres, surmonté de barbelés rouillés, et surveillé par deux caméras. Personne ne l'avait jamais escaladé.

Elle se leva et marcha jusqu'à la roseraie. Elle passa à l'endroit où l'on avait retrouvé Grace, juste à côté du portillon. Un frisson lui parcourut l'échine quand elle entra dans le jardin.

La roseraie avait toujours été sa partie préférée du parc. C'était un peu cliché, mais elle la considérait comme une oasis dans l'oasis. Avant qu'elle n'ait ses enfants, elle venait s'y installer avec des romans, des dissertations à rédiger, du vernis à ongles ou des journaux, ou parfois elle s'asseyait sur le banc avec Leo et l'embrassait longuement, à l'abri des regards de ses parents et de ses frères. Elle avait allaité Catkin ici, au début, puis avait arrêté quand sa fille était devenue plus grande et plus bruyante, afin de ne pas perturber la paix de cet espace dont profitaient aussi les voisins.

Là, elle était seule. Les hautes haies étouffaient les autres bruits du parc et bouchaient la majeure partie de la vue. Elle leva les yeux vers le ciel bleu sans nuages, regardant un avion tracer lentement une traînée blanche vaporeuse d'un bout à l'autre de l'horizon. Elle baissa la tête jusqu'au balcon de Rhea, puis jusqu'aux bancs au bout de la roseraie. Celui de Phoebe était à droite. Celui de gauche honorait la mémoire d'un chien, Sparrow, qui était mort en 1987. Entre les deux bancs se trouvait une poubelle. Adele la fixa un bon moment, comprenant petit à petit le potentiel de cette découverte.

Elle se pencha au-dessus de la poubelle et analysa son contenu. Une bouteille vide, non pas de champagne (Dylan s'était bien fait avoir), mais d'un mauvais cava bon marché. Une pile de cinq gobelets en plastique qui venaient effectivement de chez eux. Une canette de Coca, qu'elle attrapa et renifla. Aucune odeur suspecte. Quelques papiers de gâteaux froissés qui venaient probablement du buffet de la fête. Des couches pour bébé dans des sacs jaune pâle. Des pages du *Times* de samedi, lues puis jetées. Elle s'enfonçait de plus en plus dans la poubelle, parcourant les déchets de cette journée, sans savoir ce qu'elle cherchait.

Elle sortit les gobelets, examina le fond, à la recherche de restes de pilules écrasées. Car cela devait être la façon dont les médicaments avaient été administrés à Grace. Elle n'aurait pas pu les avaler en entier sans s'en rendre compte. Mais il n'y avait rien. Soudain, un bruit dans les fourrés la fit sursauter et elle vit un chat tricolore bondir sur le banc en la fixant froidement. Elle l'observa un moment, puis se tourna vers l'endroit d'où il avait surgi. Il y avait une sorte de tunnel dans la haie, un passage en bas, là où la terre sèche avait été creusée par des chats et des renards, sans doute. C'était un trou assez gros, suffisamment pour que quelqu'un s'y faufile. S'il le fallait.

Elle secoua la tête. Pourquoi pensait-elle de cette façon ? Puis elle caressa la tête du chat en regardant la plaque à la mémoire de Phoebe, ses pensées se fixant un moment sur les sous-entendus de Gordon concernant l'implication de Leo dans sa mort, et son souffle s'arrêta, gelé, au fond d'elle.

Dès qu'elles étaient revenues à l'hôpital après leur visite rapide à la maison, Clare avait branché son téléphone. Elle l'alluma. Elle avait reçu une avalanche d'appels, de textos, de messages sur son répondeur. Elle les traiterait plus tard. Elle avait quelque chose à faire en priorité.

Elle ouvrit son répertoire et s'arrêta sur un numéro qu'elle avait entré quelques semaines plus tôt. Pendant un moment, elle resta le doigt suspendu au-dessus de l'icône d'appel. Ce qu'elle s'apprêtait à faire était irréversible. Et inévitable, elle en était désormais convaincue. Elle se concentra sur le souvenir des chaussettes en laine taille 44 et appuya.

— Allô ? répondit une petite voix à l'accent londonien.

— Roxy ?

— C'est moi.

— Bonjour. Je suis Clare Wild. Nous ne nous sommes jamais rencontrées, mais je crois que vous connaissez mon mari, Chris.

Un silence interloqué.

— Oui.

— Il vit chez vous en ce moment.

— Euh… oui, enfin, vous savez, sur le canapé, c'est…

— Je ne vous appelle pas pour vous reprocher quoi que ce soit. Il avait besoin d'un lieu où atterrir et je vous suis reconnaissante. Mais il y a… une urgence. La fille de Chris… notre fille est à l'hôpital. C'est très sérieux. Et j'ai besoin que vous me disiez franchement, tout à fait honnêtement, comment il va.

— Bien.

— J'ai besoin de plus que ça, insista-t-elle d'une voix plus forte, frustrée que Roxy recoure immédiatement à ce langage évasif, inadapté, qui lui rappelait celui de ses filles. C'est extrêmement important. Vraiment. Avant que Chris puisse revenir dans nos vies, il faut que je sois sûre. Est-ce qu'il va bien ? Est-ce qu'il est capable de se tenir au chevet de sa fille à l'hôpital ?

Elle entendit Roxy inspirer profondément au bout de la ligne, comme si elle se redressait, et changer de ton.

— Il prend ses médicaments. Tous les jours. Il va à tous ses rendez-vous de suivi. Et il voit un psy.

— Pourquoi ?

— Pour gérer le stress post-traumatique. Pour travailler sur ce qu'il a fait. À vous, aux filles, reprit-elle après une pause. Il nous fait à dîner tous les soirs. Il repasse mes vêtements. Il s'occupe de mes plantes. De moi.

Clare fut particulièrement énervée par cette dernière remarque. Une jalousie puissante monta en elle, qu'elle n'essaya pas de réprimer.

— Et, depuis quelques semaines, il commence à parler d'un autre documentaire. Je vous jure que si on ne connaît pas son histoire, si on ne sait pas ce qu'il s'est passé l'année dernière, on peut penser que c'est l'homme le plus normal et sain d'esprit de la Terre. C'est un nounours.

Clare se représenta Chris en nounours géant, en chaussettes en laine. Et, ce faisant, elle sentit les stigmates qui écorchaient sa conscience depuis si longtemps, le souvenir de l'homme aux yeux fous en combinaison de plongée, commencer à s'estomper.

— Où est-il, maintenant ?

— À la maison, sans doute.

— Vous n'êtes pas avec lui ?

— Non, je suis au travail.

— Vous avez un téléphone fixe ?

— Oui.

— Est-ce que vous pourriez me donner votre numéro, que je l'appelle ?

— Oui, bien sûr.

Clare nota le numéro au dos de sa main.

— Et votre fille, qu'est-ce qu'il lui arrive, si je peux vous le demander ?

— Elle a…

Clare avait du mal à trouver ses mots.

— Il y a eu… un accident. On n'est pas encore sûrs de ce qui est arrivé. Elle est dans le coma.

Elle entendit Roxy inspirer profondément.

— Oh, mon Dieu, je suis tellement désolée.

— Moi aussi.

Elle composa immédiatement le numéro de l'appartement de Roxy, sans se laisser le temps d'y penser ou de trouver une raison de ne pas le faire. Elle avait décidé d'agir en fonction de la douleur qu'elle ressentait, du besoin d'entendre la voix de son mari, de l'amener au chevet de leur fille inconsciente.

— Allô ?

Oh, enfin. Ce grognement de baryton. Cette voix qui disait : « Je suis là, tout ira bien. »

— Chris.

— Clare ?

— Oui. C'est moi.

— Vraiment ?

Elle se mit à rire.

— Oui, moi. Clare Wild.

— Clare Wild ? Mon Dieu. Clare Wild. Bonjour !

— Chris, se ressaisit-elle, prononçant ce prénom d'une voix rauque, avec délices. Chris, c'est Grace. Elle est à l'hôpital. Au Royal Free Hospital. Il faut que tu viennes. Le plus vite possible.

Chapitre 28

Dès qu'elle entra dans la salle d'attente, en revenant des toilettes, Pip sut que quelque chose s'était produit. Sa mère avait l'air particulièrement sur les nerfs, comme si elle avait bu trop de café, ou comme si quelqu'un lui avait raconté la blague la plus drôle de sa vie et qu'elle venait de s'arrêter de rire.

— J'ai quelque chose à te dire, commença-t-elle. Assieds-toi.

Pip pâlit. Elle se laissa tomber de tout son poids sur une chaise.

Grace est morte.

— C'est au sujet de ton père.

Papa est mort.

— Il arrive. Ici. À l'hôpital.

Pip eut un mouvement de recul.

— Quoi ?

— Il est en route, il sera là dans quelques minutes.

Elle sentit une chaleur monter en elle. Une délicieuse sensation de joie.

— Mais, comment c'est possible ? La clinique lui a donné une permission spéciale ?

Elle vit un voile de doute passer devant les yeux de sa mère.

— Oui, ils ont dit qu'il pouvait venir. Pour voir Grace. Et restez autant de temps qu'il le faudra. Et si on a besoin de lui, il est possible qu'il n'y retourne pas.

Pip laissa échapper un petit éclat de rire.

— C'est pas vrai ! Maman, on va revoir papa !

Puis elle sentit son ventre se contracter et baissa les bras.

— Il va bien ? Enfin, mieux ?

— J'ai discuté avec la personne qui s'occupe de lui et elle m'a dit que oui, il allait beaucoup, beaucoup mieux.

Pip fixa sa mère, les yeux écarquillés au-dessus des mains qu'elle avait plaquées sur sa bouche. Pour la première fois depuis huit mois, elle allait enfin pouvoir serrer son papa dans ses bras.

Adele s'assit à côté de Catkin sur la pelouse, l'observa un moment, puis écarta doucement ses longs cheveux emmêlés pour dégager ses épaules. Quand elle était petite, Catkin refusait qu'on les lui coupe et ne laissait pas non plus sa mère les lui peigner. De temps en temps, Adele devait en retirer des morceaux, des nœuds trop denses qui ne pouvaient pas être sauvés. Depuis quelque temps, Catkin avait décidé de les garder, elle disait qu'elle les aimait. Adele avait du mal à s'y faire, mais elle n'avait jamais commenté les décisions de ses filles concernant leur corps ou leurs choix vestimentaires. Si Catkin voulait ressembler à une gosse des rues sauvage, c'était son problème.

— Coucou ma belle.

Catkin leva les yeux de son livre de poche.

— Salut.

— Ça va ?

Catkin haussa les épaules.

— Bof.

— Je comprends, commenta Adele en coinçant quelques petits cheveux fins derrière l'oreille de sa fille. C'est assez choquant, tout ça.

Catkin haussa à nouveau les épaules et délogea les mèches pour qu'elles reprennent leur position antérieure.

— J'ai parlé avec Rhea, annonça Adele, les yeux perdus au loin.

À la périphérie de son champ de vision, elle distingua sa fille qui hochait la tête.

— Elle dit qu'elle t'a vue avec Grace dans la roseraie samedi soir. Quand Dylan était parti ramener Robbie chez eux.

Catkin acquiesça à nouveau.

— Qu'est-ce que vous faisiez ?

— Pas grand-chose. On traînait. On discutait. Papa est venu. Avec le chien.

— Et vous avez parlé de quoi, avec lui ?

— Il a dit à Grace que sa mère avait un peu trop bu. Que Pip était rentrée avec elle. Qu'il faudrait peut-être qu'elle fasse pareil. Mais Grace attendait que Dylan revienne.

— Et à ce moment-là, vous aviez bu ?

Catkin lui lança un regard paniqué.

— C'est bon, Catkin. J'ai parlé à Dylan. Il m'a raconté pour le champagne.

— On n'a rien bu d'autre.

— Et ensuite, qu'est-ce qu'il s'est passé ?

— Grace a dit qu'elle allait attendre Dylan aux grilles du parc. Qu'elle voulait lui dire bonne nuit avant de rentrer.

— Tu n'y es pas allée avec elle ?

— Non, je suis allée aux jeux. Pour voir ce que les autres faisaient. Et elle est allée aux grilles.

— Ensuite ?

Catkin la regardait avec un air interrogateur.

— Pourquoi est-ce que tu me poses toutes ces questions ? Ce n'est pas à la police de faire ça, plutôt ?

— Si. Exactement. Ils reviennent tout à l'heure pour nous parler, et à vous aussi, donc il vaut mieux qu'on sache précisément ce qu'il s'est passé. Parce que…

Elle s'arrêta, résistant à la tentation de jouer encore avec les cheveux de sa fille.

— Apparemment, Grace a fait une overdose. De somnifères. Et c'est pour ça qu'elle est malade. Pas à cause d'une chute.

— Quoi ? s'exclama Catkin en plaquant ses mains sur sa bouche. C'est une blague ?

— Non, pas du tout. Le policier est revenu tout à l'heure et me l'a dit.

— Oh mon Dieu, mais c'est horrible. Qui aurait pu faire une chose pareille ? Enfin, elle n'a pas fait ça toute seule, si ?

— Non, ce n'est pas la piste que privilégie l'enquête. Tu comprends maintenant pourquoi il faut qu'on soit absolument certains de ce qui s'est passé ici avant de parler à la police. N'est-ce pas ?

Catkin hocha la tête et ne dit rien pendant un bon moment.

— Quand Dylan est revenu aux jeux, il avait une bouteille d'eau.

— Et où était Grace, à ce moment-là ?

— Elle était rentrée, je pense.

— C'était quoi, cette bouteille ?

— J'en sais rien. J'ai juste remarqué qu'il avait ça.

— Reprenons depuis le début : toi et Grace étiez dans la roseraie. Papa est venu, vous avez discuté rapidement. Puis Grace est partie attendre Dylan, et toi tu es allée aux jeux. Dylan vous a rejointes, sans Grace, mais avec une bouteille d'eau.

Catkin acquiesça, puis haussa les épaules, faisant jouer sous sa peau fine ses os délicats.

— Et après ?

— Rien, on faisait rien de spécial. Jusqu'à ce que Pip arrive et nous demande si on avait vu sa sœur. Et tu connais la suite…

— Pendant tout ce temps, vous étiez aux jeux, toi, Fern, Tyler et Dylan ?

Elle hocha la tête.

— Personne d'autre ?

— Non.

Adele serra doucement la nuque de sa fille et se releva.

— Merci.

— Maman ?

— Oui ? répondit Adele en se retournant.

— Aussi…

Elle vit le buste osseux de sa fille se soulever et s'abaisser rapidement.

— Il s'était passé quelque chose, avant, articula-t-elle avec difficulté.

— Quoi ?

— Quand on buvait le champagne. On était tous un peu bourrés. Tyler se moquait de Grace. Elle disait que c'était une prude.

— Hein ?

— Elle disait que c'était une allumeuse, mais qu'elle faisait rien après. Que, maintenant qu'elle avait treize ans, il était temps qu'elle arrête de se foutre de la gueule de Dylan et qu'elle lui donne ce qu'il voulait. Elle a dit…

Catkin s'interrompit brusquement.

— C'est tout, en gros. Grace et Dylan étaient super gênés. Et voilà, conclut-elle d'une voix bancale.

— Tu es sûre ?

— Ouais. C'est ce qui s'est passé.

Adele caressa sa nuque à nouveau puis rentra chez eux, en proie à un malaise de plus en plus marqué. Parce que, selon le compte-rendu de Catkin, le seul moment où Grace avait été seule ce soir-là correspondait aux vingt minutes durant lesquelles son mari avait promené le chien.

Lui, enfin. Là, dans l'encadrement de la porte. À contre-jour. Immense. Clare se leva lentement. Il était plus fin que dans ses souvenirs. Et il y avait désormais cette barbe, cette barbe qu'il n'avait jamais eue mais qui semblait avoir toujours fait partie de lui, si bien qu'elle ne pouvait plus l'imaginer sans. Et ces cheveux, ces cheveux en bataille qui tombaient sur ses épaules, devant ses yeux, ces cheveux qu'elle lui demandait sans cesse de couper parce que ça lui donnait l'air d'un fou, eh bien, ces cheveux étaient courts. Une coupe soignée. Il portait une chemise en coton rose pâle, les manches retroussées au-dessus des coudes, avec un jean noir délavé et ses chaussures géantes en daim beige.

Il regarda d'abord Clare, puis sa plus jeune fille, puis son aînée. Pip ne lui laissa pas l'embarras du choix et bondit de sa chaise, se jetant à son cou. Elle était tellement petite, par rapport à lui. Elle avait à nouveau l'air d'une enfant.

Elle avait pu discuter avec Chris. Il savait que la version officielle était qu'il venait de sortir de l'hôpital. On ne parlerait pas du mois qu'il avait passé à quelques kilomètres de leur appartement chez une femme de vingt-six ans. On ne mentionnerait pas ces semaines que Clare avait dédiées à écarter ses filles de leur père alors que le vrai criminel les guettait dans le parc. On ne discuterait pas des erreurs que Clare avait faites et des mauvaises décisions prises. On parlerait uniquement de Grace et de ce qu'ils pouvaient faire pour la réveiller.

— Elle a encore peur de toi, murmura-t-elle à l'oreille de Chris qui s'approchait de Grace, la main tendue vers sa fille. Je ne sais pas comment elle réagira en entendant ta voix. Peut-être qu'il vaut mieux que…

Il lui sourit.

— D'accord, articula-t-il silencieusement.

Il prit la main de Grace. De l'autre, il caressa les contours de son visage blessé. Puis il se retourna à nouveau vers Clare, le visage marqué par la douleur, et dit, sur le ton le plus bas qu'un homme de cette taille pouvait prendre :

— Mais qui a bien pu faire ça ?

— Tu as reçu mes lettres ?

— Oui. Je les ai adorées. Je les ai utilisées pour comprendre où vous viviez. Pour pouvoir vous envoyer les cadeaux d'anniversaire.

— Pourquoi est-ce que tu ne m'as jamais répondu ?

Son père s'arrêta et regarda le plafond comme si la réponse se trouvait là-haut, collée aux tuyaux.

— J'ai essayé. Vraiment. Je t'ai écrit des tas de lettres, mais, chaque fois que je les relisais, elles ne me semblaient pas bonnes. Folles. Tu sais. Je ne voulais pas que tu reçoives une lettre qui t'aurait inquiétée. Alors je les ai toutes déchirées. Jetées à la poubelle. J'ai décidé d'attendre d'aller vraiment mieux pour pouvoir faire ça, plutôt.

Il l'entoura de ses bras et la serra fort.

— Tu es maigre, remarqua-t-elle en se libérant de son étreinte.

— Je sais. C'est à cause des médicaments. Et parce que vous me manquiez trop, surtout.

— Tu as vraiment le droit de sortir, maintenant ?

— Oui, lui sourit-il. Je suis libre.

— Pour toujours ?

— J'espère. Pip, tu as douze ans, tu es une grande fille, maintenant, et tu comprends que je suis malade. Je ne serai jamais guéri. Pas complètement. Et il est possible que j'aille moins bien parfois, et que je doive retourner à la clinique. Mais les médecins ont trouvé un bon traitement, avec des médicaments efficaces, donc si tout se passe bien, je n'aurai plus jamais à vous laisser aussi longtemps, conclut-il en croisant ses grands doigts.

Pip l'observait, fascinée, buvant ses paroles.

— Grace m'a dit qu'elle et moi on ne pouvait jamais prendre de drogue parce que ça pourrait nous donner la schizophrénie paranoïde. Comme toi.

— Elle t'a dit ça ?

— Oui. Et elle a dit que c'était génétique et que peut-être on l'avait déjà mais que si on prenait de la drogue, ça pouvait libérer la maladie chez nous aussi. Et maintenant, on lui a donné de la drogue. Tu penses que… ? Enfin, est-ce que… ?

Son père lui prit les mains et les approcha de son visage barbu pour les embrasser.

— Non, lui murmura-t-il. Ne t'inquiète pas, ma chérie. Ce n'est pas ce genre de drogue.

Pip soupira de soulagement. Puis elle leva les yeux vers le visage de son père, ce visage plus fin, avec cette barbe fournie et ces cheveux courts, et un souvenir lui revint comme un boomerang. Un homme sur Fitzjohn's Avenue, quelques semaines plus tôt. Elle était dans le bus. Lui, sur le trottoir. Leurs regards s'étaient croisés.

— Je t'ai vu, dit-elle d'une voix cassée. À Hampstead. Le mois dernier. J'étais dans le bus.

Il la regarda en lui souriant tendrement.

— Non, c'est impossible. C'était sans doute quelqu'un qui me ressemblait.

Il déposa un baiser sur le haut de son crâne.

— Si ç'avait été moi, je t'aurais fait un signe.

Chapitre 29

Adele et les filles avaient pris un déjeuner simple dans la cuisine. Des sandwichs qu'elles avaient préparés ensemble avec les saucisses froides et le poulet qui restaient du barbecue de samedi. La seule personne qui avait parlé était bien évidemment Willow, qui revenait en permanence sur la future visite de la police, répétant des choses comme : « Bon, il faut qu'on raconte tous la même chose » ou « Fern, où étais-tu exactement entre 21 heures et 22 heures ? ». Ses sœurs soupiraient et détournaient le regard.

Maintenant, le repas était terminé, la table débarrassée, et c'était exactement la question qu'Adele voulait poser à sa cadette.

— Fern, je peux te parler une minute ?

Elle leva les yeux de son roman et retira un de ses écouteurs, laissant échapper un petit grésillement. Ses yeux étaient cernés, on aurait dit qu'elle n'avait pas dormi depuis plusieurs jours.

— Quoi ?

— Il faut qu'on parle de samedi soir.

— Pourquoi ?

— Tu es l'une des dernières personnes à avoir vu Grace avant que quelque chose de terrible se produise.

Fern se mit à triturer un morceau de peau sur son pouce. Elle l'arracha et un peu de sang apparut, qu'elle lécha.

— On ne sait pas ce qu'il s'est passé. On te l'a déjà dit mille fois.

— Bon, dit Adele en s'asseyant à côté de sa fille. Le truc, Fern, c'est que j'ai parlé à d'autres gens, et il semblerait qu'hier, toi et tes sœurs ne m'avez pas tout dit. Par exemple, le fait que vous aviez bu du champagne.

— À peine, répondit Fern en trouvant une autre peau à torturer. Il y avait une seule bouteille. On a juste bu genre une gorgée chacun.

— Ce n'est pas le problème. Vous auriez dû m'en parler. C'est important.

— On s'est tous promis qu'on dirait rien. Donc moi, j'ai fait comme les autres. C'était censé être genre un méga secret.

— Catkin m'a aussi dit que Tyler s'était moquée de Grace, qu'elle lui avait dit qu'il fallait qu'elle donne à Dylan « ce qu'il voulait ». C'est assez malsain, non ?

Fern haussa les épaules.

— C'est Tyler, tu la connais. Elle est assez malsaine.

— Vraiment ?

Fern haussa à nouveau les épaules.

— Un peu. Enfin, c'est pas vraiment une fille de treize ans normale.

Elle ouvrit ses paumes et commença à chercher des peaux ici aussi, entre les plaques d'eczéma. Adele tendit la main pour l'arrêter gentiment.

— Ah bon ?

— Non. Bien sûr que non.

— Et c'est quoi, une fille de treize ans normale ?

Fern réfléchit à sa réponse.

— Je pense que ça n'existe pas, en réalité, répondit-elle après une pause.

Adele regarda par la fenêtre un moment, essayant de comprendre ce qu'il se passait réellement.

— Les policiers vont revenir plus tard et je ne veux vraiment pas que des choses étranges soient dites à brûle-pourpoint. Donc, s'il te plaît, quoi qu'il se soit passé, quoi que tu aies vu ou entendu, dis-le-moi maintenant. Fern ?

— J'ai rien à dire. J'étais aux jeux avec les autres. Tout le temps.

Adele s'immobilisa un moment avant de se ressaisir.

— Tu as vu papa ? À ce moment-là, entre 21 heures et 22 heures ?

— Je pense. Il promenait Scout.

— Tu as vu où il allait ?

— Chez Grace, et puis pas longtemps après il est passé devant les jeux et il a remonté la colline.

— Tu l'as vu rentrer ?

— Non.

— Tu l'as vu avec Grace ?

— Quoi ? Non ! s'exclama Fern en lui lançant un regard désapprobateur. Pourquoi tu me demandes ça, maman ?

Elle recommença à gratter l'eczéma de ses paumes.

— T'es trop bizarre, aujourd'hui.

— Vraiment ? demanda Adele en essayant de sourire normalement, en vain. Je suis désolée. C'est juste... très dérangeant, et je ne me sens pas très à l'aise. Tu comprends ?

— Pareil pour moi.

Fern leva brusquement la tête et plongea dans les yeux de sa mère son regard rougi.

— Tu penses que c'est lié à papa ?

— Quoi ? Oh non, pas du tout. Non.

— C'était Tyler, dit-elle vivement.

Adele fixa sa fille, l'air horrifiée.

— De quoi tu parles ?

— C'est Tyler qui a poussé Willow de la balançoire.

Adele soupira.

— Oh. Je vois. Pourquoi ?

Fern haussa les épaules.

— Je ne sais pas. Elle l'a fait, c'est tout. Et tu sais, poursuivit-elle doucement, si doucement qu'Adele eut du mal à l'entendre, Tyler nous a dit quelque chose au sujet de Papou. Que, selon elle, il avait quelque chose à voir avec la mort de Phoebe.

Adele battit des paupières.

— Elle a dit quoi ?

— Je sais pas. Sur le moment, ça n'avait aucun sens. Et tout le monde était fou. Mais elle a dit que sa mère lui avait dit que Papou avait tué Phoebe. En la droguant.

Adele rit.

— C'est absolument n'importe quoi. Cece et Tyler nagent dans un océan de conjectures et de fantasmes.

— Je sais. C'est ce que je lui ai répondu. C'était évident qu'elle inventait pour attirer l'attention.

— Exactement. Tyler est une enfant géniale, mais elle a toujours eu tendance à tirer la couverture à elle.

— Je raconte ça juste parce que tu poses toutes tes questions bizarres.

— D'accord, reprit Adele en caressant les mèches bleues de sa fille. Je sais.

Mais, en se levant, elle sentit ses jambes se dérober légèrement. Vaciller. Parce qu'elle ne savait vraiment pas. Elle ne savait plus rien.

À 15 h 30, elle appela Leo.

— Tu es en route ?

— Pas du tout, répondit-il avec sa voix de « je suis en réunion ».

Elle soupira.

— Je ne peux pas faire ça toute seule.

— Faire quoi ?

— Poser toutes ces questions, répondit-elle sèchement. Tu sais que, selon tous les témoins, tu es sans doute la dernière personne à avoir vu Grace avant son agression ?

Leo ne répondit pas tout de suite.

— Non. C'est faux. C'est Dylan.

— Ce n'est pas ce que Dylan raconte.

— Bien sûr. Comme je te l'ai déjà dit, c'est le coupable le plus évident.

Adele soupira. Même quand elle se forçait à imaginer cette possibilité, elle n'arrivait pas à croire un instant que Dylan pouvait être lié à l'agression. Le beau Dylan, qui respectait tant sa mère et s'occupait de son frère handicapé, et achetait du champagne à sa copine pour être *romantique*. Non.

— Par ailleurs, tu devrais sans doute savoir que Tyler raconte beaucoup de choses sur la mort de Phoebe. Elle dit par exemple à tes filles que c'est Gordon qui l'a tuée.

— *Quoi ?*

— Selon elle, c'est Gordon qui a causé l'overdose de Phoebe.

Dans le silence qui suivit, Adele entendit la gravité de la situation toucher enfin son mari.

— Je me dépêche. Je serai à la maison dans l'heure. Promis.

Elle vit Tyler de l'autre côté de la rue. Il était 15 h 45. Elle était en uniforme, son sac élimé pendait à l'une de ses épaules, son sac de sport à l'autre. Sa queue-de-cheval était à moitié défaite. Une chaussette relevée, une baissée. Elle ne ressemblait plus du tout à la jeune fille impeccable d'autrefois.

— Tyler, l'interpella Adele en s'avançant vers elle. Comment ça va ?

— Ça va, répondit-elle avec un sourire.

— Écoute, la police est venue aujourd'hui. Je sais qu'ils te cherchent, et ta mère aussi. Il y a eu de nouveaux développements pour Grace.

— Elle va bien ? Est-ce que…

— Elle n'est toujours pas réveillée. Mais elle est stable.

— Tu l'as vue ?

— Non. Pas encore.

Tyler hocha la tête, puis balaya la rue du regard.

— On peut parler une minute, toutes les deux ?

— Euh oui. Où ?

— Chez toi, peut-être ? Ou bien au café qui fait l'angle. Je peux t'acheter un muffin, si tu veux ?

Les yeux de la jeune fille s'illuminèrent à la mention du gâteau. Elle se toucha le ventre.

— J'ai pas mangé ce midi. Maman n'avait pas mis d'argent sur ma carte.

Adele soupira, stupéfaite comme toujours qu'une femme qui passait ses journées à s'occuper des enfants des autres puisse envoyer sa fille en cours sans argent pour manger, et la laisse seule si souvent.

— Allons-y, alors. De la purée et des haricots, peut-être ?

— Ouais, approuva Tyler, les yeux scintillants de gratitude. Ce serait bien. Merci.

Adele regarda Tyler jouer avec les couverts, le sel et le poivre, le menu, puis les sachets de sucre qui étaient dans un pot en métal. Elle les sortit tous, les rangea selon les marques, puis les remit à leur place.

Elle ressemblait tellement à Willow. Tellement d'énergie et de nervosité qui s'exprimaient dans ces activités insensées. Peut-être qu'un jour les filles comme Willow et Tyler dirigeraient le monde, mais pour l'instant elles s'occupaient les mains avec des petits morceaux d'univers.

— C'était bien, les cours ?

— Ça va.

— Tu as parlé de ce qui était arrivé samedi ?

— Non. Personne ne connaît Grace au collège, donc j'ai pensé que ça n'intéresserait personne.

— Et ta mère, qu'est-ce qu'elle en dit ?

— Je ne sais pas. Pas grand-chose.

Adele prit le sel et le poivre des mains de Tyler, les reposa sur la table et leva les yeux pour rencontrer son regard.

— Tyler. On m'a raconté plein de choses étranges depuis samedi. On m'a parlé du champagne volé. Des moqueries envers Grace et Dylan. J'ai appris que tu aurais poussé Willow de la balançoire. Et, encore plus inquiétant peut-être, que tu accuserais Gordon ?

Tyler secoua la tête et baissa les yeux.

— Non.

— Non ?

— Je n'ai rien dit sur Gordon. Pourquoi est-ce que je parlerais de Gordon ?

— Et pourquoi est-ce que j'entendrais ça si ce n'était pas le cas ?

— Je sais pas. Les gens racontent n'importe quoi parfois.

— Ça peut arriver, c'est vrai. Alors pourquoi est-ce que tu ne me raconterais pas quelque chose, toi ? Concernant samedi. Selon toi, qu'est-ce qu'il s'est passé ?

— Aucune idée. Je te jure. On était aux jeux, et Pip est arrivée en courant, et après c'était la folie.

— Qu'est-ce que vous faisiez aux jeux ?

— Comme d'hab. On traînait. On discutait. Tu vois.

— Tu poussais les autres de la balançoire ?

— Oui, eh bien, elle m'avait énervée.

— Qu'est-ce qu'elle avait fait ?

— Je me souviens plus.

— Tu ne te souviens plus ?

— Non.

Adele soupira, se souvenant des innombrables fois où elle avait dû interroger Tyler sur son rôle dans des escarmouches avec ses filles. Elle avait toujours été très forte pour esquiver ses questions.

— Elle a deux très gros bleus, tu sais.

Tyler haussa les épaules et aligna le menu avec le coin de la table.

— Désolée.

La serveuse apporta la purée de Tyler, qui fumait sous une montagne de fromage, de haricots blancs et de sauce. L'adolescente attrapa sa fourchette en un éclair et se mit à manger, soufflant sur la nourriture trop chaude avant de l'avaler.

— Ta mère était où, samedi ?

Tyler déplia sa serviette et s'essuya la bouche, attrapa sa canette de Coca et but une gorgée.

— Chez lui.

— C'est qui, « lui » ?

Elle se souvint du rendez-vous qu'avait Cece quand elles s'étaient croisées dans la rue quelques semaines auparavant.

—Son copain. Elle passe sa vie là-bas.

—Oh. Et qui s'occupe de toi ?

—Personne. Moi.

—Tu l'aimes bien ?

—Ça va, dit-elle en arrêtant sa fourchette en pleine course. Il parle pas beaucoup. Et il est un peu moche.

Adele soupira. C'était vraiment incompréhensible.

—Bon. Samedi soir. Est-ce que tu as vu d'autres gens, en plus de tes amis ? Quelqu'un que tu ne t'attendais pas à voir dans le parc aussi tard ?

—J'ai vu Gordon et son faux pied. Leo avec le chien. Rhea sur son balcon. Personne d'autre. Pas de pervers planqué dans les fourrés.

—Tu sais, Tyler, ils ont fait des analyses du sang de Grace. Elle a fait une overdose. C'est pour ça qu'elle est dans le coma.

Elle regarda Tyler mâcher comme si de rien n'était, recharger sa fourchette, l'approcher de sa bouche.

—Tu n'as pas l'air surprise.

—Pas vraiment. L'histoire se répète, c'est tout.

Adele tourna sa tasse dans la soucoupe.

—Tu parles de Phoebe ?

—Oui. Phoebe. Et Gordon. Ma mère m'a dit que c'était lui. Qu'il la harcelait. Qu'elle l'avait menacé de tout dire. C'est pour ça qu'il l'a tuée.

Adele sentait la colère monter en elle.

—Tyler, écoute-moi, ordonna-t-elle. Tu ne *peux pas* parler des gens comme ça. Je ne sais pas d'où ta mère sort ça, mais c'est n'importe quoi. Et ni toi ni elle ne devriez propager ce genre de rumeurs.

— Mais c'est important, non ? Grace a été droguée. Phoebe aussi. Gordon était dans le parc.

Elle leva les mains comme si elle venait de démontrer une évidence.

— Bon, laissons tomber ce sujet pour le moment. Mais, Tyler, quand la police t'interrogera tout à l'heure, il faudra que tu fasses attention à ce que tu leur racontes. Parce que, si tu colportes ce genre de bêtises au sujet de Gordon, tu vas les détourner du vrai problème. À savoir : qui a fait du mal à Grace. Et pourquoi est-ce que Gordon s'en serait pris à elle ?

— Je sais pas. C'est peut-être un pédophile.

Adele se remémora les mots de Rhea, qui lui avait dit qu'elle n'aurait pas été à l'aise avec Gordon si proche de ses filles.

— Ne sois pas bête. Bien sûr que non.

— Comment tu sais ça ? Comment on sait que quelqu'un n'est pas un pédophile ? Leo, par exemple. Comment tu le sais ? Il est sorti avec ma mère alors qu'elle avait treize ans seulement !

Adele eut un mouvement de recul.

— Tyler… Comment tu sais ça ?

— Ma mère me l'a dit. Elle m'a tout raconté. Qu'elle était obsédée par lui, pendant des années. Je suis au courant de tout ça. Et tu veux savoir autre chose ?

Elle plissa les yeux et posa sa fourchette.

— Pendant longtemps, j'ai pensé que Leo était mon père. Parce que ma mère m'avait laissée croire ça. Pendant des années et des années. Elle ne m'a jamais dit que c'était lui, mais n'a jamais démenti non plus.

Elle faisait glisser sa fourchette sur le rebord de l'assiette. Adele vit un film de larmes recouvrir ses yeux. La fourchette frottait l'assiette de plus en plus vite, produisant un crissement insupportable. Elle dut s'empêcher d'attraper la main de Tyler pour l'arrêter. Quelque chose de majeur était en train de se dénouer, et elle ne voulait pas l'interrompre.

— Pourquoi est-ce que tu pensais que Leo était ton père ? demanda-t-elle d'une voix douce.

— Parce que…

L'adolescente s'arrêta et leva les yeux vers Adele.

— Parce qu'une fois, quand j'étais toute petite, j'avais quatre ou cinq ans je pense, je les ai vus s'embrasser.

Adele explosa de rire. Elle n'avait pas pu s'en empêcher. Tyler lui lança un regard outré.

— Je ne sais pas pourquoi tu ris. C'est arrivé. Pour de vrai.

Adele essaya de se rappeler cette période lointaine. Neuf ans plus tôt. Willow avait un an, Fern quatre, Catkin six. Le travail de Leo était en train de décoller. Adele n'avait pas encore pris le pli de s'occuper d'un bébé tout en faisant l'école à ses deux plus grandes. Elle était assez stressée. À cette époque, les choses ne se passaient pas bien du tout avec Leo. Elle s'était demandé si son mari n'avait pas trouvé du réconfort en dehors de leur maison. Avec quelqu'un qui aurait pu lui apporter de la douceur quand elle en était incapable. Mais… Cece Rednough ? Il n'y avait rien de doux chez cette femme. Elle était bien plus rêche qu'elle.

— Ta mère sait que tu les as vus ?

— Je sais pas. C'était dans la roseraie. Je cherchais Dylan. Je sais pas si elle m'a vue. Je lui en ai jamais parlé.

— Tu es sûre, Tyler ? Parce que, tu connais Leo, il est très tactile, très affectueux. Peut-être qu'ils se prenaient seulement dans les bras ?

— Mouais. J'avais *quatre ans*. Je sais ce que je crois avoir vu, et ce que ça m'a fait ressentir. J'avais l'impression que

Leo était mon papa, parce que seuls les papas embrassent les mamans, et c'était génial, parce que j'avais vraiment envie que ce soit vrai. Parce que je rêvais de faire partie de votre famille.

— Tyler, tu fais partie de notre famille. Depuis toujours.

— Non, c'est faux. Pas vraiment. Mais j'y croyais. Vraiment. Et puis…

Elle poignarda un morceau de pomme de terre avec les dents de sa fourchette.

— Ma mère m'a dit. La semaine dernière. Elle m'a dit qui était mon père. Je l'ai rencontré, révéla-t-elle en regardant Adele, horrifiée. Il y a quelques jours. Et c'est… un moins-que-rien. Un loser. Tu sais où il était pendant toute ma vie, pendant les treize ans de ma vie ?

Adele secoua la tête.

— En prison. Mon vrai père. En taule. Parce qu'il avait frappé sa femme. Tellement qu'elle a perdu un œil.

Adele posa sa main sur sa bouche.

— Ouais, voilà. Donc, tu vois le problème. Pendant toutes ces années, je pensais que Leo était mon père. Que j'avais le même sang que lui. Que tes filles étaient mes sœurs. Mais en fait, j'ai rien à voir avec vous. Et cet horrible petit rat avec les mains tatouées et de la crasse sous les ongles, ce pauvre type qui n'a même pas de maison, qui bat les femmes… C'est lui qui m'a faite.

— Tyler…

— Il s'appelle Wayne. T'imagines ? Mon père s'appelle Wayne. Wayne qui tape les femmes. Putain.

Adele ne savait plus quoi dire. Elle fixait les égratignures sur les bras fins de Tyler. Celles qu'elle s'était prétendument faites en allant chercher un ballon de foot dans un massif de ronces. Elle observa les racines ternes, grasses, de ses cheveux. Elle pensa au malaise qui régnait depuis quelques jours entre tous les enfants.

— Ce n'est pas…, commença-t-elle. L'homme avec qui sort ta mère. Ce n'est pas lui, n'est-ce pas ? Ton père ?

— Non ! s'écria-t-elle, l'air atterrée. Oh non. Maman le trouve dégueu aussi. Elle le déteste. Je crois que je comprends pourquoi elle m'a laissée croire pendant toutes ces années que Leo était mon père, même si elle savait bien que ce n'était pas le cas. Je comprends vraiment. Elle était amoureuse de Leo. Depuis le début. Comme moi. On était toutes les deux amoureuses de lui. On voulait toutes les deux qu'il soit mon père. Mais ce n'est pas le cas. Il ne l'a jamais été. Et maintenant il… Vous tous, vous… C'est tellement…

Elle pleurait vraiment, maintenant, des larmes dévalaient ses joues.

— Tyler…

Adele posa sa main sur la sienne, mais Tyler la retira immédiatement. Elle se leva et attrapa ses sacs.

— Pardon. Merci pour le repas.

Puis elle s'éloigna d'Adele en courant et sortit du café, bousculant les gens au passage.

La chambre de Grace était baignée d'une lumière dorée. Ils étaient tous les trois assis autour de son lit, contemplant les rayons du soleil qui, traversant les branches des arbres devant la fenêtre, tombaient sur le visage de l'endormie. Pip se demandait si elle les sentait. Si elle voyait les changements de luminosité derrière ses paupières closes. Elle voulait qu'elle se réveille, maintenant, comme la princesse d'un conte, afin de lui dire : « Dis-moi, dis-moi, dis-moi. Que s'est-il passé dans la roseraie ? » Il y avait une question qui se répétait en boucle dans les recoins les plus sombres de son esprit. Une question qu'elle n'avait pas posée à Max. Une question qu'elle ne s'était formulée que plus tard. Quelque chose de si évident et de si insupportable qu'elle ne s'était pas permis d'y penser tout d'abord.

Elle observait sa sœur, si belle, si immobile, si lointaine. Grace était encore un bébé quand Pip était née. Elles n'avaient jamais connu le monde sans la présence de l'autre. Elles étaient aussi liées l'une à l'autre qu'à leur propre ombre. Et pourtant, dans le gouffre qu'avait suscité l'incendie de leur maison, Grace avait trouvé un moyen de grandir qui ne l'incluait pas. Une autre famille. Un autre père. Une autre âme sœur. Elle n'avait plus eu besoin de Pip du tout. Mais aujourd'hui, il y avait quelque chose que Pip pouvait faire pour Grace, dont nul autre n'était capable. Elle pouvait poser la question à Max. La question qui pouvait dévoiler l'identité du coupable. Et ses motifs.

Elle toucha la manche de la chemise rose pâle de son père.

— Papa, j'ai besoin de faire quelque chose. Tu peux venir avec moi ?

Elle le vit immédiatement. Il portait encore son uniforme d'écolier : un polo blanc crasseux, un pantalon bleu marine, des chaussures en cuir usées par le temps. Il jouait au foot avec son père. Il avait l'air si content, avec cette expression particulière du petit garçon dont le père est rentré plus tôt du travail et a accepté de sortir jouer. Elle ne l'avait jamais vu aussi heureux.

Elle se sentit coupable un instant, car elle était sur le point d'interrompre ce moment privilégié entre eux, mais elle n'avait pas le choix. Elle ne voulait pas laisser Grace à l'hôpital une minute de plus si ce n'était pas nécessaire. Elle ne pouvait pas supporter l'idée de ne pas être là quand elle se réveillerait. Elle voulait être la première personne qu'elle verrait. Elle voulait tout reprendre de zéro, redevenir la personne la plus importante de sa vie.

— Max ! l'appela-t-elle.

Elle vit le bonheur disparaître de son visage.

— Je peux te poser une question ?

Max fixait Chris, qui suivait Pip. Elle espérait qu'il comprendrait rapidement qui il était. Que la ressemblance physique était assez évidente.

— Tu sais, samedi, quand tu jouais au foot ? Tu es allé chercher ton ballon au sommet de la colline, et c'est là que tu as vu Grace ?

Il hocha la tête, les yeux baissés.

— Avant que tu ailles le chercher, tu te souviens de qui était à l'aire de jeux ?

Il lui lança un regard surpris, comme s'il n'arrivait pas à comprendre la question.

— Comment ça ?

— Ce soir-là, tu jouais dehors. Qui était dans l'aire de jeux ?

— Personne, répondit-il d'une voix plate, comme si c'était une évidence qui n'avait pas besoin d'être dite. Il n'y avait personne aux jeux.

— Vraiment ?

— Non, c'était vide, confirma-t-il en haussant les épaules, l'air désolé.

Pip acquiesça, sa tête se mettant à tourner au fur et à mesure qu'elle comprenait.

— Merci, Max. À plus tard.

— Ouais, à plus.

Elle se tourna vers son père, le visage fermé.

— OK, on peut y retourner, maintenant.
— Tu as eu ce que tu voulais ?
— Oui. Exactement.

Chapitre 30

Quand les deux policiers sonnèrent à nouveau à la porte des Howes, à 18 heures, l'atmosphère dans l'appartement était électrique. Adele avait donné à Willow une dose de *Tarentula hispana*, un médicament homéopathique qui était utilisé pour calmer les enfants hyperactifs. Pour l'instant, les résultats n'étaient pas probants.

Elle proposa aux agents du houmous et des gressins faits maison. Puis elle se dit que le policier grec allait peut-être trouver cela condescendant et leur offrit également une salade de pâtes.

— Nous avons passé la journée à discuter avec un certain nombre de personnes, comme vous le savez, commença l'agent Michaelides, mais nous n'avons toujours pas réussi à parler à… Cecelia Rednough, reprit-il en consultant ses notes.

— Ça ne m'étonne pas, commenta Adele en souhaitant vivement que Willow cesse de sautiller sur son tabouret. Elle rentre assez tard du travail.

— On essaiera peut-être à nouveau quand on aura fini ici, alors, ajouta-t-il en souriant et en se retournant vers Leo. Bien, monsieur Howes…

— Vous pouvez m'appeler Leo.

— Leo. Merci. Je me demandais si nous pourrions commencer avec vous, sans vos enfants ?

Adele releva la tête subitement, dévisageant les deux policiers, puis ses filles.

La policière lui sourit d'un air encourageant.

— Deux ou trois petites choses, il n'y en a que pour un instant.

Adele demanda aux filles de sortir d'un geste de la main, et elles s'exécutèrent avec plus ou moins de bonne volonté. Une fois seuls, les quatre adultes échangèrent des sourires tendus.

— Nous nous demandions si vous pourriez nous dire ce que vous pensez de Grace Wild.

— Ce que je pense de Grace… ? Eh bien…

Il se frotta le menton, ce qui lui donna un air un peu louche, pensa Adele.

— Elle vit ici depuis quelques mois seulement, donc je n'ai pas encore vraiment de…

— En réalité, l'interrompit la policière, ce que nous cherchons à déterminer, c'est la nature de la relation que vous entretenez. Êtes-vous proches ?

— Non, répondit Leo trop rapidement, trop fermement. Pas du tout. Enfin, il y a des enfants dans le parc que je connais depuis leur naissance, et je suis proche de ces enfants, mais pas de Grace. C'est une copine de mes filles.

— Si l'on vous pose cette question, Leo, c'est parce que nous avons analysé les vidéos des caméras de surveillance de la soirée de samedi, et notamment les caméras situées au niveau du portail du parc. À environ 21 h 25, on vous voit nettement vous approcher de Grace, qui est au niveau des portes, discuter avec elle un petit moment, puis la prendre dans vos bras, conclut-il en sortant de son dossier une image qu'il lui tendit.

Adele se tourna immédiatement vers son mari. Puis elle regarda la photo. C'était une vue plongeante. On y voyait Grace, les bras nus, entourant la taille d'un homme aux cheveux sombres. Un homme qui tenait en laisse un chien clair de taille moyenne.

—Ah oui, débuta Leo sans croiser le regard d'Adele. Ça. Oui. Bon. Enfin, c'était… Elle était là. Elle attendait son copain. Vous savez, si je dois être honnête, je n'étais pas tout à fait sobre. Ça avait été une journée de fête. Je buvais depuis 14 heures. Donc je ne me souviens pas exactement de tous les détails. Mais je sais que je l'ai vue là, toute seule, et je lui ai dit qu'elle devrait rentrer chez elle parce que sa mère ne se sentait pas très bien et que sa sœur y était déjà. Puis, et vraiment je ne sais pas pourquoi, elle s'est jetée sur moi. Si vous regardez les images, vous verrez. C'est ce qu'il s'est passé. Regardez, là, mon bras, reprit-il en désignant la photo. Il ne la serre pas.

—Monsieur Howes… Pardon, Leo, on ne vous accuse de rien ici. Il nous faut simplement éclaircir la nature de votre relation avec Grace Wild afin que nous puissions assembler toutes les pièces du puzzle. Et après avoir visionné ces images, nous avons pensé que vous étiez sans doute proches. Et qu'elle vous avait peut-être confié quelque chose.

—Vous savez, répondit Leo avec les yeux brillants, l'air mal à l'aise, maintenant que j'y pense, je me dis que son père devait lui manquer. C'était son anniversaire, et elle ne l'avait pas vu depuis très longtemps. J'imagine qu'elle m'a peut-être vu comme une figure paternelle à ce moment-là, ou que je lui ai rappelé son père. Oui…

Il haussa les épaules et frotta son menton à nouveau.

Tais-toi! criait mentalement Adele. *S'il te plaît, tais-toi!*

Qui était cet homme? Celui qui embrassait des filles de treize ans, celui dont le propre père le pensait impliqué dans la mort d'une adolescente, celui qui avait peut-être échangé un baiser avec une voisine dans la roseraie neuf ans plus tôt, celui qui laissait croire à la fille d'un autre qu'il était son père, celui qui enlaçait des adolescentes dans des coins sombres à la tombée de la nuit? Pourquoi ne lui avait-il pas parlé de cette rencontre? Quelques instants après, il était rentré à l'appartement et avait dit au revoir à Zoe et à sa famille. Pourquoi ne lui avait-il pas dit: « Tu ne vas pas le croire, mais Grace Wild vient de se jeter dans mes bras dans le parc! »

Les policiers continuèrent l'entretien pendant une heure. Ils parlèrent aux filles, mais leurs questions ne firent rien remonter de plus que ce qu'elle avait déjà appris durant la journée. Puis ils interrogèrent Gordon. Adele essaya d'écouter leur conversation, mais elle n'en entendit que quelques bribes. Ils avaient pris le temps de lui donner des consignes avant sa discussion avec les policiers pour qu'il ne dise rien des somnifères qui avaient disparu. Il leur avait rétorqué qu'il pouvait ne pas dire toute la vérité, mais qu'il ne mentirait certainement pas à la police.

Quand ils eurent terminé avec Gordon, les policiers entrèrent dans la cuisine avec leurs verres vides et le plat de houmous bien entamé.

— Je pense qu'on a tout ce qu'il nous faut pour le moment. Merci beaucoup de nous avoir accordé ce temps. Nous vous laissons reprendre le cours normal de vos vies. Et, si nous avons encore quelques questions, est-ce qu'il y aura quelqu'un chez vous demain?

Adele hocha la tête, posant le bol de houmous dans l'évier.

— Oui, toute la journée. On sera là. Vous n'aurez qu'à sonner, expliqua-t-elle d'une voix trop aiguë.

Dès que la porte se referma, la tension retomba.

— Bon, ça ne s'est pas trop mal passé, déclara Gordon. On n'a pas parlé des somnifères. Je crois que je vais faire une petite sieste avant le dîner. Enfin, s'il y a un dîner. Hein, madame H ?

Elle balaya la cuisine des yeux : le réfrigérateur était plein, tout comme le cellier. Elle regarda ses filles, Catkin avec ses dreadlocks sales, Fern aux paupières rougies et au crâne rasé, et Willow, avec ses yeux fous et son énergie incontrôlable. Elle observa un instant Gordon, l'ancienne plaie de Victoria Park, qui la regardait avec des yeux affamés, puis son mari, le suspect principal, le père putatif, le tombeur d'adolescentes, et une pensée la frappa. *Tous autant que vous êtes, je ne vous connais pas.*

— Je ne sais pas, Gordon, répondit-elle lentement, d'une voix calme. Peut-être que Leo pourrait commander des pizzas. Non ?

Leo lui lança un regard interloqué. On ne recourait aux pizzas qu'en cas d'urgence, quand les trains étaient en retard et qu'on rentrait trop tard pour cuisiner. Ça apportait un peu de réconfort à la fin d'une journée difficile ou quand un plan n'avait pas abouti. Les filles se réjouirent, sans trouver cela étrange. Leo sortit un papier du tiroir où ils rangeaient les menus. Tout le monde cria ses préférences.

— Adele ? lui demanda Leo. Tu veux quoi ? Une fiorentina ?

Elle hocha la tête d'un air distrait et sortit de la cuisine.

La nuit commençait enfin à tomber au Royal Free Hospital. Il faisait jour depuis si longtemps, et elle était réveillée depuis tant d'heures que Pip avait l'impression d'avoir manqué une nuit. Mais les lumières de la cour s'allumaient et, enfin, cette journée touchait à sa fin. Un instant plus tôt, la paupière de Grace avait tressailli. Et encore. Et encore.

Ils s'étaient tous les trois approchés du lit, concentrés sur son visage. Ses paupières bougeaient depuis déjà une minute. Le tressaillement suivant fut accompagné d'un mouvement dans tout le corps. Puis d'un petit gémissement. À chaque signe de vie, ils se rapprochaient, jusqu'au point où Pip faillit leur demander de se reculer, pour ne pas lui faire peur. Pip caressait la joue de sa sœur. Clare lui tenait la main.

— Vous pensez qu'elle est en train de se réveiller ? demanda sa mère.

Son père acquiesça.

— J'appelle une infirmière ?

— Pas encore, répondit Clare, sans quitter des yeux le visage de sa fille. Pas encore.

Grace émit un nouveau son. Et soudain, ses yeux s'ouvrirent, ses iris noisette à nouveau visibles, comme par miracle.

Elle bougea les lèvres et essaya de former un mot. Mais rien ne sortit. Ses yeux complètement ouverts, maintenant, elle observa sa mère, sa sœur, puis enfin, son père. Elle les ouvrit plus grand puis regarda à nouveau Clare, inquiète.

— Papa est là, expliqua Clare d'une voix douce, d'une voix qu'on utilise pour parler à un petit enfant. La clinique trouvait qu'il allait beaucoup mieux, ils l'ont laissé sortir. Il est là. Et tout va bien. Tout va bien.

Pip vit le visage de sa sœur se détendre. Puis elle les regarda intensément, à tour de rôle, et réussit enfin à parler d'une voix si desséchée, tellement dévorée de larmes, qu'ils ne l'entendaient pas. Mais ils la comprenaient.

Je suis désolée. Je suis désolée. Je suis désolée.

Chapitre 31

5 juillet, 15 heures

Du champagne. Dylan lui avait offert du champagne. Grace l'avait ouvert dans sa chambre, après la fête. La bouteille avait été enveloppée dans du papier de soie rose, puis placée dans une boîte d'une forme différente. Pour que personne ne comprenne de quoi il s'agissait.

Grace l'avait enfoncée dans son sac trop petit puis était sortie en vitesse de l'appartement pour que personne ne lui demande où elle allait, et ce qu'elle tenait serré contre elle dans le sac.

— Tyler a dit qu'on pouvait la mettre dans son frigo, lui avait murmuré Dylan à l'oreille quand elle l'avait rejoint dans le parc. Sa mère est sortie.

Maintenant, ils sortent du parc, par les grilles, et arrivent dans la rue aux pavés brûlants. Dylan lui tient la main. Comme ça. Comme font les gens. Elle se sent tellement puissante, à marcher dans la rue avec lui. Elle se souvient de la première fois où elle l'a vu, au sommet de la colline, qui attendait Tyler. De la façon dont il avait retiré la cravate de son uniforme, l'avait roulée et rangée dans la poche de son blazer. Il attendait debout, si grand, si confiant. Elle pensait qu'il devait avoir quinze ou seize ans minimum. Elle avait pensé que Tyler était sa copine. Quand elle avait compris qu'il n'avait qu'un an de plus qu'elle, et que sa relation avec Tyler était purement amicale, elle avait eu l'impression de recevoir un immense cadeau de l'univers.

Ils s'arrêtent devant l'entrée de l'immeuble de Tyler. Elle sent Dylan qui lui caresse l'arrière des jambes.

— J'adore ce short.

Elle frissonne à ce contact. Elle voudrait le toucher, elle aussi, mais elle ne sait pas comment. Elle ne sait pas où. Puis il lui adresse un sourire tellement beau, tellement irrésistible que, quand il tourne la tête, elle lève les yeux au ciel comme si la source de cette splendeur s'y trouvait.

Chez Tyler, leur éclat se fane immédiatement. L'adolescente fait mine d'être enjouée, heureuse, mais Grace sait que ce n'est pas le cas. Elles se situent chacune aux angles les plus distants de l'horrible triangle qu'ils ont créé. Quand Tyler va dans la cuisine pour mettre au frais le champagne, Dylan caresse à nouveau ses jambes, traçant une onde exquise sur sa peau, éveillant des points de son corps dont elle n'avait même pas conscience. Elle a l'impression d'être une actrice en costume de réalité virtuelle, comme si elle avait de petites diodes partout sur elle.

— Oh, vous êtes trop mignons tous les deux, s'exclame Tyler en sortant de la cuisine. Vous devriez vous marier et avoir plein de bébés.

— Ouais, ouais, répond Dylan.

Ils restent trop longtemps. Du dehors leur parviennent des cris d'enfants, les bruits de l'été. Dans l'appartement, il fait sombre, l'atmosphère est étouffante, et ils ne restent là que parce qu'ils ont décidé que cela faisait plus adulte que de participer à la fête de l'été avec tous les petits. Grace aimerait partir, et est soulagée quand sa mère l'appelle à 16 heures pour la gronder d'avoir disparu sans rien dire.

— On devrait y aller, annonce-t-elle à Dylan.

L'adolescent se lève.

— Je peux aller aux toilettes ?

Tyler fait signe que oui. Il sort de la pièce. Elles sont seules.

— Tu passes un bon anniversaire ? demande Tyler d'une voix neutre.

Grace hoche la tête.

— Moi, mes treize ans, c'était de la merde. Tout le monde avait oublié. Sauf Dylan. Il m'a offert des roses, explique-t-elle en lançant un regard supérieur à Grace. Tu sais que c'est la meilleure personne du monde, n'est-ce pas ? poursuit-elle en approchant son visage d'elle. Et que tu ne le mérites pas du tout ?

Et, sans qu'elle comprenne pourquoi, peut-être parce que c'est son anniversaire et que les caresses de Dylan l'ont fait revivre, Tyler lui semble plus petite, moins terrifiante dans cet appartement un peu miteux, avec ses pièces presque vides, et ses murs tristes au papier peint en relief. Elle n'en peut plus de la voir en permanence, toujours avec ce visage rongé par la jalousie et le mépris.

— En fait, je pense que c'est toi qui ne le mérites pas. Si tu étais vraiment son amie, tu serais heureuse pour lui, au lieu de passer ta vie avec cet air à la con sur ton visage.

L'expression en question déforme maintenant les traits de Tyler.

— Mais t'es vraiment une salope. Je comprends pas ce qu'il voit en toi.

— Et je vois pas pourquoi il est ami avec une pauvre fille comme toi. T'es une vraie sangsue, tu peux rien faire sans lui. Sans sa générosité. Parce que toi, tu es toute vide. Tu n'as absolument rien, tu n'es *rien* sans lui.

Grace inspire profondément.

Puis, d'une voix basse, mortelle, les lèvres retroussées pour retenir ses larmes, Tyler répond :

— Je te hais.

Dylan revient.

— Pars avec elle, Dylan. Je peux même pas la regarder, déclare Tyler en se tournant vers la fenêtre, vers les arbres, les tentes et les chapiteaux, son poing collé contre sa bouche, le corps tremblant de rage.

Dylan essaie de dire quelque chose, mais Tyler l'interrompt en levant un bras en l'air.

— Sortez d'ici. Maintenant.

Ils prennent l'ascenseur pour descendre, même s'il n'y a que deux étages. Dylan referme les portes pliantes en laiton brillant puis se tourne vers elle. Il va dire quelque chose. Au sujet de Tyler. Mais Grace ne veut pas parler d'elle. Elle veut effacer Tyler des pensées de Dylan pour toujours. Alors, pendant que l'ascenseur descend, Grace fait quelque chose qu'elle a vu à la télévision une fois. Elle appuie sur le bouton d'arrêt d'urgence. L'ascenseur rebondit doucement dans sa cage, produisant un bourdonnement lugubre.

Elle attrape les mains de Dylan et les fait courir sur l'arrière de ses jambes jusqu'à ce qu'elle ressente à nouveau cette sensation. Celle de tout à l'heure, quand elle était forte, vraie, prête à tout. Dylan laisse tomber sa tête contre son épaule, et son souffle contre sa peau est chaud. Ses mains cherchent le bouton de son jean. Il gémit. Elle sait que ce gémissement, il l'a toujours poussé seul auparavant. Elle sera la première à lui offrir ça. Elle se sent puissante, insubmersible, adulte. Elle s'agenouille doucement, comme elle l'a vu faire sur les écrans, et elle répète ce qu'elle a vu, et elle ne sait pas si elle fait ça bien ou mal, et l'odeur est étrange et sucrée, comme le renfermé et la barbe à papa, et Dylan lui touche la tête, et cela arrive.

— Je t'aime, Grace, oh mon Dieu, je t'aime.

Il a l'air choqué, émerveillé, et elle se sent nouvelle, euphorique. Elle se relève et touche son visage, sa bouche, ses cheveux, les parties de lui qui lui sont familières, et il prend son visage dans ses mains et ses yeux brillent de gratitude, d'adoration, d'émerveillement, et elle sait. Elle sait qu'elle a gagné.

Elle lève les yeux vers la cage d'ascenseur, et elle voit Tyler, qui la fixe de ses yeux pâles. Grace appuie sur le bouton, et Tyler disparaît.

Chapitre 32

Adele attendait, le cœur battant, de reconnaître les bruits de pas de son mari venant se coucher. Elle se sentait tellement éveillée, tellement vivante, tellement connectée au courant sombre, vertigineux et palpitant des choses qu'elle avait l'impression qu'elle ne dormirait plus jamais. Enfin, juste après 23 h 30, il apparut. Il avait perdu de son éclat, de sa superbe. Il avait l'air fatigué et éprouvé.

Les mots qui avaient tournoyé dans la tête d'Adele toute la journée lui échappèrent rapidement.

— Il faut qu'on parle, lui annonça-t-elle en désignant le côté du lit de son mari.

— Je te promets que, quand on ira au commissariat, on regardera les images, et tu verras ce qu'il s'est passé. Elle n'était pas dans son assiette. Je ne sais pas pourquoi. Et elle m'a pris dans ses bras. Ce n'est pas venu de moi. Et c'est tout ce qu'il s'est passé. Je te prom…

— Je ne parle pas de Grace, mais d'autre chose. Assieds-toi.

— Oui, approuva-t-il en retirant mécaniquement ses vêtements.

Elle regarda au loin pendant qu'il se déshabillait. Elle ne pouvait pas supporter de le voir nu et vulnérable. Ce mari parfait.

Il s'installa à côté d'elle. Elle l'entendit soupirer longuement. Puis il se frotta le visage. Ses mouvements étaient pesants, alors qu'habituellement ils étaient légers, énergiques.

— J'ai parlé à Tyler, aujourd'hui. Je l'ai emmenée au café. Elle n'avait rien mangé à midi parce que Cece n'avait pas remis d'argent sur sa carte de cantine, expliqua-t-elle avec un soupir, toujours aussi triste en pensant à cette réalité. Bref. Nous avons eu une conversation très éclairante, Leo.

Elle marqua une pause avant de reprendre.

— Tu sais que, quand Tyler avait quatre ans, elle t'a vu embrasser Cece dans la roseraie ?

Elle se tourna vers lui pour étudier sa réaction.

Pendant un moment, il resta bouche bée. Puis sa tête tomba en avant et il se frotta les yeux.

— Je me souviens, oui.

Le sang d'Adele ne fit qu'un tour.

— C'est vraiment arrivé ?

— Oui. Enfin, pas comme ça. Ce n'était pas un « baiser dans la roseraie ». C'était…

Il se gratta le cuir chevelu.

— Déjà, c'est elle qui m'a embrassé.

Adele le dévisagea.

— Elle était en colère. Contre moi. Pour une raison que j'ai oubliée. Elle m'a entraîné dans le jardin. Elle m'a dit que, si tout avait foiré dans sa vie, c'était ma faute. Qu'elle était encore amoureuse de moi. Qu'elle quitterait tout pour moi. Qu'elle…

Il la regarda, et Adele vit dans le regard de son mari quelque chose de si sombre, de si terrifiant, qu'elle en sentit la morsure.

— Quoi ?

Le regard disparut.

— Rien. Juste qu'elle avait toujours voulu être avec moi. Et que, si elle avait fait autant de choix désastreux, c'était parce qu'elle ne pouvait pas m'avoir. Et que, par conséquent, tout était ma faute. Que si elle avait eu un bébé alors qu'elle n'était pas prête, c'était ma faute. Que Tyler aurait dû être ma fille. Que si ça avait été le cas, elle aurait été une meilleure mère. Et qu'elle…

Il s'interrompit. Un sourire triste passa sur ses lèvres.

— Qu'elle te détestait et en voulait aux filles. Mon Dieu…

— Et là, vous vous êtes embrassés.

— Elle s'est mise à pleurer. Je l'ai prise dans mes bras pour la réconforter.

— Après qu'elle t'avait dit qu'elle me détestait ?

— Je voulais juste… Adele. Tu me connais. Les femmes qui pleurent, c'est ma faiblesse. Elle pleurait, elle souffrait, alors je l'ai prise dans mes bras, elle m'a embrassé, et c'était un baiser plein de fureur, de douleur. C'est comme… être entraîné dans un trou noir. Dans le gouffre de l'enfer. Et j'avais les yeux grands ouverts. J'ai vu Tyler, cette toute petite fille, qui nous regardait. Je me suis écarté, et Cece s'est tournée vers elle, l'a vue, et…

Il gémit en tirant sur ses joues.

— Elle m'a embrassé encore. En sachant…

— Que sa fille regardait ?

— Oui.

— Elle voulait qu'elle voie.

— Oui.

— Tyler a pensé que tu étais son père pendant dix ans, Leo.

— Je sais.

— Tu savais ?

— Oui. C'était évident. Non ?

Adele essaya de se souvenir des années écoulées, de cette petite fille mutine qui se retrouvait toujours au centre de tout. Partout où se trouvait Leo. Partout où étaient ses filles. C'était évident. Oui. Mais elle n'avait jamais remarqué.

— Mais ce n'est pas le cas, si ?

Elle devait poser cette question.

— Est-ce que Tyler est ma fille ?

Adele hocha la tête. Leo se tourna vers elle, semblant à nouveau lui appartenir.

— Non. Adele, bien sûr que non.

Elle acquiesça. Elle le croyait.

— Elle m'a dit tout à l'heure qu'elle l'avait rencontré. Son vrai père.

— Le type violent ?

— Tu savais ?

— Oui. Cece m'en avait parlé. Il y a des années. En me faisant promettre de ne rien dire à personne.

— Et tu lui as obéi ?

— Oui.

Adele était surprise.

— Qu'est-ce qu'il s'est passé entre toi et Cece ? Pendant toutes ces années ? Tous ces secrets ?

Leo haussa les épaules.

— Les choses se passent parfois comme ça à Virginia Park. On a grandi ensemble. Ce sont… les blessures de l'enfance.

— Leo, reprit-elle d'une voix calme. Qu'est-ce qui est arrivé à Phoebe ?

Grace approcha le miroir de son visage. Tourna la tête d'un côté, puis de l'autre. Fit la grimace.

— Ce n'est pas si terrible que ça, la réconforta Clare. Selon les médecins, il n'y aura pas de trace. Tu as eu de la chance.

Grace hocha la tête, l'air triste, et posa le miroir.

Elle disait qu'elle ne savait pas comment elle s'était cassé le nez. Elle disait qu'elle ne se souvenait de rien. Mais Pip savait, sans aucun doute possible, que sa sœur mentait. Elle savait que ce n'était qu'une question de temps avant que Grace « se souvienne ». Et il y avait quelque chose de sous-jacent qui polluait le bonheur d'avoir retrouvé Grace. Quelque chose que sa mère savait, que son père savait. Qu'ils cachaient à Pip. Des conversations qui s'interrompaient quand elle entrait dans la pièce. Des regards inquiets. Des bribes de phrases prononcées à voix basse, à l'oreille. Pip commençait à se dire qu'il y avait peut-être plus que le nez cassé et l'overdose dans ce qui était arrivé à Grace samedi. Quelque chose lié à son tee-shirt relevé, à son short baissé. En rapport avec l'infirmière spécialisée qui était venue la veille. Une histoire de sexe.

Elle tira le bras de son père. Il baissa les yeux vers elle.

— Je veux parler à Grace toute seule.

Clare hocha la tête, et ses parents quittèrent la pièce. Enfin, face à face. Les sœurs irlandaises. Au début, ce fut étrange. Comme si elles ne se connaissaient pas. Pip s'installa sur la chaise en plastique, encore chaude de la présence de sa mère. Elle fixa sa sœur un moment.

— Tu étais où ?

— Dans le coma.

— Non, mais les semaines avant ça.

Grace fronça les sourcils.

— Tu étais partie dans un autre monde.

— Mais, putain, tu parles de quoi ?

— Je sais pas. C'est juste que, depuis qu'on a emménagé dans le parc, depuis qu'on a rencontré les autres, c'est comme si tu avais disparu.

Grace haussa les épaules.

— C'est pas seulement le parc, je crois. C'est tout. Le nouveau collège. Le nouvel appartement. La nouvelle maman. *Papa.*

— Il est revenu.

— Ouais, j'ai remarqué.

— Tu es contente ?

— Pas vraiment, répondit sa sœur en haussant les épaules. Un peu. Je sais pas. On verra combien de temps ça tient.

— Il a un nouveau traitement. Peut-être que ça ne se reproduira pas.

— Possible. Mais peut-être que ça reviendra.

Grace se toucha le visage, le nez, caressant les contours harmonieux de son visage du bout des doigts, ce qu'elle faisait sans arrêt depuis qu'elle s'était réveillée la veille au soir. Puis ses mains remontèrent jusqu'à ses cheveux et elle écarquilla les yeux.

— Merde, faut que je m'occupe de mes cheveux.

— On va bientôt rentrer à la maison. On les lavera à ce moment-là.

— Je ne veux pas rentrer, répondit-elle en pinçant ses draps blancs.

Pip lui lança un regard interrogateur.

— Je ne veux plus jamais retourner là-bas.

— Est-ce que…, commença Pip, avec délicatesse. Grace, est-ce que c'était Leo ?

Le visage de sa sœur se couvrit d'un masque d'incrédulité pure.

— Quoi ?

— Est-ce que c'est Leo qui t'a fait du mal ?

— Mon Dieu. Hein ? T'es sérieuse ? Pourquoi tu me poses cette question ?

— Leo est trop bizarre ! Je l'ai vu avec Tyler… C'était malsain.

— Oh là là, mais t'es folle. Leo est la meilleure personne du monde. Il ne ferait jamais de…

— Alors qui ? Hein ? s'exclama Pip, sans retenir ses mots. Les autres disent qu'ils étaient aux jeux quand c'est arrivé. Mais c'est faux. Et Max m'a dit qu'il avait entendu des choses, des voix. Et qu'ensuite il t'a vue. Sur le sol. Et qu'il avait entendu des gens partir en courant. Et tu étais à moitié dénudée. J'ai dû te rhabiller, parce qu'on voyait tout. Tu sais. *Tout.*

— C'est pas vrai, rétorqua Grace, le visage en feu.

— Si, Grace. Quelqu'un t'a fait du mal. Quelqu'un t'a droguée. Quelqu'un a essayé de te déshabiller. Et je pense que tu sais très bien qui c'est. Je ne te crois pas. Et je ne comprends pas pourquoi tu mens.

— Je ne mens pas. Je ne me souviens de rien.

— Si. Comment est-ce qu'on aurait pu te droguer sans que tu le saches ? C'est la faute de quelqu'un. Forcément.

— Je ne me souviens vraiment pas, je te jure. Si je me souvenais, je te le dirais. Mais ce n'est pas le cas.

Pip approcha son visage de celui de sa sœur.

— Grace, imagine si c'était moi. Et si celui qui t'a droguée s'attaquait à moi la prochaine fois, si tu ne parles pas ?

— Elle ferait pas ça.

Pip triompha.

— Elle ?

— La personne responsable.

— Comment tu peux en être si sûre ?

— Parce que ça n'a rien à voir avec toi, Pip. C'est moi, le problème.

— Donc tu penses que c'est quelqu'un que tu connais ?

Le visage pâle, blessé de Grace s'ouvrit un instant, éclairé par un souvenir.

— Je crois que j'ai une idée. Je sais qui aurait voulu me faire du mal. Mais ce n'est pas un homme. C'est une fille.

Chapitre 33

5 juillet, 21 h 17

Grace regarde Leo s'éloigner d'elle et de Catkin avec son chien. Maintenant, elles sont seules dans la roseraie. Et elle se sent légèrement mal à l'aise. Elle ne la connaît pas bien et la trouve impressionnante. C'est ce genre de fille qui a un glaçon à la place du cœur. L'une de ces filles qui vous donnent l'impression que tout ce que vous faites est idiot. Que seule leur façon de faire est légitime. Pendant une ou deux minutes, elles ne disent rien. C'est un silence gênant, que Grace voudrait combler, mais tout ce à quoi elle pense semble banal et vain.

— Je crois que je vais aller attendre Dylan près de la grille, annonce-t-elle après un instant. Pour lui dire bonne nuit.

Elle se lève, et Catkin acquiesce. Elle la regarde avec un air entendu, puis parle.

— On est toutes au courant. De ce que tu lui as fait. C'est dégueu.

— De quoi tu parles ?

— Tyler nous a dit. Toi et Dylan. Dans l'ascenseur. T'as treize ans. Tu te rends compte que c'est dégueu ?

Grace sent une honte épaisse la submerger rapidement. Elle a encore son goût dans la bouche.

Puis elle regarde Catkin, avec ses dreadlocks et ses yeux mornes, et pense à tous ses désirs cachés, à ce dont elle rêve en secret. Elle pense au roman que Catkin a passé des années à écrire enfant sans jamais le terminer. Elle pense à son éducation chez elle, dans une maison pleine de filles. Et elle se dit : *Elle est jalouse. Catkin est jalouse parce que je suis plus jeune qu'elle et que j'ai fait plus de choses. Parce qu'elle voudrait savoir ce que ça fait d'arrêter un ascenseur, d'ouvrir une braguette, de faire ce que j'ai fait, d'entendre un garçon dire « je t'aime » de cette voix désespérée, étranglée, comme si on avait trouvé le chemin de son âme et qu'on le lui avait montré. Elle voudrait le savoir, mais elle ne le peut pas car elle est coincée ici, dans le parc. Enfermée avec tous ces voisins qui jugent. Dans cet espace qui ne l'a pas laissée grandir, qui ne lui a pas permis de devenir autre chose que la fille de ses parents, la sœur de ses sœurs. Et elle a peur. Car elle en est bien consciente. Et moi, Grace, treize ans…* Treize ans.

Elle se retourne vers Catkin et plante son regard dans ses yeux morts.

— T'es jalouse, c'est tout. Vous l'êtes toutes. Vous êtes trop bizarres, vous êtes nulles, et vous êtes jalouses.

Elle s'éloigne, abandonnant derrière elle Catkin qui la fixe d'un air sombre.

Quand elle arrive aux grilles du parc, Grace a perdu son courage. Ses mains tremblent. Elle sent les sanglots se former au fond de sa gorge. Elle s'adosse un moment au mur de l'allée, respirant rapidement.

— Grace ?

C'est Leo. Il est en train de refermer un sac à crottes de chien. Il le dépose dans la poubelle adéquate et marche vers elle.

— Ça va ? Je pensais que tu rentrais.

— Oui, mais j'attends Dylan. Pour lui dire bonne nuit.

Leo regarde autour d'eux.

— Je pense que tu devrais rentrer, vraiment. Ta sœur a besoin de toi. Je peux attendre Dylan ici, si tu veux. Je lui passerai le message.

Grace secoue la tête.

— Non, ça va, merci.

Leo lui adresse ce sourire qui arrange tout.

— Bon. Ne parle pas aux gens que tu ne connais pas.

— D'accord, promet-elle.

Puis soudain, sans qu'elle comprenne pourquoi, elle ressent le besoin de l'enlacer. De sentir sa chaleur, sa gentillesse et sa bonté l'inonder. Elle jette ses bras autour de lui et le serre comme elle le faisait avec son père. Fort, intensément.

— Merci, dit-elle en enfouissant sa tête contre son épaule.

Il rit, mal à l'aise.

— Pourquoi ?

— Je ne sais pas, répond-elle en le laissant partir.

C'est la vérité. Elle rit nerveusement, lui aussi, puis le chien se met à tirer sur la laisse.

— Ne reste pas ici toute seule trop longtemps. S'il ne vient pas d'ici cinq minutes, promets-moi que tu rentreras à la maison.

— D'accord.

Elle observe Leo qui s'éloigne à nouveau, vers la lumière de sa maison.

Puis Grace attend dans le noir le grand garçon qui l'aime et, au fil des secondes qui s'écoulent, elle se demande si elle l'aime aussi, si ce qu'elle ressent est ce qu'elle est censée ressentir, si elle s'y est bien prise, si les filles lui reparleront un jour, ce que Dylan pense maintenant, ce que Tyler pense, puis elle voit sa mère, ivre dans son lit, et Pip, seule, dans ce petit appartement sombre qui ne lui est jamais devenu familier, puis sa vraie maison, toute noire, funeste, et elle pense à son père dans la combinaison et à Leo dans la pénombre, à son odeur, à la chaleur de son corps, quand elle entend la grille s'ouvrir et se refermer. Elle se retourne, s'attendant à voir Dylan, mais il n'y a personne.

— Grace, par ici, chuchote-t-on.

Elle se retourne vers la voix, même si elle sait que ce n'est pas Dylan, et elle sent une douleur vive dans son épaule. Elle veut la dégager de la main, comme si c'était un insecte. Pendant un moment, elle tourne en rond comme une mouche à l'agonie, et il n'y a personne ici, puis elle voit le sol, et sent son nez s'ouvrir en deux comme une bûche qu'on viendrait de fendre.

Ensuite, il n'y a plus rien que des rêves.

CHAPITRE 34

Le lendemain, Adele se réveilla en sursaut. Leo était debout à côté d'elle. À sa droite, il y avait Fern. À sa gauche, Catkin. Elle regarda l'heure : 7 h 35.

— Qu'est-ce qu'il se passe ?

— La police vient d'appeler. Ils veulent qu'on emmène les filles au poste.

— Hein ? Pourquoi ?

— Je ne sais pas. Ils ont dit qu'ils avaient trouvé quelque chose sur les caméras de vidéosurveillance et qu'ils voulaient leur poser des questions. Tu viens ?

— Et Willow ?

— Apparemment, elle peut rester ici avec Papou.

Adele se releva dans le lit. Elle se frotta le visage des deux mains pour en faire tomber le sommeil. Elle ne prit pas de douche. Elle remit ses vêtements de la veille. Puis elle se dirigea dans le couloir et frappa à la porte de la chambre de Gordon.

— Je ne suis pas visible, s'écria-t-il. N'entrez pas !

— Gordon, c'est moi. J'ai besoin de vous parler un instant.

— Je n'ai pas de sous-vêtements.

— Vous n'avez pas de peignoir ?

— Un instant.

Elle l'entendit s'agiter dans la chambre puis se racler la gorge.

— Entrez.

Il était assis au bord de son lit, avec ses jambes impossibles et nues dépassant d'une robe de chambre en soie rouge qui autrefois avait dû avoir de l'allure mais était aujourd'hui déchirée, tachée et entortillée.

— Que puis-je pour vous, madame H ?

— La police a appelé.

— Je sais.

— Ils veulent voir les filles.

— Je sais.

— Leo m'a raconté des choses hier, au sujet de Cecelia.

— Rappelle-moi donc, c'était laquelle déjà, Cecelia ?

— Celle qui n'est pas morte.

— Ah oui. Une jolie petite poupée, celle-là.

— Leo sortait avec elle.

— Je sais. Et avec la sœur aussi.

Il palpait sa jambe, la massant au passage.

— C'était un été caniculaire, peut-être le plus chaud qu'on ait vécu. Il s'est passé tant de choses.

— Vous m'avez dit quelque chose il y a quelque temps. Au sujet de vos fils. Que, selon vous, ils étaient liés à la mort de Phoebe.

— Ah bon, vraiment ? Ce n'est pas très probable, pourtant.

— Non, en effet. C'est pourquoi je voudrais que vous m'expliquiez pourquoi vous avez dit ça.

— J'imagine que ce que je voulais dire, c'est que c'était une bande de petits voyous qui paradaient dans le parc et brisaient les cœurs. Potentiellement, si cette pauvre fille s'est suicidée, ce qui d'ailleurs n'a jamais été prouvé, ils avaient tous leur part de responsabilité dans cette affaire.

Il lui lança un regard inquisiteur.

— Ma pauvre enfant, tu ne penses tout de même pas que ton mari aurait pu tuer quelqu'un de sang-froid, si ?

Adele secoua la tête.

— Non, pas du tout. Bien sûr que non. Mais, avec tout ce qui se passe, je voulais avoir une vue plus claire de toute l'histoire, c'est tout. Surtout si on parle à nouveau à la police aujourd'hui.

— Tu sais ce qui ne me surprendrait pas, madame H ? Si, en fin de compte, c'était la sœur. C'était une vraie diablesse en ce qui concernait Leo et Phoebe. Je te jure. Parfois, je l'observais, je la regardais interagir avec eux. C'était comme si elle avait des envies de meurtre. Et peut-être qu'elle a fini par passer à l'acte. C'est bien possible.

— Voilà, commença l'agent Michaelides en tournant l'écran pour que tout le monde puisse le voir. Regardez. Après le départ de votre père, Grace reste là, seule, pendant quelques minutes. Puis elle se tourne, comme si elle avait entendu quelque chose. Elle fait le tour, sort de l'angle de la caméra. Mais regardez ça. Ici. Quelques minutes plus tôt. La grille s'ouvre et se referme, mais personne n'entre. Au début, on s'est dit que c'était le vent. Mais regardez ici, juste avant que Grace ne sorte du champ. Vous voyez, en bas de l'écran ? On dirait la tête de quelqu'un, non ? On a zoomé au maximum. Et on est à peu près sûrs qu'il s'agit d'une queue-de-cheval. Donc on pense que quelqu'un est entré par la grille en rampant pour éviter les caméras. Et que c'était une femme ou une fille, avec les cheveux blonds. Alors…

L'agent met la vidéo sur pause et sourit aux filles.

— Toutes les deux, vous étiez dans le parc à ce moment-là. Est-ce que vous avez vu une femme ou une fille blonde avec une queue-de-cheval qui se comportait étrangement ?

Adele se mordit la lèvre en attendant une éternité la réponse de ses filles.

— Bah…, commença Fern après avoir échangé un regard avec sa sœur. Tyler est blonde et avait une queue-de-cheval.

Catkin hocha la tête.

— Oui, c'est vrai.

— Tyler Rednough ?

Elles acquiescèrent.

— Selon le compte-rendu des faits que vous nous avez donné, vous avez passé la soirée avec Tyler samedi, et ne l'avez pas quittée entre 21 heures et 22 heures.

— C'est vrai, répondit Catkin d'une voix ferme, mais après avoir dégluti.

— Donc ça ne pourrait pas être Tyler, rampant au niveau des grilles à 21 h 30 ?

Les filles échangèrent un nouveau regard.

— C'était peut-être quelqu'un d'autre ?

— Sans doute, renchérit Fern, dont la peau du cou rougissait de plus en plus. C'est probable.

Adele sentit son pouls s'accélérer. Tout s'était mis à tourner dans sa tête : les somnifères manquants, la queue-de-cheval blonde, l'air consterné de ses filles. Et quelque chose d'autre. Quelque chose qu'elle n'avait pas remarqué sur le moment, parce qu'elle avait bu. Parce qu'elle était concentrée sur Clare, qui flirtait avec son mari, et qu'il fallait ramener chez elle pour qu'elle décuve. Vers la fin de la soirée, quand Pip était revenue alors que Clare atteignait de nouveaux sommets d'ivresse, elle avait claironné : *« C'est décidé. Leo va être ton nouveau papa. »* Adele se souvenait maintenant du visage de Tyler, à côté de la terrasse, de son expression de rage pure et d'incrédulité. Et maintenant, elle savait. Elle comprenait ce qu'elle avait ressenti en entendant ces mots. D'abord, Grace lui avait pris Dylan. Et maintenant, elle lui subtilisait également son père imaginaire. Cette enfant brisée, fille d'un homme violent et d'une mère négligente, s'était trouvé une famille avec eux, une place dans le monde. Jusqu'à ce que l'arrivée de Grace entame un lent processus de décomposition. Comment une adolescente comme Tyler aurait-elle pu accepter cela ?

Elle regarda Leo, qui gardait la tête haute, et essayait, elle le voyait bien, de se comporter comme si tout cela était fort intéressant et n'avait rien à voir avec lui, alors qu'il avait joué un rôle prépondérant dans les événements de samedi, directement et indirectement.

— Leo, quand tu étais dans l'allée avec Grace, est-ce que quelqu'un t'a vu la prendre dans tes bras ? Est-ce que…

Elle s'interrompit.

— Est-ce que Tyler vous a vus ?

Tout le monde se tourna vers Adele. Leo lui lança un regard interrogateur, comme s'il se méfiait d'elle, comme si elle essayait de le coincer.

— Je ne sais pas. Comme je l'ai déjà dit, je n'étais pas sobre. C'est possible qu'elle nous ait vus.

— Pourquoi posez-vous cette question, madame Howes ? lui demanda l'agent Cross.

— Je ne sais pas, désolée. Comme ça. Ce n'est rien.

Un autre souvenir l'assaillit. Quand elle nettoyait l'appartement. Une lumière dans la salle de bains. Du bruit. Et, quelques minutes plus tard, Leo était revenu avec le chien. Elle avait pensé que c'était lui. Avait frappé à la porte. *« C'est toi, Leo ? »* Pas de réponse. Elle était occupée et n'avait pas pris le temps d'entrer pour éteindre la lumière, pour vérifier s'il y avait quelqu'un ou non.

Elle se sentait mal.

Tyler l'avait dit elle-même. *« L'histoire se répète. »*

La même diablesse qui habitait autrefois sa mère avait-elle pris possession de l'âme de Tyler ? Telle mère, telle fille. Car Adele pensait sincèrement qu'une femme qui permettait délibérément à sa fille de quatre ans de la voir embrasser le mari d'une autre pour continuer à avoir de l'emprise sur lui était aussi capable de faire quelque chose d'inconcevable à sa sœur.

La police semblait croire que les filles n'avaient rien d'autre à leur dire. Ils allaient parler à Tyler et à sa mère dès qu'elles rentreraient chez elles. Ils les remercièrent d'être venus et les raccompagnèrent à la porte du commissariat.

En voiture, ils passèrent devant le collège de Tyler, ce monolithe victorien austère, source de fascination et de mystère pour ses propres filles. Elle pensa à cette adolescente, dans une salle de classe, affamée, sale, perdue, effrayée. Puis à ses deux filles, installées à l'arrière de la voiture, Fern se passant son morceau de soie sur les lèvres, Catkin regardant par la fenêtre, l'air furieuse.

Grace était réveillée. Le policier le leur avait annoncé. Elle avait repris conscience dans la nuit et disait ne se souvenir de rien.

Leo les déposa devant chez eux au moment où la mère de Dylan quittait la maison en uniforme vert pour aller travailler à la station essence. Elle leur adressa un sourire poli et rapide, probablement inquiète à l'idée qu'ils puissent vouloir engager une conversation avec elle. Adele la suivit du regard tandis qu'elle remontait la rue vers le sommet de la colline, vers la route principale.

Une fois rentrée, Adele commença à préparer le repas. Puis elle ouvrit la porte-fenêtre et resta debout un moment sur le seuil de la terrasse, essayant de se calmer en respirant.

— Les filles, annonça-t-elle d'une voix distraite, on fera cours après le repas. Pourquoi est-ce que vous ne sortiriez pas au parc en attendant ? Il fait si beau, aujourd'hui…

Chapitre 35

5 juillet, 21 h 19

Tyler ne tient pas en place. Elle a trop d'énergie qui la consume. Elle a fait tomber Willow de la balançoire, tout à l'heure, parce qu'il fallait qu'elle pousse quelque chose et que Willow l'avait bien cherché, avec ses bavardages incessants. Dès qu'elle ferme les yeux, elle voit Grace qui la regarde dans l'ascenseur. Qui lève les yeux vers elle, comme pour dire : « Tu vois, j'ai gagné. » Et elle entend la voix de Dylan, déformée par le plaisir, qui dit : *« Je t'aime, Grace. »* Toute la journée, Tyler a vu noir, rouge, et a brûlé de rage.

Toute la journée, elle a pensé à ce que sa mère lui avait dit quelques semaines plus tôt, quand elle était rentrée ivre de son premier rendez-vous avec cet homme. Quand, parce qu'à ce moment-là Cece était douce, aimante, pas tout à fait comme une mère mais plus comme une amie qui s'inquiète, Tyler lui avait parlé.

— Maman, j'ai perdu Dylan. Grace me l'a volé.

Sa mère avait passé ses bras autour de son cou et planté son regard torve dans celui de sa fille.

— Fais-la payer, lui avait-elle répondu avec une haleine aigre-douce. Dylan t'appartient. Si elle le veut, elle doit payer.

Au début, Tyler n'avait pas compris. Mais, petit à petit, tout s'était éclairé.

Elle voit Leo quitter la roseraie. Un instant plus tard, Grace l'imite. Elle marche vers les grilles. Elle regarde Leo, qui attend que son chien ait fini de faire ses besoins pour ramasser. Puis il marche à son tour vers les grilles, et Tyler s'approche sur la pointe des pieds et se cache derrière un arbuste. Il parle à quelqu'un. Grace, sans doute. Elle ne reconnaît pas les voix. Si, ça y est, c'est bien Grace. Elle voit ses cheveux, ces boucles denses dans lesquelles Dylan enfouissait ses doigts tout à l'heure. Puis elle la voit enlacer Leo, le serrer contre elle. Et elle se souvient de ce que Clare a dit plus tôt à Pip, que Leo allait être son nouveau papa. C'était n'importe quoi, bien entendu, elle avait bu. Mais elle a voulu se l'approprier. Et maintenant, Grace fait la même chose. Et ça, c'est trop. Elle repense aux mots de sa mère : *« Fais-la payer. »* Et elle pense au flacon de pilules bleu et blanc dans la chambre de Gordon, que Catkin lui a montré la semaine dernière.

— C'est bien, ça, lui avait-elle dit en déposant un comprimé dans la paume de Tyler. C'est un somnifère. Ça fait délirer.

Elles les avaient avalés avec de l'eau et avaient passé l'après-midi allongées dans le parc avec la tête qui tournait, à dire des bêtises, c'était si agréable. Elle se demande combien de ces pilules il faudrait pour mettre Grace KO. Pour qu'elle perde conscience. Pour un petit temps. Pour montrer à tout Virginia Park quel genre de fille elle est réellement, pour l'humilier complètement. Elle s'imagine écraser les pilules et les dissoudre dans de l'eau, mais elle ne sait pas comment les faire boire à Grace. Puis elle se souvient d'avoir vu Adele faire une injection dans la mauvaise jambe de Gordon l'autre jour. Elle pense aux seringues posées sur sa commode. Elle lance un nouveau coup d'œil dans l'allée et voit Leo quitter Grace et se mettre en route vers chez lui. Elle voit les ombres de Leo et Adele qui marchent dans leur cuisine, faisant du rangement, et Gordon les rejoignant. Elle balaie du regard les différentes silhouettes dans l'aire de jeux. Catkin et Fern. Ses sœurs de Virginia Park, même si elle sait qu'elles n'ont pas le même sang. Elle n'a pas de temps à perdre. Elle se déplace rapidement, discrètement. Et son plan se met en place parfaitement.

Mais, une demi-heure plus tard, il y a Max avec son stupide ballon de football, et elle doit abandonner son projet en cours de route, laissant Grace en plan, pas encore prête, sans qu'elle ait payé le tarif complet pour ses actions. Elle se faufile par l'ouverture derrière le banc de la roseraie et court jusqu'à l'aire de jeux. Puis Dylan apparaît et s'installe sur la balançoire, attendant Grace. Comme un débile.

Un moment plus tard, la petite Pip arrive. Celle qui n'a pas détruit la vie de Tyler. Elle s'approche.

— Vous avez vu ma sœur ?

Ils répondent tous qu'ils pensaient qu'elle était rentrée. Et oh, son visage, son joli petit visage. Pauvre Pip, qui ne comprend rien. Qui remonte la colline. Qui croise le chemin de Max. Ils ne parlent pas. Et ça commence.

La mère ivre arrive.

Tout le parc arrive.

Les sirènes arrivent.

Et Grace part.

Tyler observe tout cela de loin, dévorée par la déception.

Tu n'as pas eu ce que tu méritais. Loin de là.

Dix mois plus tard

Chapitre 36

Les cerisiers en fleur bourgeonnaient au-dessus de leurs têtes, des masses rose vif qui se détachaient contre le ciel bleu layette. Adele et les filles étaient en excursion à la Tate Modern. Il faisait trop beau pour rester à la maison, c'était l'une de ces journées de printemps qui vous donnaient déjà la nostalgie de l'été qui n'avait pas encore débuté. Les filles avançaient devant elle d'un pas léger, dans leurs vêtements fins. La Tamise s'écoulait lentement à leurs côtés, comme un serpent indolent.

Une femme marchait dans leur direction, lentement. Elle portait une veste et une jupe couleur crème, ses cheveux blonds étaient coupés au carré, avec une frange. Elle avait les jambes bronzées, et un petit sourire, comme si quelqu'un venait de lui faire une remarque agréable.

Soudain, Adele fut traversée par un éclair et la reconnut. Était-ce possible ? Après tous ces mois ?

— Clare ?

— Oh mon Dieu, Adele.

Difficile de savoir si Clare était horrifiée ou heureuse de la voir.

— Waouh, comment tu vas ? On ne s'est pas vues depuis…

— L'été dernier, oui.

— Comment vont les filles ? Grace ?

— Très bien toutes les deux. Tout va bien. Et les tiennes ?

Adele fit un geste de la main vers ses filles, arrêtées au bord du fleuve, les mains sur le muret, les yeux perdus dans les remous de la rivière.

— Tout le monde à son poste.

Clare lui sourit.

— Je suis désolée d'être partie sans dire au revoir. C'était tellement… tu sais. Quand Grace est sortie de l'hôpital, elle ne voulait pas revenir à Virginia Park. Chris nous a trouvé un autre appartement dans le quartier. On pouvait emménager directement, et tout s'est passé très rapidement.

— Vous nous manquez.

— Oh ! s'exclama-t-elle avec un rire sec. Je suis sûre que ce n'est pas le cas. Je pense que nous n'étions pas faites pour ce type de vie en communauté. Toute cette… transparence… Ce n'était pas pour nous. Maintenant, on a notre propre jardin. Complètement privé.

— Alors vous êtes à nouveau ensemble, avec ton mari ?

— Oui, répondit Clare avec ce petit sourire tendre qu'elle avait quand Adele l'avait reconnue quelques instants plus tôt. Oui, on s'est remis ensemble. Tout va bien.

Adele sentait que, d'une seconde à l'autre, Clare pouvait prendre congé. Elle jeta un coup d'œil aux filles. Toujours près de la rive. Elle regarda Clare, qui n'avait pas l'air gênée d'être là, à discuter avec elle. Qui n'avait pas l'air de la détester. Enfin, elle avait une chance de découvrir la vérité.

— Clare, écoute…, commença-t-elle d'une voix enrouée, le cœur battant dans sa poitrine. Je me demandais quelque chose. Après ce samedi soir, la police a passé beaucoup de temps au parc. À poser des questions. Et quand Grace s'est réveillée, tout s'est arrêté. Je me suis toujours demandé ce qu'elle avait dit sur ce qu'il s'était passé ce soir-là. Est-ce que vous l'avez su ?

Clare pâlit.

— Plus ou moins. Grace nous a dit qu'elle avait fait quelque chose. Avant l'agression. Elle ne voulait pas nous dire exactement quoi, mais on a une idée. Ça correspondait aux prélèvements qui avaient été faits, et bien sûr c'était assez choquant. Mais au moins cela voulait dire que rien de... Je veux dire, qu'il n'y avait pas eu d'agression sexuelle.

Elle haussa les épaules.

— Les ados. Ils pensent savoir ce qu'ils font. Mais ils ne savent rien. Et c'est ça le problème avec votre parc. Ça leur donne tellement d'occasions de faire des erreurs... Non ?

Adele hocha la tête.

— Mais l'overdose ? Est-ce que la police a découvert qui était responsable ?

S'il te plaît, réponds que non, pensa-t-elle. *Dis non.*

Clare soupira.

— Selon Grace, c'était un accident. Quelqu'un lui a proposé de prendre quelque chose, et elle a exagéré.

Clare haussa les épaules, clairement peu convaincue par l'explication de sa fille, mais incapable de lui faire avouer la vérité.

— Elle nous a dit qu'elle voulait oublier, passer à autre chose. Elle nous a suppliés de ne pas porter plainte. On a accepté.

— Mon Dieu..., murmura Adele, impressionnée par la prévenance de cette décision. Mais enfin... elle aurait pu mourir.

— Je sais, répondit Clare d'un air dépassé. C'était un moment très difficile. Avec Chris, nous voulions trouver le coupable. Que quelqu'un paie. Mais, au bout du compte, nous voulions respecter la décision de Grace. Il fallait la laisser choisir.

Adele hocha la tête. Cela faisait écho à sa conception libérale de l'éducation des enfants, mais elle avait trouvé insupportables les incertitudes des derniers mois. Le fait de ne pas pouvoir poser de questions. De ne pas savoir. Dès que la sonnette retentissait sans qu'elle s'y attende, elle pensait trouver sur le pas de sa porte l'agent Michaelides. *« Est-ce que vous avez une minute, madame Howes ? Il y a du nouveau. »*

— J'admire votre retenue, vraiment.

— Je ne pense pas qu'il y ait quoi que ce soit d'admirable là-dedans, pour être honnête. Toute cette histoire est absolument sordide.

— Et Dylan ? Ils sont toujours ensemble ?

— Oui.

Adele eut un mouvement de recul. Elle ne s'attendait pas du tout à cette réponse.

— Vraiment ?

— Oui, il est tout le temps chez nous. Ils ont quelque chose de si précieux. Ils sont vraiment amoureux.

Clare sourit, puis haussa les épaules, l'air de dire : « On verra bien combien de temps ça dure. » Adele n'avait presque pas parlé à Dylan depuis l'été précédent. Dans les semaines qui avaient suivi la fête de l'été, il avait cessé de voir Tyler et n'était presque pas sorti dans le parc. Puis était venue l'hibernation. Lors des rares occasions où elle l'avait croisé, Adele avait hésité à entamer une discussion, redoutant qu'il sache ce qu'il s'était réellement passé ce soir-là.

— Et Gordon, comment va-t-il ? demanda Clare, avec un grand sourire. Est-ce qu'il est rentré en Afrique ?

Adele sourit. La présence de son beau-père lui paraissait un souvenir distant, et, étrangement, il lui manquait un peu.

— Oui, en août dernier. En ayant perdu vingt kilos, qu'il avait apparemment déjà repris à Noël. Sa femme l'aime bien en chair.

— Ou mort.

Adele explosa de rire. Clare aussi. Puis Adele sentit quelque chose s'installer au fond de son ventre, quelque chose qui, depuis des mois, la réveillait régulièrement au beau milieu de la nuit. Un besoin de mettre un point final à cette histoire. Clare était là, belle, enjouée, sans rancune concernant ce qu'il s'était passé l'été précédent, habitant une maison avec un jardin et son mari. Peut-être qu'Adele aussi pouvait passer à autre chose, oublier les révélations dérangeantes qui avaient émergé après ce samedi soir fatidique : la recherche Internet « Comment faire une piqûre » que Leo avait retrouvée dans l'historique du navigateur de leur ordinateur, datée de 21 h 22 le soir de l'agression ; le paquet d'une des injections hypodermiques stériles de Gordon au fond de la poubelle de la chambre de Fern, qu'elle avait découvert en la vidant le lendemain ; les insoutenables questions sans réponse, comme : *Comment Tyler, cette fille si petite, a-t-elle bien pu faire tomber Grace toute seule ? La traîner jusqu'au sommet de la colline ? Sans aide ?* ; et l'éclat terrible dans les yeux de ses filles quand elles avaient vu la queue-de-cheval blonde ramper sur le bord de l'écran au commissariat ; la tension irrespirable dans la voiture quand ils étaient rentrés du commissariat, pleine de mots indicibles.

Car, même si Tyler était une enfant au cœur brisé, avec une mère instable et des raisons d'en vouloir à Grace, ses filles aussi avaient ressenti les conséquences de l'irruption de Grace dans le parc. Même si Tyler n'était pas leur sœur, elles avaient grandi avec elle comme si elles formaient une seule famille. Et n'était-ce pas sa décision de garder ses filles à la maison, les obligeant à créer des liens très forts avec les rares amis qu'elles s'étaient faits au parc ? Est-ce que cela n'avait pas perverti leur conception de l'amitié, de la loyauté, de ce qu'il était acceptable de faire pour autrui ?

Ils avaient décidé, avec Leo, de ne rien dire. De supprimer l'historique de navigation. De brûler l'emballage de la piqûre. De ne jamais plus en parler. De ne pas poser de questions. Ils étaient sûrs que, quelle que soit la vérité, quelle que soit l'implication réelle de leurs filles, elles en avaient tiré les leçons. Que jamais plus elles ne se laisseraient contaminer par la folie des autres. Ils en étaient convaincus. Absolument.

Tyler soudain émergea du musée dans la lumière vive de la rue. Elle s'arrêta en voyant Clare, et son visage se déforma. Adele vit ses mains se serrer en poings rageurs. Elle lui sourit pour l'encourager.

— Regarde qui est là !

Tyler ouvrit les mains, en leva une vers Clare, puis courut jusqu'au fleuve pour rejoindre les sœurs.

— Je fais aussi cours à Tyler, maintenant. En fait, elle a emménagé chez nous.

— Pourquoi ?

— Tu sais, les *petites négligences* commencent à ressembler un peu trop à de la maltraitance. Sa mère a un nouveau compagnon. Elle n'était plus jamais chez elles. Dès que Gordon est parti, on lui a proposé la chambre. En lui disant qu'elle pouvait venir quand elle voulait. Apparemment, c'est tout le temps. Donc…

Se racheter. Payer pour les péchés de ses filles. Pour ceux de son mari. Pour les siens. Après tout, n'avait-elle pas perdu la foi à certaines étapes de cette épreuve ? La foi en son mari, en ses voisins ? Leo n'avait-il pas suscité les confidences de personnes vulnérables, se donnant un rôle de béquille pour les autres quand il aurait dû s'occuper de ses propres enfants ? Et n'avaient-ils pas vu ce qui arrivait à Tyler, sa détérioration physique et émotionnelle, sans rien y faire ? N'avaient-ils pas tous les deux commis de terribles erreurs ?

— C'est magnifique. Et très généreux de votre part.

Adele haussa les épaules.

— J'ai toujours voulu quatre enfants, répondit-elle comme elle le faisait toujours, même si ce n'était pas tout à fait vrai.

— Tu vois, c'est ça la différence entre toi et moi, lui expliqua Clare en souriant, radieuse. Et c'est pour ça que Virginia Park est le bon endroit pour vous. Vous n'avez pas peur des problèmes des autres. Vous êtes contents de pouvoir laisser votre porte ouverte, même si les difficultés entrent chez vous. Je me souviens, Adele, d'avoir été très impolie avec toi le soir de la fête. J'étais ivre et mal à l'aise. Je me sentais jugée, épiée. Mais tu étais si accueillante, comme toujours, et je t'ai accablée. J'ai toujours voulu te présenter mes excuses, tout ce temps. Te dire que j'étais désolée, et te dire que je pense que Leo a beaucoup de chance.

Adele toucha la main de Clare. *Non !* voulait-elle crier. *Ne t'excuse pas. Ne me dis pas que tu es désolée !* Willow apparut, cette enfant-tourbillon aux cheveux flottant autour d'elle, aux mots coulant de sa bouche sans interruption, aux yeux brillants, et Adele n'arrivait pas à comprendre ce qu'elle disait, ce dont elle parlait. Elle n'écoutait pas vraiment, mais elle savait que sa conversation avec Clare était arrivée à son terme.

Elles se dirent au revoir et s'éloignèrent l'une de l'autre. Une petite femme blonde en vêtements clairs, une grande femme brune vêtue de noir. Elles reprirent leur chemin sous les cerisiers blanc et rose, le long du fleuve endormi, dans des directions contraires, vers des vies opposées, leurs secrets enterrés à jamais.

Remerciements

Derrière chaque livre se cache un océan de personnes fantastiques, talentueuses et aimantes, c'est vrai. Mais je dois dire que les gens derrière les miens sont les meilleurs ! J'ai eu peur récemment que les gens qui font tout le travail de l'ombre ne sachent pas tout le bien que je pense d'eux et de leur travail. Qu'ils se disent que je les prends pour acquis. Et je veux leur assurer que ce n'est pas du tout le cas. Je ne fais peut-être pas de grands gestes, je n'envoie pas souvent de carte de remerciements, mais croyez-moi, que ce soit lors d'un échange de courriel banal ou quand on me dévoile la plus ambitieuse des campagnes marketing, j'ai conscience de la chance que j'ai de vous avoir et de la valeur de votre travail. Et en plus, vous êtes des gens absolument magnifiques !

Donc un merci en lettres capitales à :

Selina Walker, Kate Raybould, Beth Kruszynskyj, Georgina Hawtrey-Woore, Najma Finlay, Jen Doyle, Jenny Geras, Richard Ogle, Aslan Byrne, Andrew Sauerwine, Susan Sandon, Rose Tremlett, Chloe Healy, et tout le monde chez Arrow.

Jonny Geller, Kirsten Foster, Lisa Babalis, Melissa Pimentel, Camilla Young, Mairi Friessen Escandell, et tout le monde chez Curtis Brown.

Richenda Todd pour les corrections.

Jenny Colgan pour les premières lectures et le soutien.

Darren Bennett, chez DKB Creative, pour cette belle carte.

Ensuite, et avec autant d'admiration, je voudrais remercier :

Deborah Schneider, chez Gelfman Schneider, aux États-Unis.
Judith Curr, Sarah Branham, Haley Weaver, Ariele Fredman, Kitt Reckord-Mabicka, et tout le monde chez Atria, aux États-Unis.
Pia Printz et Anna, chez Printz Publishing en Suède.
Tout le monde chez Ucila International en Slovénie, Novo Conceita au Brésil, Wydawnictwo Zysk i S-ka en Pologne, Cappelen Damm en Norvège, Mondadori Arnoldo en Italie, Blanvalet Verlag en Allemagne, Presses de la Cité en France, Otava en Finlande.
Merci aux libraires et aux bibliothécaires que je rencontre chaque année et qui sont trop nombreux pour que je puisse tous les citer ici, mais dont je ne pourrais pas me passer.
Et, bien sûr, merci à mes lectrices et à mes lecteurs. Mes adorables lecteurs. Tous les gens dont je viens de parler perdraient leur temps sans vous. Merci mille fois d'acheter et de lire mes livres, de venir à ma rencontre, et de m'écrire de si gentils messages sur Facebook et Twitter. Que serais-je sans vous ?
Le nom du personnage d'Adele Howes dans ce roman vient de la gagnante de l'enchère caritative Get in Character pour le CLIC Sargent. La vraie Adele Howes est l'une de mes fidèles lectrices et a un mari adorable et généreux qui lui a offert ce nom dans mon livre pour son anniversaire.
CLIC Sargent est la première association caritative de lutte contre le cancer chez les enfants et les jeunes adultes au Royaume-Uni. Elle soutient les patients et leurs familles en leur proposant un accompagnement thérapeutique, logistique, financier et émotionnel pour les aider à vivre avec leur maladie et à profiter autant que possible. Ils les suivent à partir du diagnostic et aident toute la famille à

gérer l'impact de la maladie et des traitements, la vie après la maladie, et, dans certains cas, le deuil. Vous pouvez aller leur rendre visite sur www.clicsargent.org.uk pour plus d'informations.

Et, en dehors de l'aspect professionnel, je voudrais remercier, comme toujours, ma famille et mes amis, ceux d'Internet, ceux de la vraie vie, et bien sûr mes collègues écrivains. Mais aussi tous ceux qui ont partagé avec moi la version réelle de Virginia Park. Merci à Helen, Chris, Joe, Jo, Sian, Bernard, Erica, Cassie, Patrice, et toutes les autres personnes fantastiques, les meilleurs voisins dont on puisse rêver.

Achevé d'imprimer en mai 2023
Par CPI Brodard & Taupin à La Flèche
N° d'impression : 3053133
Dépôt légal : juin 2023
Imprimé en France
38122408-1